中国古典文学の存亡

川合康三著

研文出版

目次

I

Ⅱ

Ⅲ

I

中国古典文学の存亡

一　中国古典文学の「四重苦」

「中国古典文学の存亡」という、なんだか大げさな題を掲げましたが、中身はたいしたことではなくて、中国古典文学を勉強している者の立場から、自分の専門領域の問題、それが今の文化とどう関わるのか、日頃漠然と思っていることを、もう少しはっきり自分で考えながらお話したいと思います。今日ここにお集まりくださったのは、外国語・外国文学担当の先生方が中心とのことですので、人文学に携わる方々には或る程度共通する問題ではないかと思います。

お配りしたレジュメに「中国の古典文学はいま、四重苦のなかに置かれている」と記しましたが、その四重苦の中身から始めたいと思います。

中国古典文学は大きな範疇から行きますと、まず人文学の一分野です。最初に理系・文系と分けることも可能ですが、文系のなかでも人文学は社会科学とはずいぶん異質ですから、いわゆる実学・虚学を基準にして社会科学とは切り離すことにいたします。そして最初の「苦」は、同じく文系のなかにありながら、社会科学と違って人文学は苦しい状況に置かれているということです。法学とか経済学とかいった社会科学は近年もずいぶん盛んなようです。そのことは大学教員の人数の変化をみますと一目瞭然です。広島大学の富永一登さん（中国文学）が調べられた結果をお借りしますと、以下のとおりです。

人文科学系教員	平成10年	平成16年		社会科学系教員（平成10年から16年の間の増減）
国立大学	六一九三	五六四八	－五四五	＋四三二
公立大学	一二七五	一三三五	＋六〇	＋一一〇
私立大学	一五四九六	一六四一七	＋九二一	＋三二六三

（富永一登「減少する人文学の大学教員数」、『日本中国学会便り』二〇〇八年二号。資料は『学校教員統計調査報告書』による。）

資料が少し古くなりましたが、さらに六年を経た今の数字を調べたらもっとぞっとするかも知れません。少なくとも反転していることはないでしょう。ことに国立大学での人文学担当教員の数の減少が目立ちます。そしてまるでその分が社会科学に回ったかのように、社会科学の方は増加しているのです。理系に比べて文系が後退しているかに思われていましたが、数字を見ると減少は虚学、社会にとって直接役に立たないとされる分野に限られるようです。

　第二の「苦」は、人文学のなかにあって、歴史や哲学に比べて文学が後退していることです。私の所属している京都大学の文学部では三回生から専修に分属いたします。専修ごとに定員はあるのですが、これまでのところ定員に合わせて振り分けることはせず、ほとんどの学生の希望どおりに受け入れています。したがって当然、定員を超える専修、定員に満たない専修という違いが生じます。そのばらつきは時期ごとの学生の関心を反映するかに見えます。そして最近目立つのは、以前の分類の哲・史・文という分け方で言いますと、文が激減していることです。哲学・歴史は減っていないのに文学は激減している。フランス文学・英文学といった、私たちが学生の頃は花形であった専修も、今や昔日の人気はないかのようです。かつては文学青年という言葉がありましたが、今日では死語といっていいでしょう。若者文化のなかのみならず、文化の全体から文学は後退しているかに見えます。

　第三の「苦」は、文学のなかでも西洋に対する東洋の低迷です。これは最近というわけではなく、ここ百年あまりずっと続いてきた低迷でしょう。明治以後、日本はそれまでの中国古典に範を仰ぐ、中国を学ぶという態度から西欧近代志向に一八〇度の転換をしました。それによって近代国家を築いてきたわけですが、一方で中国古典は日本の文化のなかから急速に遠のいていきました。しかも戦後はいっそうその傾向に拍車がかかったかのようです。近現代の日本の作家を取り上げてもそれは見て取れます。明治期にはまだ漢学の学習が浸透していたせいか、漢文学の知識は共有されていました。幸田露伴、森鷗外、夏目漱石など知的作家が漢学の素養を十分にもっていたのみならず、尾崎紅葉、その門下の泉鏡花、あるいは耽美的な作家と目される永井荷風に到っても、漢籍を存分に読みこなして自分のものとしていたことは、その作品の中からもうかがうことができます。荷風の『断腸亭日乗』など見ますと、毎日毎日『文選』を読んでいた時期があります。それがしだいに遠いものになっていき、戦後の文学では一掃されてしまったことはご承知のとおりです。戦後作家のなかから強いて挙げれば、かつての石川淳、中村真一郎、今では丸谷才一氏、古井由吉氏あたりが漢文学に素養を持つごく少数の、例外的な存在でしょう。

最後に第四の「苦」は、東洋のなかでも近現代に対する古典の軽視です。大学の中国語受講者は私などの世代が学び始めた頃に比べて桁が二つも三つも違う、大変な数になっています。中国の近代、現代への関心や研究は、国際情勢の変化、それに伴う国家戦略とも関わって活発になっていることでしょう。しかし古典となるとまったく反対で、顧みられなくなる一方です。古典を遠ざけるという傾向は中国古典に限らず、めんどうくさくて長い修練のいる古典の学習はどこでも敬遠されがちのようです。

このように中国古典文学はどのような分類から見ても後退し衰退する立場に追いやられています。それは日本に限らず全地球的な傾向といっていいでしょう。中国でも以前は「中文系」、つまり中国文学学部が文系のなかで規模も一番大きく、中心的な学部でしたが、最近では法学部、経済学部が擡頭してきて、中国文学学部は押され気味のようです。この方向で今後さらに進んでいくとしたら、やがて中国古典文学は dead language, dead culture として大学の研究室のなかに押し込められ、ほそぼそと続いていくか、あるいは学生が少なく経済効率が低いことを理由にお家お取りつぶしになるかも知れません。

そういう危機的な状況に面して、それも人間の文化の必然的な趨勢であり、滅びていくものは仕方ないと諦観するか、あるいは反対に、その逆風のなかで中国古典文学の意義を声高に叫び続けるか、どちらかしかありません。

私はもちろん後者の立場に立つからこそ、今日ここにこうして来ているのですが、しかしその場合、気をつけたいことが二つあります。一つは保守反動の主張に陥らないようにすること。もう一つは自己の利益、自分たちの領域を守るための主張にならないことです。

東洋文化の見直しという主張は、往々にして保守的な言説のなかで唱えられてきました。今や日本の道徳観念は地に落ちた、君に対して忠、親に対して孝、そういう徳目を取り戻そうといった主張です。それは旧社会がいかに人々を抑圧してきたか、人々を不幸にしてきたかについては目をそらして、過去を美化した偏狭な見方にすぎません。過去に戻ろうとするのは、まさしく時代錯誤でしょう。

もう一つ、自分の分野の存続を求める、自分の個別的な利益のためにその意義を唱えるといった態度では説得力をもちません。個別の利害ではなく、人間の文化にとって現在も将来も意味のあるものだということをこそ主張しなければなりません。それはとても大それた、困難なことで私一人の手に負えるものではありません。ただそれを信じるがために、せめて私にできることはしておこうと思っています。具体的に言えば、一つは中国古典文学のおもしろさ、おもしろさといってもお笑い芸人がテレビでがやがや騒ぎ立てる、そうしたおもしろさとは異質のおもしろさ、人間や文化の根幹に触れる知的感動、そのもとにある価値、意義、それを掘り起こして、広く読んでほしい、おもしろさを知ってほしいと思います。もう一つは、今のところかろうじて入ってくる数少ない中国古典文学専攻の学生を将来の読み手、専門家として育てるという仕事です。中国文学は長い修練が必要で、日本には古くからそれを学ぶ方法が蓄積されてきました。訓読という独特の読み方もその一つです。訓読は日本語で読むために原文と意味がずれてしまうという欠点も時にはないではありませんが、しかし古人の読解の知恵を集めた貴重な遺産でもあります。文法的にも実に正確に日本語に置き換える技術を磨いてきました。訓読をはじめとして、日本人が築きあげてきた中国の文言を読む蓄積、それはひとたび失われてしまえば元に戻せません。後継者を養成しておくというのは、将来にとってぜひとも必要なことです。

中国古典文学が置かれた存亡の危機を前提としてお話しするわけですが、その前にもう一つ、足を止めておくべき問題があります。それは存亡の危機なるものは、今に限ったことなのかどうかという点です。以前ある場所で中国の古典学についてお話しする機会がありまして、その時、ドイツでは哲学がすべての学部の上に君臨している、工学部は実用の学として別の大学が設けられているということを、生かじりの知識で申しましたら、その場におられた専門の方々からそれは俗説に過ぎない、ドイツでもゲーテの時代から哲学の危機が叫ばれていたのだとご指摘をいただきました。
また最近岩波文庫で出ました『芥川龍之介書翰集』というのを読んでおりましたら、芥川が旧制一高を受ける時、つまり明治の末年ですが、文科では受験者の数が定員をなんとか満たしているのは一高だけで、ほかの旧制高校文科はいずれも定員割れだと書いてありました。これはしかるべき資料で確認しなければなりませんが、芥川は農科とかいわば実学に走る傾向を嘆いていました。
またこれも孫引きで恐縮ですが、文学理論の研究家テリー・イーグルトンにこのような言葉があるそうです。

〈人文科学の危機〉という言い方は、修辞学者たちが同義反復と呼ぶものの立派な事例となっている。というのも、危機というのは人文科学にとっては（中略）、天性のものだからであって、それはそもそも始めから人文主義者たちをつけ回してきたものだからである。(1)

こうしたことを思い合わせますと、もしかしたらどんな時代にも人文学の衰退は嘆かれてきたのかも知れない。私たちは今、現在、自分をとりまく問題のみが深刻なものであるかに受け止めがちですが、人文学が振るわないというのは人文学の本質的な、宿命的な性格であるのかも知れません。としたら、私たちは今の状況を特権的に嘆くということは控えなければなりません。しかし過去においても嘆かれながら、嘆いた人たちの努力によってなんとか今日まで人文学は続いてきたわけですから、私たちもやはり嘆かねばなりません。常に危機が叫ばれていながらも今日まで続いてきたことは、人文学が実はしたたかな力を秘めていると捉えることもできますし、また嘆くしかすべがなかったことは人文学の意義付けがいかにむずかしいかを示してもいます。

二　文学の衰退――文化的基盤の変質――

「四重苦」のなかで、ここでは文学の衰退という点を取り上げてお話ししたいと思います。文学が文化の中心を占めた、少なくとも重要な一つを占めた時代は過去のものになったかに見えます。文学が人々から遠ざかったことは、或る意味では世の中が幸福になったことのあらわれともいえるでしょう。もともと文学は実人生における不幸から逃避するための、あるいは不幸を癒すための手立てとして、役割を果たしてきました。ことに日本の近代文学は、家とか世間とかいうものによって虐げられた個人が個人としての存在を取り戻そうとするところに生まれたといってもいいでしょう。たとえば志賀直哉など、経済的には恵まれていても家の束縛から脱しようとしたことが彼の小説の契機になっています。お手伝いさんと結婚したいという思いは、「家柄の違い」という当時の障害のために潰えてしまいます。今のように好きな者どうしが思うままに一緒になれたら、「和解」も「暗夜行路」も生まれなかったことでしょう。日本近代文学の「正統的」な部分はおおむね、家、世間との角逐が動機になっています。しかし今や、家も世間も変容して、その重圧に苦しまなくてもよくなった。人は個人としてすくなくとも過去よりはずっと自由になった。それが文学が遠い存在になった一つの理由ではありましょう。

また現在では楽しみが多様になったために、本というものの意味が薄れてきたように思われます。映画、音楽、旅行、様々な楽しみが商品化され、手の届くところにいくらでもあります。「フランスへ行きたし」と思えばすぐ行けるのであって、「あまりに遠し」と嘆く詩は必要なくなりました。私たちが学生の頃、本を読むしかほかに楽しみはなかった、本の世界のなかに楽しみを疑似体験していた時代とは異なります。

しかし、家、世間の圧力が減ったとか、本以外に様々な楽しみがあるとか、そういうことはいずれも外的な要因に過ぎません。より深刻な、より重大な問題は、文学を成立させていた一種の文化共同体が崩壊しつつあるのではないかという問題です。文学が文学として成立するためには、或る種の共通の基盤があって、その基盤の上に立って文学作品に共感する、共鳴する、引き込まれる、感動するものと思います。その基盤が今や変容してきているのではないか。人々の間に共有される基盤が崩れてしまえば、文学は成り立たなくなります。

一　李斯の場合

一つ、私の専門分野のなかから例を挙げたいと思います。『史記』の李斯《りし》列伝に見える話です。李斯というのは「楚の上蔡《じょうさい》の人」、戦国時代末期、諸国のなかでも楚は南方の弱小の国でした。その上蔡という町で彼は「年少の時、郡の小吏と為る」、田舎の役場の事務職員になった。役場勤めをしていた時、彼は役場の便所にいるネズミが痩せこけて、人や犬にいつもおびえている様子を目にします。ところが役場の穀物倉庫のなかにいるネズミはたらふく食べて肥え太っています。同じネズミでも身を置く場所によってかくも違いがある、自分は今、片田舎の役場でしがない事務員をしている、こんな所にいては便所のネズミと変わらないと、外に飛び出しました。戦国の諸国のなかで秦がどうやら今後大きく伸びそうだと見越して秦の国に移ります。秦に入った李斯は一番下から這い上がり、持ち前の野心と才覚、そして秦自体が強国になっていく時期とも重なって、のし上がっていきます。やがて彼は政商呂不韋《りょふい》と結託し、秦の始皇帝を立て、位人臣を極めるに至ります。いわゆる焚書坑儒といった秦の政策は、すべて宰相李斯の考えから行われたものと言われています。

権力の頂点に立った時、李斯は自分でも恐ろしさを覚えます。「物極まれば則ち衰う」、いつまでもこの栄華が続くとは限らない。それは彼の結末の伏線にもなっています。

始皇帝が巡幸中に亡くなると、李斯は宦官の趙高《ちょうこう》とともにその死を隠し、次の皇帝の即位を整えました。思いどおりに二世を帝位に就かせ、李斯は趙高とともに権力を完全に掌握するのですが、両雄並び立たず、趙高との間に権力闘争が生じ、結局彼は敗れて死刑を宣告されます。腰斬の刑に処される刑場に向かう途上、李斯はともに処刑される息子に語りかけます。「吾なんじと復た黄犬を牽き、上蔡の東門を出《い》で、狡兎《こうと》を逐わんと欲するも、豈に得べけんや」――おまえと一緒に犬を連れて上蔡の町の城門から出て、兎狩りをしたいと思っても、二度とできやしない。そして父子ともに慟哭した、と『史記』には記されています。一介の田舎の小役人から身を起こして権力の頂点にまで昇り詰め、そして失墜して死刑に処される、起伏に満ちた人生の最後に思い出したのは、無位無冠無名の時、子供と兎狩りをしたことだったのです。一人の平凡な庶民として兎狩りに興じる、その思い出が蘇って、たまらなく懐かしくなったのです。何の変哲もない日常生活の一場面、それがもうそこには戻れない、かけがえのない幸福な時であったことに、人生の最後に至って李斯は気付きました。

この話柄はその後も人々の共感を呼び起こし、詩のなかでもしばしば典故に使われます。死刑に臨む経験はなくても、李斯の思いは十分に人々の共感を呼んだのです。私たちも今、上蔡の町の郊外で兎狩りした日を懐かしむ李斯の心情にそのまま共鳴できるように思います。

ところが以前、授業の中でこの話が出てきた時、理解できないと言った学生がいました。権力の頂点に昇った李斯ならば、その栄華の絶頂をこそ思い出し、何もかも思い通りになったその時に戻れないことを悔やむはずであって、なぜ無名の一庶民の時のこと、貧しくしがない日々を思い出したりするのか、というのです。私はそういう反応を呈する学生が出たことに大変驚きました。与えられた話を鵜呑みにせず、自分自身で考えてみる、そうした態度は自由に思考することが拡がったからこそ可能になったものでしょうが、しかしこの場合は理をもって考えるより、李斯の心境にそのまま共鳴してほしく私は思いました。とはいえその場では何の返答もできず、私の驚きを京都女子大学で教員をしている友人に話しました。彼も驚いて、授業のなかで李斯の話を紹介し、どう思うか尋ねたところ、李斯に共感できる学生とできない学生が半々に分かれたそうです。つまり二千二百年近くもの間、人々の間で語り伝えられ、共感されてきた李斯の言葉は、二十一世紀に入ると半分の人には理解不能のものになってしまったのです。

彼らを説得するのは容易なことではありません。なぜ我々は共鳴し、胸がジーンとなるのか。人は求めたものを手に入れてしまうと、求めながらも得られなかった時が懐かしく思い出される、という心性をもっているのかも知れません。李斯の話は死の直前、もはやその先の人生が絶対的に否定された時点で回想されたものですが、或いは栄華の絶頂にあった時、「物極まれば則ち衰う」とふと不安に襲われた時、何も持てるもののなかった時期を懐かしむということもあり得たでしょう(2)。

なぜ私たちが共感するのか、強いて理由をひねり出すよりも、共感するということ自体が大切なのではないでしょうか。私たちは研究という仕事に縛られていつも理由を理によって解き明かそうとしてしまいます。確かにそれがないと「研究」たりえません。しかし、こと文学の場合、何よりも大切なのは知的分析以前の感覚的享受だと思います。まず感じること、感性で受け止めること、それは研究にとっても前提であるはずですが、往々にして私たちは分析に急ぎすぎてしまいます。

死の窮地に陥った時にかつての平凡な日々をなつかしく思い起こすという話は、ほかにもあります。後漢の馬援《ばえん》は交趾《こうし》(ベトナム北部)を支配していた徴側《ちょうそく》・徴貳《ちょうじ》という姉妹を制覇すべく、伏波将軍を拝命して討伐に向かいます。苦戦を経てやっと勝利したあと、馬援はこう語ります。——戦地は霧や南方の毒気が充満し、空を翔る鳥もばたばた水に落ちていくほどであった。死と隣り合わせの状況のなかで思い出したのは、若い時、野心家の私に向かって従弟がいつも言っていた言葉だ。人生、平凡に暮らすのが一番、郷里にこもってなんとか暮らしていけたら十分だ、と。窮地で彼の言を思い出したが、もはや立ち戻るすべはなかった（『後漢書』馬援伝）。

また諸葛長民《しょかつちょうみん》は東晋末期の混乱のなかで、初めは桓玄《かんげん》に付き、のちに劉裕の配下に入って桓玄を討って地位を上げていった。が、そのために劉裕から競争相手と目されて殺されはしないか、身の危険を覚えます。その時、名も地位もないもとの庶民に戻ろうと思っても、もはやかなわないと嘆いています(3)。

馬援も諸葛長民も死の危険に面して無位無冠の時を懐かしみ、そこに戻れないことを嗟嘆するという点で、李斯と共通しています。人の心にはこのようなかたちがあるのでしょうか。そしてこれらの話柄が語り伝えられてきたのは、それに共鳴する心のかたちを私たちも持っているからでしょう。しかし今、共鳴できない人があらわれてきた。共鳴する基盤が崩壊しつつある、それこそが文学の危機ではないでしょうか。

二　管鮑の交わり

李斯の話は、時代や地域を越えて普遍的に誰もが共感しうる、或いは少なくとも今までならば共感しえた、人として共通する感性に基づいていますが、それとは違って、時代によって変化する受け止め方というものも存在します。

これもまた『史記』に描かれている、よく知られた話ですが、管仲《かんちゅう》・鮑叔《ほうしゅく》の交わり、いわゆる管鮑の交わりについて見てみましょう(4)。

『史記』の管仲の伝は高校の教科書にも採られていて周知のことでしょうが、ざっとあらすじをおさらいしてみます。管仲と鮑叔は仲がよくて、子供の時から始終一緒に行動していた。管仲は貧しくて、たびたび鮑叔をだましたが、鮑叔は何も言わず、仲良くしていた。やがて鮑叔は公子小白《こうししょうはく》に仕え、管仲は公子糾《こうしきゅう》に仕えた。公子小白が斉の跡継ぎの地位を獲得して即位したが、公子糾は跡目争いのいくさで殺され、管仲は捕らわれの身となった。鮑叔は管仲を桓公に推薦して、斉に取り立て、やがて管仲は斉の宰相になった。桓公が春秋の覇者となったのは、すべて宰相管仲の力あってのことである、と記したあと、管仲の言葉が引かれます。――昔貧乏だった時、鮑叔と一緒に商売を始めたことがあった。利益はいつも私がたくさん取ったが、鮑叔は私を欲張りとはみなさなかった。私が貧しいことを知っていたからだ。或る時、鮑叔のために算段したことがかえって彼を苦境に追いやったことがあった。鮑叔は私をおろかとはみなさなかった。いい時期悪い時期があることを知っていたからだ。また私は三度主君に仕えて三度追い払われた。鮑叔は私をできそこないとはいわなかった。私がチャンスに恵まれなかったのを知っていたからだ。私は三度戦争に出て三度逃げ帰ってきた。鮑叔は私を卑怯者とはいわなかった。私に老いた母がいることを知っていたからだ。公子糾が破れ、私は捕らわれて屈辱を受けたが、鮑叔は私を恥知らずとは言わなかった。私が小さな失敗を恥じたりせずに、天下に知れ渡る大きな功績を挙げられないのを恥ずかしく思う人物であることを知っていたからだ。私を生んでくれたのは父母ではあるが、私を知ってくれるのは鮑叔だ、と。

これが管鮑の交わりと呼ばれ、友情のお手本のような美談として伝えられてきました。高校の教科書に取り上げられているということは、今でもこれを美しい友情として受け入れる共通の基盤があるからでしょう。ここに語られているのは、鮑叔の自己犠牲の態度です。自分よりも優れた能力をもつ管仲を認め、管仲のわがままを許し続ける。最後には斉の後継者争いに敗れた公子に就いていたために捕虜となった管仲を救い出して、斉の桓公に推挙し、そのおかげで管仲は宰相にまで昇って力を発揮したという話です。友のためには自分を犠牲にする、それは太宰治の「走れメロス」にも共通するところがあります。

「走れメロス」にも最近、異論が出てきたようですが、この話も実はどうやら捏造されたもののようです。と言いますのは、『史記』が資料として使った先行文献の一つ、『韓非子』には同じ話がまるで友情とは無縁のかたちで語られているからです。まずこの背景となる史実は以下の通りです。斉の僖公《きこう》が亡くなったあと即位した襄公《じょうこう》が遠縁の公孫《こうそん》無知《むち》に殺され、斉の国は主君を失って内乱状態に陥る。混乱のなかで僖公の子の一人小白は莒《きょ》に逃げ、もう一人公子糾は魯に逃げた。公孫無知はどさくさのなかで殺され、いち早く斉に戻った公子小白が即位して桓公《かんこう》となった。斉と魯が戦って魯が破れ、魯の配下に入っていた公子糾は殺され、補佐していた召忽《しょうこつ》は自害、管仲は囚われの身となった。桓公は管仲を殺そうとするが、鮑叔は斉の国一国を治めるならば自分で十分だが、桓公が天下の覇者となるためには管仲の力がぜひとも必要だと説得して管仲を取り立ててもらう。やがて管仲は斉の宰相となり、管仲の力あって桓公は春秋五覇の一人にまでなった。以上が元になる史実です。

この骨格は『韓非子』も『史記』も変わらないのですが、違うのは『韓非子』では斉の国が内乱に陥った時、管仲と鮑叔は相談して、いずれ斉の国を背負《しょ》って立つのは公子小白か公子糾、二人のうちのどちらかだ、どちらが即位したとしても我々が困らないように別々に仕え、勝った方が負けた方を救うことにしよう。そう取り決めて管仲は公子糾に、鮑叔は公子小白に仕え、果たして公子小白が勝ったので鮑叔は敗れた公子糾に仕えていた管仲を救済した、というのが『韓非子』の記述です。つまりそれによれば鮑叔は約束を守っただけであって、もし逆に公子糾が勝っていたら管仲が鮑叔を救う立場になったはずです。そこには友情といったものが入り込む余地はなく、単なる契約の履行に過ぎません。

『韓非子』に類した話はほかにもあって、『呂氏春秋』ではもう一人、召忽も加わって三人で約束、召忽は公子糾に仕えて結局彼は敗戦の際に自害したことになっています。もともとこのように伝えられてきた話が、『史記』に至って友情物語に変質しました。友情美談に仕立て上げたのが司馬遷によるものかどうか、それに先だって友情を語る話があったか否か、少なくとも今見られる文献のうえでは『史記』が最初ではあります。このことは司馬遷が捏造したとか、事実でないとか糾弾するよりも、『史記』の時代に至って（或いはそれより前からかもしれませんが）、自分よりも友人を優先することを美徳とする観念が生じ、こうした友情譚を世間が求めた、という人間の精神の変化を示していると捉えるべきでしょう。言い方を変えれば、『韓非子』の時代にはこのような美談を受け入れる基盤ができていなかったということにもなります。

契約の履行であった話が友情美談にすり替わる、これは文化のなかで共有される観念も時代によって変化していくことを示しています。そして今改めて管鮑の交わりを見直してみると、これが果たして本当の友情といえるのだろうか、すなおに共鳴できないものがあるように思います。確かに鮑叔は管仲の力量を認めている、管仲にとって鮑叔は「知己」ではありますが、管仲の方は鮑叔を利用するだけです。ただ管仲はそのように自分を認め、知悉し、自分のために力を尽くしてくれる鮑叔を「知己」として認めてはいます。それが救いではありますが、全体として管仲と鮑叔の関係は常に管仲が一方的に利を得る関係であって、対等の人格をもった二人の相互の関係は成立していません。果たしてこれがいつまで美談として通用するか、わかりません。

もし管仲鮑叔の交わりは作られた美談であって今日ではそのまま通用しない、とするならば、そのように時代によって変わっていく文化的基盤はいくらでもあります。たとえば忠とか孝とかいうものがそうでしょう。戦前の日本ではそれが一部の人の都合のために利用され、押しつけられてきました。そこにも「作られた」文化的基盤があったわけです。

人々に共有される考え方、受け止め方、文化的基盤は、時代によって変容するものであるとしても、先の李斯の話はもっと深い、もっと普遍的な性質をもっているのではないでしょうか。或る一つの時代に社会が要求する観念もあり、時代を超えて共有され続ける観念もある。文学が受け入れられる際にいずれの共通基盤に基づいているかによって、寿命の短い文学、長い文学と分かれることでしょう。

三　文学の可能性——紅旗征戎は吾が事に非ず——

最後にもう一つ、文学の可能性を暗示するような例を挙げたいと思います。元になるのは中唐の文人白居易の短い詩です。白居易は唐・憲宗の元和十年（八一五）、四十四歳の時に朝廷の職を失い、江州（今の江西省九江市）に左遷されます。司馬という政治犯に与えられる職名を帯び、政治の実務から遠ざけられた閑職でした。その地で知り合った劉という人と夜を徹して囲碁に興じるという詩です(5)。

劉十九同宿〔時淮寇初破〕

劉十九と同宿す〔時に淮寇《わいこう》初めて破らる〕

紅旗破賊非吾事　　紅旗もて賊を破るは吾が事に非ず

黄紙除書無我名　　黄紙の除書に我が名無し

唯共嵩陽劉処士　　唯《た》だ嵩陽の劉処士と共に

囲棋賭酒到天明　　棋を囲み酒を賭けて天明に到らん

詩題に添えられた自注に「淮寇」と言うのは、呉元済《ごげんせい》という武将が淮西《わいせい》節度使に居座って、朝廷との間に抗争が続いた争乱を指します。元和九年に起こった反乱は足かけ四年続き、元和十二年に至ってやっと平定された、その直後に作られた詩です。その間、朝廷内部にも主戦派と和戦派とが対立し、藩鎮・朝臣・宦官が複雑にからみあった権力闘争が続きました。そもそも白居易が江州に流謫されたのも、それと関わりがあります。元和十年に主戦派の宰相の武元衡《ぶげんこう》が暗殺されるという事件が起こりますが、即座に白居易は黒幕をこそ逮捕すべしと主張する上書を呈し、それが越権行為だとみなされたのが貶謫の直接の理由でした。呉元済をめぐって朝廷の内部に利害が入り乱れていたなかで、とばっちりを食ったと言ってもいいかもしれません。乱は結局、主戦派裴度《はいど》の指揮のもとに呉元済が誅伐されて終結しました。その討伐に加わった官人には、白居易と並ぶ当時の文学者韓愈《かんゆ》などの名もあります。

　劉十九というのは姓が劉であることと一族の兄弟順が十九番目であることしかわからない。江州で知り合った地元の人でしょう。

――赤い旗を立てて賊の討伐に向かうなんて、私の仕事じゃない。黄色の紙に書かれた辞令に私の名前はない。（乱が収まり、手柄を立てた者を任命するお触れ書き、そこに名がないのは参戦していないのだから当然です。）戦争にも、そのあとの論功行賞にも縁のない自分は何をするかといえば、劉さんと二人で酒を賭けて碁を打つだけ。

「吾が事に非ず」は由緒ある言葉です。殷の湯王が夏《か》の桀《けつ》を討伐しようとした際、卞随《べんずい》に謀ると、卞随は「吾が事に非ざるなり」と断り、次に務光《むこう》に謀ると務光もまた「吾が事に非ざるなり」と断ったというのです（『荘子』譲王篇）。卞随・務光といった隠者が世間を拒絶する態度をあらわしたものです。それは官と隠という中国士大夫の根幹にある生き方と関わるもので、政治を拒絶して自己の充足を求めるという生き方の表明になっています。白居易がその言葉を用いることはとてもぴったりしているように見えますが、しかし卞随・務光は高潔な生き方を志向して断ったのに対して、白居易は友人と囲碁に没頭しようというのです。囲碁も隠といえば隠ですが、ここにはどこか世をすねているような態度が見え隠れするのではないでしょうか。戦捷に沸き立つ世間に背を向ける白居易、参戦とも論功行賞とも無縁である口惜しさが籠もっているかに思われます。

白居易が未練たっぷりにうたったこの句は、隠逸の表明というより世をすねた気配を帯びる、軽い絶句の一部ですが、日本に渡るとずっと重みのある言葉に変貌します。藤原定家の「紅旗征戎は吾が事に非ず」がそれです。定家は『明月記』の十九歳の条、六十歳の時の『後撰和歌集』奥書、二度にわたって用いているそうです。なぜか白居易の元の詩の「破賊」が「征戎」に変わっていますが、それでは平仄が合いません。白居易のテクストにも「征戎」に作るものは見あたりませんが、しかし白居易の詩句を用いていることは確かです。白居易の場合は、悔しさから自閉に向かうかのような言辞でしたが、定家は歌の道に生きることを高らかに宣言するかのような、堂々とした表明になっています。定家については国文学の専門家の研究がたくさんありますからそれにまかせて、時代を飛び越して堀田善衛に移りましょう。

堀田善衛『定家明月記私抄』の冒頭は次のように書き起こされています。

国書刊行会本の『明月記』をはじめて手にしたのは、まだ戦時中のことであった。言うまでもなく、いつあの召集令状なるものが来て戦場に引っ張り出されるかわからぬ不安の日々に、歌人藤原定家の日記である『明月記』中に、

世上乱逆追討耳ニ満ツト雖モ、之ヲ注セズ。紅旗征戎吾ガ事ニ非ズ。

という一文があることを知り、愕然としたことに端を発していた。

（中略）

定家のこの一言は、当時の文学青年たちにとって胸に痛いほどのものであった。自分がはじめたわけでもない戦争によって、まだ文学の仕事をはじめてもいないのに戦場でとり殺されるかもしれぬ時に、戦争などおれの知ったことか、とは、もとより言いたくても言えぬことであり、それは胸の張裂けるような思いを経験させたものであった。

文学に自閉しない、というより、常に日本や世界の情勢のなかで文学を捉えてきた堀田善衛が、世情を切り離して高踏的な歌の世界に沈潜することを標榜した定家の言葉を出発点としたことも興味をそそる問題ですが、ここにはいつ戦場に送られるかわからない状況のなかで定家の言葉が一気に心の一番深い部分にまで射し込んで魂をゆすぶられた衝撃が語られています。この痛切な体験が、世界と自分との緊張関係のなかで文学を構築していく堀田善衛を作りだしていったのかもしれません。

戦争の渦中にある緊張のもとで定家の言葉に深く動かされたのは、堀田善衛だけではありませんで

した。加藤周一にも次のような文があります。

……「紅旗征戎」が定家にとって、「夢の中の夢」でなかったことは、言うまでもない。戦いは、夢ではなく、まさに現実であったが、しかも「吾事」ではなかったのである。このように明白な「吾事」の意識は、定家以前にも、以後にもない。以前になかったのは、詩人の精神が宮廷の秩序に従属していたからであり、以後になかったのは、詩人が、「紅旗征戎」を自己の問題として考慮せず、あらかじめそこから遠い所に身を置いて、「吾事」の何であるかを根底から問おうとはしなかったからである。定家は、あの惨憺たる時代に、その生涯の出発にあたって、詩人とは何であるかを自らに問い、自ら答えた。私は、戦争の間、一巻の『拾遺愚草』とその背景との裡に、もっとも多く、私自身と私の周囲とを見出したのである。

(「定家『拾遺愚草』の象徴主義」、初出一九四八年。『加藤周一自選集　1』所収)

白居易、藤原定家、そして堀田善衛・加藤周一――「紅旗破賊(征戎)は吾が事に非ず」をめぐる言説の背景には、或る共通した状況が見て取れます。それはいずれもそれまでの体制が大きな変動を被る時期であったということです。呉元済の乱は藩鎮が朝廷と敵対し唐王朝の安定が揺らぐ一つの契機であって、やがて藩鎮のなかで最大勢力を得た朱全忠が唐を滅ぼすに至る、その遠い先触れとなったものです。藤原定家の場合は、貴族による政治・文化の支配から源氏の擡頭によって新しい時代へとうごめき始めた時期に当たります。そして堀田・加藤においては明治以来の拡張政策の延長、その無謀な増長が敏感な知性には信じられなくなった時期といえるでしょう。いつの時代にも変化のない時代はないにしても、このような大きな変化の兆しが周囲と自分との緊張をとりわけ深刻に感じせしめたに違いありません。

共通するところはまだあります。いずれの場合も周囲の動きに対して自分が無力であることを痛切に知っていて、それを認識しつつ世と己れの緊張関係を捉えていることです。ただ無力感は白居易の場合、いくらか捨て鉢な態度でふて腐れて刹那的享楽へ埋没するというところが他とは違います。たとえ白居易がいじけた口ぶりで発したにせよ、この一句は、定家に、さらに堀田善衛や加藤周一に次々と受け止められ、それぞれの状況に応じて自分に引きつけた意味を獲得していきます。或いは白居易の一見すねたように見える詩句のなかにも、作者の意と関わりなく、以後の重い受け止め方を生じる可能性を懐抱していたと言うべきでしょうか。

たった七字の句が、時代や空間を越え、それぞれの読み手の現実に結びつけた意味を次々生み出していく。文学が持つ力とはそうしたものではないでしょうか。

四　おわりに

今日の文化のなかで文学は後退し、今後さらにその方向に向かって、やがてこの世から文学なるものは消滅するのでしょうか。私はそうは思いません。人間が言葉を用い、感情を抱く存在である限り、文学がこの世から消えることはない、と信じています。李斯の話が理解できない、共感されない、そういう大きな変動の時期に今さしかかっているのかも知れませんが、人は人である限り何らかの文化的基盤をおのずと求めるものであって、今は従来の基盤が崩壊したというより、新しい基盤の構築を模索している時代と理解したいものです。

「紅旗破賊（征戎）は吾が事に非ず」の継承と展開は、作品と読み手のあるべき関係を示唆しているように思われます。読むことは知識の獲得などではなくて、一つの経験でなければならない。作品をみずからの経験として受け止めた読み手は、そのことによって作品に新たな意味を賦与する。作品と読み手が互いに深め合っていくこのような関係こそ、文学の持つ意義であろうと考えています。

本稿は二〇〇九年一一月一一日、同志社大学言語文化学会学術講演会における講演をもとに加筆したものです。参加した方々から多くのご意見をいただきましたことに感謝いたします。

注

（1）山形和美『文学の衰退と再生への道』（彩流社、二〇〇六年）三八頁。

（2）講演の席で、奈良大学の上野誠教授から、李斯の思いを理解できない学生もいずれ人生の或る時期に、ふと思い起こすことがあるのではないかとご意見を賜りました。そこまで考えが及びませんでしたが、ご指摘を受けてみれば、読むことにはこうした作用もありうると思います。

（3）詳しくは拙稿「平凡な幸せ——中国におけるもう一つの「楽園」」（『アジア遊学』八二号、勉誠出版、二〇〇五年。『中国古典文学彷徨』研文出版、二〇〇八年、所収）。本日は注（4）と（5）とともに、先に私が個別の論文として発表したものを使わせていただきます。

（4）拙稿「友情の造型——管鮑故事をめぐって——」（大谷大学文藝学会『文藝論叢』、二〇〇七年）。

（5）拙稿「「紅旗破賊非吾事」をめぐって——白居易と呉元済の乱——」（『白居易研究年報』第六号、勉誠出版、二〇〇五年）。

中国における古典

一　「文」の国

過去から伝えられてきた書物のなかで、規範として大切にされてきた書物、すなわち「古典」が、社会のなかで大きな意義をもつといえば、中国ほどそれが鮮明に見られる所はほかにないのではないか。「古典」は制度化されて社会のなかに組み込まれ、中国の伝統文化を形作ってきたのである。

その開始をいつにするかには見方が分かれるだろうが、ここではとりあえず前漢の中頃、西暦前一〇〇年前後の、漢の武帝が儒教を国家の中心に据えて中国のかたちを整えた時から始まるとすれば、二〇世紀の初めに最後の清王朝が滅びるまで、ほぼ二〇〇〇年にわたって伝統文化が社会全体を支配し続けたことになる。

もちろん、王朝はその間に幾多の交替を見た。そのなかには漢民族以外の民族が中国の北半分を、或いは中国全土を治めた時代も含まれる。にもかかわらず、中国の伝統文化は王朝の政治力よりも強く、中国を支配したのである。伝統文化の求心力こそが、中国を一貫して中国たらしめてきたといってよい。

武力によって前王朝を倒した新政権は、どの王朝の場合も大急ぎで文化国家に変貌しようとする。武から文へ――文を備えてこそ正統王朝として内外に認められるからだ。そのために新王朝は成立すると同時に、国家的文化事業に次々着手する。前王朝の歴史書（「正史」）を編纂するもその一つであり、正統王朝のしるしとなる、誇らしげな責務であった。

たとえば唐の初めには、それまで幾つか相継いだ短命な南朝・北朝王朝の正史が、一気に編纂された。唐は北朝・鮮卑系の王朝であるけれども、そう言われなければ非漢民族であるとは気づかないほどに漢化している。

唐王朝が成立当初に行ったもう一つの文化事業、「石経」の建立は、石に刻むことによって経書を永遠に伝えようとしたものだが、テキストの間で乱れていた文字の異同を一つに定めたことは、いわば経書を王朝が所有し管理することを意味するものでもあった。さかのぼれば、秦の始皇帝が文字の書体を一つに定めたことも、王朝が文字を支配しようとしたものとも言えよう。秦は伝統文化を否定しようとした希有の王朝であったが、その秦にしても文字は国家が独占したのである。ちなみに中国の長い歴史のなかで、伝統文化を全否定しようとした大規模な企ては、紀元前三世紀終わり頃の秦の焚書坑儒、今から半世紀ほど前に起こった文化大革命、その二つしかない。そして二つとも一〇年そこその短期間で潰えたのである。伝統の力がいかに強固であるか知られよう。

宋代の初めに国が主導して編んだ『冊府元亀』、『太平御覧』、『太平広記』、『文苑英華』といった大規模な叢書は、今日でも基本的な書物としてはなはだ有用であり続けている。満州族の王朝である清もいち早く漢化し、非漢民族であったためか、伝統文化に帰依しようとする欲求はいっそう強かったように見える。今も我々の手元から離せない『康熙字典』、『全唐詩』などは、康熙帝の勅命によって編まれたものであった。

国家的規模の文化事業としてとどめを刺すものに、一八世紀後半、清の乾隆帝による『四庫全書』の編纂がある。これは当時存在する限りのあらゆる本を一つにまとめようと企てたものであった。宮中図書館にない書物は民間から借り受け、写し終えると返却するという方法によって、見られうるすべての書物を書き写して一つにまとめ、七部が作られた。焼失を恐れて各地に七箇所の専用図書館を設け、そこに分散して保存されたうちの二部が今も完全なかたちでのこっている。ただし、乾隆帝の『四庫全書』には思想統制の意図もあって、満州王朝に不都合な書物は「禁書」として除外されたものではある。

『四庫全書』の「四庫」とは、七世紀初頭、唐初の時期から定着した、書物を四つの部類に分ける分類法に基づく。儒家の経典やその注釈書を収める「経部」、歴史関係の書物を収める「史部」、思想哲学の書を収める「子部」、そして文学書を収める「集部」。「子部」の「子」とは諸子百家の「子」であり、「集部」の「集」とは「別集」(個人別文集)、「総集」(複数の作者の選集)の「集」に由来する。四部の順番も重要度の序列に基づき、経部が最も重みを持つ。こうして振り返ってみると、中国は文字の国であり書物の国である、要するに「文」の国であると、今更ながらに思われる。

「文」を支えるのは儒家の思想であった。儒家思想の成長とともに、それとは対極に位置する老荘思想も発展し、両者は競り合いながらそれぞれの輪郭をはっきりさせていったのであろうけれども、国家のイデオロギーとしては、当然ながら儒家が選び取られた。とはいえ、老荘という儒家に対峙する思想も抹殺されなかったところに、中国のしなやかで強靱な性格が見られると思う。単一のイデオロギーしか許さない集合体は、表面は強そうでも意外なほどもろいものだ。六朝以後は、中国における唯一の外来思想というべき仏教が浸透してきた。皇帝のなかでも南朝梁の武帝、唐の武則天（則天武后）や憲宗などが、仏教に心酔したことで知られるが、仏教は個人の心の拠り所として信奉されたもので、国家の柱となることはなかった。

儒家の思想を語る経書こそ、「古典」と呼ぶにふさわしい書物ではあったが、しかしそれは「経書」であって、「古典」とは呼ばれなかった。そのことは中国における古典的なものと今我々がいう古典との間の懸隔をも示唆するように見える。古典という場合、過去の遺産、過去の書物という意味が含まれる。経書ももちろん過去の書物であるに違いないものの、それは時間の観念を除外した、現在の、或いは永遠の規範なのである。今、わたしたちは常に時間軸のなかで物事を捉える。しかし中国ではその意識は薄いかに見える。たとえば唐詩と宋詩、それはわたしたちにとっては時間の経過のなかで展開してきた変化を示すものであるが、中国の文人は両者を同一平面に同時に存在する二つの様式の違いとして受け止める。時間の観念が稀薄であることも、伝統文化の均一性を示すものにほかならない。

二　士大夫と文

経書を最も重要な書物として尊び、それを身につけた人々が、政治的にも文化的にも上に立って全体を支配する——それが過去の中国社会であった。上に立って支配する階層が士（士大夫）である。「文」は決して万民に平等に与えられていたわけではない。文を担う階層「士」と、おそらく数のうえでは圧倒的多数を占めた一般の庶民「庶」とは截然と区別された。士庶の違いは、「文」をもつか否かによる。

士大夫は古典の素養と詩文を書く能力によって「官」となる。官は富と名声をもたらすものであった。官になるためには、まず何より経学を身につける必要があったから、経書を学ぶことにははなはだ実利的な目的もあった。漢代の儒学者夏侯勝《かこうしょう》に、こんな言葉がある。

「経術苟《いやしく》も明らかなれば、其の青紫を取ること、俛《ふ》して地芥《ちかい》を拾うが如きのみ」（『漢書』夏侯勝伝）。

——経書に通じれば、高い地位に昇るのも、かがんで地面のゴミを拾うようにたやすいことだ。経学に通じることを出世の手段とあからさまに述べた功利的な言葉であるが、確認しておかねばならないのは、儒家が求めたのは徳を身につけること、それが何より大事な目標であった。経書を学ぶことは有徳の人となるための手立てであって、経書の学問自体が目的ではないし、ましてや高位高官に昇るためという夏侯勝の言葉などは本末転倒であった。経書の習得は単なる技能ではなく、人格の涵養と結びついていたからこそ、庶民からの尊崇も受けたのである。

人格の完成が儒家にとって最も高いランクに価値づけられることは、『春秋左氏伝』襄公《じょうこう》二十四年(前五四九年)の次の言葉からも知られる。

大上《たいじょう》は徳を立つる有り。其の次は功を立つる有り。其の次は言を立つる有り。

「徳」、「功」、「言」——最上に置かれるのは個人の内部における「徳」の涵養、言い換えれば倫理的な人格の修養。それに続くのは、徳を実際の場で人々に及ぼすこと、具体的にいえば為政者としての実践を通して成果をあげること。「功」とは結果を外にあらわすことにほかならない。そして「言を立つ」、すなわち言語活動、それは口頭による発言であれ、文字に書き表されたものであれ、最後に置かれる。

「徳を立てる」ことは最上位にランクされるにしても、自分のなかに徳を身につけさえすればそれでよしとは考えられなかった。日本人の価値観では自己の内部での陶冶に自閉してしまいがちだが、中国では徳有る人は自分の徳を世に推し及ぼさねばならなかった。儒家の思想は徳の完成に留まらず、実践によって広く人々を救済することを求め、その成果が「功を立てる」なのである。そうした考えが、「文」に社会的な広がりを与えている。

実践によって人々の救済に務めるには、「官」にならねばならない。官は確かに中国社会の支配階級であり、高い地位や物質の豊かさを獲得できたにしても、単なる搾取者であったわけではない。彼らには儒家の教えに基づく理念があった。人々を救済する責務を自覚していた。だからこそ、官が支配する体制が恐ろしく長い期間にわたって存続しえたのだろう。もし彼らが理念を持たず、権力と物質への欲望しかなかったとしたら、かくも長く続くことはありえなかっただろう。

士大夫は庶民を幸福にすべき責務を果たすため、一方ではまた自分の生計を立てるため、加えて富や名誉への欲求のため、誰もかれもが官を求める。しかし官には定員があって、当然、官に就けない士大夫も少なくない。無官の士大夫に対する美称に「徴士《ちょうし》」という語がある。有徳の人として朝廷からわざわざ「徴《め》」されたけれども敢えて官に就こうとしない高潔な人、の意である。陶淵明がその典型と目されて、彼は「陶徴士」とも呼ばれる。この言葉は官界がやはり実際には権力欲の渦巻く汚い世界であるという認識があったことを示してもいる。「仕官」することを得た士大夫も、その実態のなかに身を置きながら、官から離れた清廉で自由な生き方にも憧れる。それが「隠逸」であった。仕官と隠逸、一語につづめれば仕隠、これは中国の士大夫に常にまといついたアンビヴァレントな心情であった。実際に隠逸に踏み切ることはむずかしくても、隠逸への希求を持ち続けることによって、彼らは精神のバランスを取ったのだろう。

三　文字言語

士大夫は古典の素養を備え、それに基づいて詩文を読み書きする能力によって、支配階級たりえた。徳とか知とか、目に見えないものが庶民の尊崇を呼び起こしたのとは別に、読み書きができる、つまり文字言語（書き言葉）、中国の言葉で言えば文言、それを運用できるという実務的能力によって特権を得たのには、ほかの実際的な理由もあった。

それは中国の広大さと関わりがある。統一された時代の中国はヨーロッパ全体を含むほどに広がり、各地の方言には大きな隔たりがある。中央の朝廷から各地に派遣される官は、地域の言語の違いに左右されない文字言語に頼るほかなかった。文字言語が一種の標準語、公用語として機能したのである。

庶民の識字率はおそらくはなはだ低く、話し言葉も現地の言葉しかしゃべれない。官は原則として出身地に赴任することはないから、赴任地の言葉はしゃべれない。それゆえ、書記言語をもつ官と方言を話す庶民とを結ぶ存在が必要であった。それが「吏」である。吏は朝廷の官と地方の庶民の中間に位置して、中央と地方の媒介役を果たした。彼らは現地雇用の職員であり、地方の言葉をしゃべれるとともに、公的文書を操るだけの、或る程度の読み書きができた。吏の存在がなければ、中国の中央集権はありえなかったことだろう。日本では公務員は一括して「官吏」と称されるが、本来は「官」と「吏」という二重の官僚体制に由来するものであり、「官」と「吏」の間には決定的な身分の差があった。

文字言語の空間的普遍性が中国の中央集権体制を支えたとすれば、文字言語の時間的普遍性は、中国の伝統文化がかくも長く一貫して続いたのを支えた要因の一つでもあった。中国の文字は「表語文字」である。これまでふつうは「表意文字」と呼ばれてきたが、近年は「意」といっては漢字の六書と齟齬するから、厳密には「表語文字」と呼ぶべきであると言われる。

言葉の音は時代によって変化する。わたしたちはたとえば紀元前七、六世紀頃に編まれた『詩経』の詩の文字を読んでほぼ意味を理解することができる。「一日不見、如三秋兮」――最後の「兮《けい》」の字が四字句にするために置かれた意味のない字であることさえ知れば、この二句が何を言っているのかわかる。「一日見ざれば、三秋の如し」と訓読すれば、そのまま日本語にもなる。そこに含まれた気持ちも、我々が「一日千秋の思い」というのと大差はないだろう。二千数百年まえに書かれた言葉が現代の日本でそのまま理解できるというのは、驚くべきことだ。しかしこれがもし表音文字で記されていたら、昔の音をそのまま表記した言葉は、わたしたちを寄せ付けない。専門家が「上古音」として推定する当時の音は、今の音と大きく異なっているからだ。

表語文字という、時代の変化を被らない書記体系ゆえに、中国の伝統文化は一貫して続くことができたのではないか。表語文字を使っていたことが、ほかの文化圏にはみられないほどの長い期間にわたって、伝統が均質に持続することを可能にしたのではないか。

しかし、考えてみれば、三千年も言葉が一定不変のままというのは、どこか不自然ではないだろうか。変わらない言葉を基にして変わらない伝統が保持されていく。のみならず社会の体制も伝統に依拠して均一に続く——これは人の歴史の展開のなかで何か無理がありはしないか。時代の変化は新しい精神を生み出し、それを表現するためには新しい言葉が求められたはずだ。途方もなく長い期間にわたって均質のまま続いた歴史は、奇異に思わざるをえないが、中国の文化はそのようにして継続し、それゆえに他の文化圏にはない特質が見られるのである。

四　科　挙

早い時期から定着した文字言語、すなわち古典を基準とした「文言」(文語)、それを運用できる能力によって、士大夫は官となり、支配階級たりえた。文言を駆使しうる支配階級は、もとより出自によって固定されていたが、唐代半ば以降になると下層の士大夫層が進出する。その契機になったのが、高級官僚を登用するための科挙の試験であった。

科挙こそ、中国における文の尊重を端的に示すものにほかならない。伝統文化が社会のなかに制度化された明証であった。それはいかにも伝統文化に対する尊重に基づいているように思われ、事実その通りなのだけれども、科挙が導入された動機は必ずしもそうでなかったことも、考慮に入れておくべきだろう。

漢代では官の登用は各地方から有徳の士が推薦されるという仕組みによっていたが、それも実態は曖昧なものであった。魏晋以後は九品官人法（九品中正制度）という、人品を九つにランク分けした方法によったが、人物への評価を基準にするとはいえ、実際には家柄の固定を促すことになった。南朝では限られた名門の子弟がその出自によって官を得、政治・文化あらゆる面において、ごくわずかな上流階層が独占したのだった。

科挙の施行は隋からと言われるが、本格的になったのは初唐後期の武則天に始まる。しかし武則天がとりわけ「文」を尊重したために科挙を拡大したわけではなく、勢力をもつ既存の名族に対抗するために、名族以外の階層から新たな人材を己れの政権に吸収することを目的として、試験という方法を採ったのだ。つまりは権力闘争のなかから生じたのである。

科挙が本格化されたとはいっても、科挙による官の登用が一気に広がったわけではない。盛唐の時期ではまだ科挙出身者はさほど目立たない。中唐に至って、名族ならざる士大夫層が科挙、そのなかでも進士科の試験を通って高級官僚に躍り出るということが顕著になった。これは官界における大きな地殻変動であった。中唐を代表する文学者は同時に高位の官僚でもある。韓愈も白居易もそれ以前に生まれていたらとても望めないような地位にまで昇り、宰相の一歩手前にまで至った。白居易の盟友の元稹《げんじん》は宰相になった。時代を代表する文学者と時代の頂点に立つ政治家が一致するという、宋代以降にはふつうになる現象が中唐から起こったのである。

とはいえ、家柄によって官を得た人々と進士科を経て登用された人々とは、官人のなかで相い半ばしていたのが実状であり、官人のすべてが進士出身というわけではなかった。両者の間では熾烈な党争が起こり、晩唐まで続く。家門の重さはそう簡単に払拭できるものではなかったようだ。

宋代以後になると、科挙は完全に官僚採用の基本的な条件となった。それには唐末・五代の混乱によって、権門がその経済的基盤を失ったという変化があったためだろう。宋代にも門蔭《もんいん》という、身近な肉親に高官がいれば官に就く特典が与えられる制度があったが、それによって官界に入ったところで昇進が望めないほどに、科挙制度が定着し、それが清末まで固定したまま続いたのである。中国に顕著な「文人官僚」は宋代になってから固定したものであった。

五　士人の煩悶

古典の教養を身に着けることで、文化・社会の支配者となった階層は、社会の階層からいえば「士大夫」（士・士人）と呼ばれ、書物を根底とする面からいえば「読書人」と呼ばれ、詩文をみずから書く面からいえば「文人」と呼ばれた（村上哲見『中国文人論』）。この三通りの呼称は、士大夫が三つの特質を一体として備えていることをよく示している。先に記したように、士と庶との間には明確な階層の差異があった。士は庶を守る責務を負い、庶は士を敬するという両者の関係が、社会体制の安定を保証し、それゆえに古典を核とした伝統が途方もなく長い期間にわたって続いてきたのだが、しかし個人の尊厳と平等を価値とする今日から見たら、階層に分断された時代はやはりいびつな世の中だったのではなかろうか。特権を有する士人たちは庶民に対して自責の念を抱くことはなかったのだろうか。

北宋の文人官僚、蘇軾には「人生　字を識るは憂患の始まり」という一句で始まる詩がある。それは「石蒼舒《せきそうじょ》の酔墨堂《すいぼくどう》」と題された詩で、草書の名手石蒼舒の書を讃えたものだが、この一句のあと、字など名前が書けさえすればそれで十分、判読もできない草書を書き散らすなど無用なこと、と書き継がれる。親しい間柄ゆえの揶揄から書き起こされているが、最初の一句には古典を身に着け官の地位を得た蘇軾が、それゆえに度重なる政争に巻き込まれて辛酸を嘗めた苦い思いが滲《にじ》みでている。「字を識らず」、庶民として生きてきたら、こんな辛苦とは無縁であったろうに、との悔恨が垣間見える。士人という特権階級ゆえに災厄を余儀なくされたのだった。

蘇軾に先立って宋初の梅詢《ばいじゅん》という人にはこんな話が伝えられている。――翰林学士として詔勅の起草に疲れた折、ふと年老いた兵卒がひなたぼっこをしながら、のんびりあくびをしているのを見かけた。いかにものんきそうなその姿に梅詢はおもわず、「君は読み書きができるのか」と尋ねた。老兵は答えた、「字を識らず」。梅詢はこの兵の生き方をはなはだ羨ましく思ったという（沈括『夢渓筆談』巻二三）。

この話は同じく宋初の高級官僚であり、当時最高の文化人でもあった楊億《ようおく》のこととしても伝えられ、南宋の陸游は楊億《いおく》の話として自注に引きながら、「日を負いて戯れに作る」という詩を作っている。疲れ切って目がにかわのようにくっついてしまったという句に続けて言う、

安得他生不識字　　安《いず》くんぞ得ん　他生は字を識らずして
朝朝就日臥茅簷　　朝朝　日に就きて茅簷《ぼうえん》に臥するを

――生まれ変わったら読み書きも知らないまま、毎日草葺きの軒端で陽光を浴びて寝転んでいたいものだ。

このように宋代には字を識らない庶民の生き方を羨望する言辞が、頻繁にあらわれるようになる。それはおそらく文人官僚という立場が定着したことと関わりがあるだろう。しかし彼らが庶民の自在な生き方を羨ましく懐《おも》うのは、政争やら公務やらに疲弊した、官人生活への嫌悪から生じたものであって、官であること、士人であることの自責の念をうかがうことはできない。

みずからが特権階級であることを庶民と比べて意識した例は、盛唐の杜甫の詩に見出すことができる。安禄山の乱が勃発する直前の、世情が危機を孕んだ時期、杜甫は長安を発って家族を預けた奉先県まで長い旅を続ける。やっと家にたどりつくと、泣き声が外に漏れている。留守の間に子供の一人が餓死したのだった。この悲痛の極みのなかで、杜甫は自分のような特権を有しない庶民の苦労に思いを馳せる。

生常免租税　　生は常に租税を免る
名不隷征伐　　名は征伐に隷せず

撫迹猶酸辛　迹を撫すれば猶お酸辛たるも
平人固騒屑　平人は固《まこと》に騒屑たり
黙思失業徒　黙思す　失業の徒
因念遠戍卒　因りて念《おも》う　遠戍《えんじゅ》の卒
憂端齊終南　憂端　終南に斉《ひと》し
澒洞不可掇　澒洞《こうどう》として掇《ひろ》うべからず

（「京自《よ》り奉先県に赴く詠懐五百字」）

――官に就いている自分には租税も兵役も免除されている。そんな自分でも振り返ってみれば辛酸を嘗めてきたが、ふつうの人々の生活こそ凄惨そのものに違いない。仕事を失った人たち、遠く戦地に駆り出された兵士たち、彼らのことを思うと、悲しみは終南山の高みに達し、もやもやと収拾もできないほどに拡がっていく。

これは自責の念ではないにしても、自分の不幸をもとに、庶民一般のより困難な状況に思いを致すという想像力が働いているのは確かだ。そして自分の悲しみを庶民も含めた広く人々全体の悲しみとして拡げている。士人の立場を庶民と引き比べた珍しい例であって、士であること自体に痛みを覚える一歩手前といえようか。

六　おわりに

「古典」の尊重に基づく世の中の仕組みは、中国の社会と文化を独特の色で染めたのだが、本稿ではそのあらましをなぞったに過ぎない。その可否を論ずることは軽率にできるものではないが、ただ、こうした体制によってもたらされた特質を最後に付記しておこう。

その一つは士大夫層、大胆に訳してしまえば知識人、彼らは近代以降の知識人と違って、伝統の大きな枠のなかに入っている安定感をもっていることである。それは個個人における自信と言い換えてもいい。近代の知識人が自身の内部で悩めることを特色とするならば、士大夫は自分自身の存在についても、伝統の存在そのものについても、疑うことはない。そのなかにどっぷりと浸っているかに見える。もっとも、明末などに見られるように、そこから逸脱する士大夫もないではないが、それは文化の爛熟が生み出した少数の例外であって、全体としては社会・文化のありように疑問を抱くことは希であるし、それゆえに存続してきたともいえる。詩人はたびたび自分の不遇を嗟嘆する。しかし徳や才を備えた己れが世に認められないのは、今現在の世の中が正しい状態を失っているからであって、本来あるべき世の姿に戻れば、自分が取り立てられないはずはない、という信念は揺らぐことはない。したがって絶対的な絶望に陥ることは希だ。伝統文化の確固たる存在に疑義を抱くことはないのである。士大夫の安定感に大きな揺れが生じたのは、西洋近代のインパクトであったが、あるいは現在ですら中国の知識人の揺るぎない自信は、前近代の士大夫を引き継いでいると言えないでもない。

もう一つは、士大夫は天下国家を常に念頭に置いたことである。選良としての自覚が、彼らの世界観と結びついている。文学においても、常に「公」の意識が伴うことは、日本の文学が概して「私」の範囲から出ないのと好対照を成す。中国でも詩のなかではもちろん自分個人の思いをうたうことが中心ではあるが、しかしそこにも世の中との関わりから離れることはない。その全き例は杜甫の詩であって、杜甫は自分の不幸を世の人々の不幸と一つのものとして捉え、嘆き、憤る。自分を世の中全体との関わりで捉える態度は、中国の文学を視野の広い、骨太なものにしているように思われる。

こうした特色が、文学においても政治性、倫理性が濃厚であるといったような、中国の文化の性質を作りだしている。中国の「文」は文弱に傾斜することなく、世の中全体を視野に収め、さらには歴史的な人間の営みの全体を見渡す広さ、勁さを懐抱している。

読むということ

「ふだん思っていること」を書くようにという御下命を、研究推進・国際交流委員会の宇佐美文理委員長と出版委員会の釜谷武志委員長からいただいた。昨今の研究動向に対する感想を求められたのだと思う。そうだとすれば、お二人は今の世にあふれている論考に必ずしも満足しておられないのだろうか。たまたま届いた『東方学』135輯の「編輯後記」に、宇佐美さん御自身が柔らかな筆致で書かれていることも、論文というものは知的な発見を得た歓びから出発すべきだという趣旨とお見受けした。さらに勝手に忖度すれば、投稿論文の多くにはそれが希薄ではないかという微意を含んでいるのかも知れない。

考えてみれば、論文そのものは毎年大量に生産され続けているけれども、宇佐美氏の文章のように研究のありかたそのものに対する意見はあまり目にすることがない。わたしも改まって書いたことはないけれども、三年ほど前、ボストンに滞在していた時期、南京大学の卞東波さんと何回か会っておしゃべりしていたら、知らぬ間に卞さんはそれを対談のかたちにまとめて発表してくださった（「探尋詩何以為詩─川合康三教授訪談録」、林宗正・蔣寅編『川合康三教授栄休紀年文集』、鳳凰出版社、二〇一七、所収)。それはもっぱらわたし自身の関心の所在を語ったものであって、世の研究動向に対する意見ではないし、他人にどれほど参考になるかもわからないが、しかし個別の研究論文とは別に、研究の姿勢とか方法とかに関わる言説は、日本でももっと盛んに行われていいのではないか。そう考えて、与えられたこの機会に「ふだん思っていること」を書かせていただく。

中国古典文学の勉強を始めたころ、いつも胸に去来していたのは、結局自分のしているのは人の書いたものを後ろから追いかけているに過ぎないのではないか、という思いだった。時には「巻を開きて読み且つ想えば、千載も相い期するが若し」(韓愈「出門」)というような、古人との出会いの歓びもないではなかったが、読んでいる対象が「古人の糟粕」であることは動かない。つまり昔の作者が自分や周囲の世界をどのように捉えたか、その感性や思考の足跡を言葉をたよりにたどっているだけだ、茫漠とした全体のなかから自分が見出したものではなくて、人の描いた見取り図に導かれているだけのことだ──読むことがそういうものだとすると、それは作者に追随する二次的な行為にとどまることになる。

作者のあとを追いかける読む行為とはまったく違って、書くことはこの世に新たなものを創り出す営為なのだという信奉、ないしは羨望があった。中国の詩の場合も、「用例」のある語を韻律の規則に合わせて並べたものではない、作者の感情、想念そして思想によって組み立てただけではない、

「筆を下せば神《しん》有るが如し」、作者を越えた「神」が乗り移ってはじめて生まれるのが作品であると信じていた（今もこの信念は変わらない）。読むことと創ることとの間には、いかんともしがたい隔たりがあると思っていた。

さらに「千載も相い期するが若し」、古人の書いたものを読んで「古人と友となった」と思うことのなかにも問題がある。読んで共感する、琴線に触れたと思うのは、実は自分のなかにすでに存在していた思いと一致したというに過ぎないのではないか。とすると、本のなかに自分自身の影を読み取っているだけのことになる。自分という小さな存在を手立てに古人の書物のなかを照らしてみて、たまたま光が返ってきた部分を我が意を得たりと思い込むのは、本のなかに自分を読んでいる、卑小な自分に見合った部分を照らし出して喜んでいるようなものかもしれない。このように考えてくると、読むという行為はまるでつまらないものになってしまう。読む行為がかくもつまらないものであるならば、読むことをもとにした研究がつまらないのも当然のことだ。

しかし本を読むことは、自分の尺度に合う所を汲み取ることではない。自分の知識、経験、思念、それでは捉えきれないものに触れ、打ちのめされるほどに自分が動揺させられる、つまりは自分を越えるものとのぶつかり合いのはずなのだ。それでこそ読書は自分の真の「経験」となる。振り返ってみれば、十代のころ、読み終わると周囲が輪郭を失って呆然とした状態になり、自分が読む前の自分と変わったような気がする、そんな本との出会いが何回かあった。ところが大学に入って「勉強」として本を読むようになると、いつの間にか「ためにする読書」に変わってしまった。読書本来の恐れと歓びを取り戻したいと思うのは、遅きに過ぎるだろうか。年齢だけが問題なのではない。読むことを職業とする身としては、いつ訪れるかわからない本の衝撃を待ってばかりはいられない。読むだけではなく、読んだことを書かなければならない。読むことが身過ぎ世過ぎのなりわいになると、読書の本質から離れてしまいがちになる。

本を読むことによって触発され、自分のなかのぼんやりしていたものがはっきり形をあらわすということもある。本は触媒だと言った人がいるけれど、それはそういう意味なのだろう。同一の物質ではない本と自分との間に化学変化が起こって、別の新たなものが生み出される。そうなると、読むことは単に自分の影を読み取ることより、積極的な意味をもつ。

しかし、自分のなかに元々あったものを見つけるにしても、触発されて自分のなかに新たなものを生み出すにしても、いずれの場合も、本が読み手に与える作用であるにとどまる。そうした受け身の読み方を越えた、もっと能動的な読み方こそ、わたしたちは目指すべきではないか。本から受け取るのではなく、本に与える読み方である。読むことによって作品を新たによみがえらせる、新たに創り出すという読み方。再創造の行為としての読むことが可能になれば、読むことは決して古人のあとを追いかけるだけではないし、先に記した「読むことと創ることの間には越えられない逕庭がある」という思い込みも払拭される。読むことは創ること——読む行為をそのように捉えたら、作者という存在はバルトが言うとおり作品の支配者ではなくなる。読み手は作者の意図を越えて読み解いていくことになる。そして作品はエーコの言うように読者に向かって開かれたものとなる。読み手はあらかじめ決められた読み方から離れて、作品を自在に展開することになる。

とはいえ、中国古典文学を対象として、そうした創造的な読みを提示してくれる著述は決して多くない。中国の文学のあまりにも強固な伝統の呪縛は、読む行為に対しても我々をなかなか解放してくれないかのようだ。むしろ中国以外の分野で繰り広げられている読みの実践のなかに、刺激的な言説を見ることができる。最近では野崎歓氏の著作のなかにわたしは読むことのおもしろさ、すごさを教えられている。ずっと前から翻訳の『ネルヴァル全集』を備えながら入り込めずにいるので、『異邦の香り──ネルヴァル『東方紀行』論』についてはなんとも言えないけれども、谷崎潤一郎や井伏鱒二は自分でも大半は全集で読んだはずなのに、自分が把握したと思っていたのとはまるで異なる読解が展開されているのに興奮せざるを得ない。そして中国古典文学に関しても、こんな読み方ができたらと思わざるを得ない。

長い歴史の蓄積をもつ中国学の場合、広く深い学識がまず求められる。文献の操作においては、厳密な手続きが方法として確立されている。これは中国の学問の貴重な財産であって、今日の学術文化のなかにおいても価値ある遺産として尊崇を受けているといえよう。しかしそのなかに安住しているだけでは、今の文学として認められることはむずかしい。実際、中国古典文学は文学を語る枠のなかに入れてもらえないのだ。今日、また将来にわたって、生気あふれた豊饒な文学として人々の間で生き続けるためには、我々の新たな読みが求められる。そして中国古典文学の作品は十分それが可能な内容を含んでいるはずなのだ。

「もの」と「こと」を越えて

Ⅰ　草創期の中唐文学会

今年の幹事の姜若冰さんから、中唐文学会が生まれた経緯や初期のころの話をするようにと頼まれました。数えてみますと、もう四半世紀も前のことになります。記憶を反芻するのは当人にとっては楽しいことですが、しかし聞いておられるみなさんには、単に老人の退屈な思い出話にすぎません。そこで初めに少し回顧談を置いて、そのあとは文学研究の方法について考えてみたいと思います。

中唐文学会が発足したそもそもの始まりをたどりますと、筑波大学におられた松本肇さんと知り合ったことがきっかけです。一九八八年から八九年の一年間、私はハーヴァード大学にいたのですが、松本さんからの手紙が家から転送されてきました。それまで松本さんとは会ったこともない、話をしたこともない。突然、手紙をいただいたわけです。手紙の用件は筑波大学に集中講義に来るようにとのことで、たしかアメリカから帰った八九年の秋に出かけたように思います。この「筑波山麓の出会い」

が初対面でしたが、一見して旧知の如しといった感じで、すぐに心を許し合う仲になりました。松本さんの誠実なお人柄とともに、彼もその時、中唐の文学に興味をもっていたからです。中唐というのは明代の古文辞派、盛唐詩を至上とする詩観から生まれた区分で、「中唐」という命名自体に盛唐より下位に位置するという見方を含んでいますが、実は宋代の文学を切り開く大きな意義をもっていたのではないかという基本的な考えが共通しました。当時は同世代の方々の間で、中唐の文学への関心が高まっていまして、松本さんと私の二人だけではなく、もっと輪を拡げよう、という話になり、関東、関西の人たちに呼びかけました。「中唐」とは言っても、盛唐も関わるし、晩唐・宋代も関わる。転折点である中唐から前にも後にも拡げることができる。そのため会員は毎年増えていきました。

こうしたグループが生まれた一つの動機は、今ではわかりにくいかも知れませんが、当時は大学ごとに立て割りされていて、出身校の違う人とはまったく交流の場がなかったからです。一つの大学のなかで先輩後輩という関係しかなかった。しかし同じ世代の人たちこそ、同じ問題意識、共通の関心があるはずで、そういう人たちと語り合える場を作りたかったのです。

一回目の集まりは九〇年の日本中国学会の前日に、学会の会場である駒沢大学で開かれました。その時、中唐文学会のほぼおおまかな方針が決まったと思うのですが、一つは会長も会則も設けない。毎年、次の年の幹事だけ決めて、幹事が好きなようにやる、ということです。これは形式に縛られずに中身そのものを大事にしようと考えたからですが、もっと率直に言えば、いい加減でちゃらんぽらんな集まりでいいのではないか、ということです。いい加減とちゃらんぽらんはともに私の得意とする分野です。

中身を大切にするために、学会のように短い時間でベルをチンと鳴らしてせき立てることはやめて、発表者にはたっぷり話していただく。それはずっと受け継がれているようでして、今日もお三方のご発表を一時間ずつ、詳しくうかがうことができました。

もう一つは五十歳定年制というものです。当時の日本中国学会は長老に支配されていて（?!）、今のように「若手シンポジウム」を設けて若い人に機会を与えてくれるというような、至れり尽くせりの配慮はありませんでした。えらい先生が出てこられて一声で決まってしまう、そんなふうにならないように、みんなが平等にわいわい言い合える場を求めたのです。

今回、中唐文学会の席でお話をすることになったので、何かメッセージはないかと松本さんに電話でお尋ねしてみましたら、会員が年々増えてこんなに長く続くとは、当時は思いもよらなかった、どうか発足時のことはかまわず、好きなように続けてください、とのことでした。

やはり発足のメンバーのお一人であった齋藤茂さんからは、初期のころの資料を提供していただきました。それを下に掲げておきますが、第五回の幹事を務められた市川桃子さん、詹満江さん、河田聡美さんが初めて『資料集』という冊子を作ってくださり、それ以後は毎年、『中唐文学会報』が刊行されるようになって、追跡が容易になりました。

草創期の中唐文学会　会場と幹事（齋藤茂氏提供の資料による）

第一回（九〇年一〇月）：駒沢大学　松本肇・赤井益久・川合康三
第二回（九一年一〇月）：大阪市立大学　齋藤茂・久田麻実子
第三回（九二年一〇月）：ワークピア横浜　岡田充博・末岡実
第四回（九三年一〇月）：京都女子大学　大野修作・愛甲弘志
第五回（九四年一〇月）：明海大学　市川桃子・詹満江・河田聡美
第六回（九五年一〇月）：京大会館　神鷹徳治・下定雅弘・森岡ゆかり
第七回（九六年一〇月）：日大文理学部　田口暢穂・丸山茂
第八回（九七年一〇月）：大阪大学　浅見洋二・幸福香織
第九回（九八年一〇月）：専修大学　佐藤正光・古谷徹・松原朗
第十回（九九年一〇月）：姫路独協大学　山崎みどり・橘英範
第十一回（二〇〇〇年一〇月）：早稲田大学　内山精也・高橋良行

参考：齋藤茂「中唐文学会――在日本成立」（『唐代文学研究年鑑』一九九一）
「大会記録集成」（『中唐文学会報』第八号、二〇〇一）

老人の思い出話はこのくらいで切り上げて、文学研究の方法ということについて、自分の経験からいくらかお話したいと思います。

Ⅱ　文学研究の方法

夏目漱石は子供のころから漢学を学んで、文学とはこういうものだとわかったつもりでいたのが、大学に入って英文学を学ぶに至って、自分の考えていた文学とはまるで違う文学に出会って当惑した、というような意味のことを書いています。わたしたちの世代の場合はそれと全く逆で、西欧の近代文学に触れて文学とはこういうものだと思っていた、それが中国古典文学と接して自分が思っていた文学がそこには見あたらない、そんな当惑を覚えたのです。まだ作品そのものを自分なりに読解する力はありませんでしたが、作品に関する言説を読んでみましても、どうもなじめない。中国語が少し読めるようになって中国で出た本を読んでも、当時はまだ文革中のことで、何もかも「人民のため」というイデオロギーで文学を論じている。これではおもしろいわけがありません。それ以前の中国のものを読んでも、隔靴掻痒といいますか、文学とは縁遠いような言説に不満しか覚えませんでした。中国の学問というのは、悪くいえばなんだか文献をカードとした一種の知的ゲームのような気がしました。文学そのものに肉薄するような研究は不毛のように思ったのです。一方で西欧の文学論はとても刺激的で、読んでいてどきどき、わくわくしました。当時、七〇年代に流行していたのは、西欧からやや遅れて入って来た構造主義です。そのころ、ツベタン・トドロフの訳書もある三好郁郎教授が教養部から出講されて京大文学部で構造分析の授業を担当しておられたのですが、研究室を抜け出して毎回盗聴しました。そこで展開される鮮やかな作品分析には、文字通りどきどき、わくわくしました。

そうした構造主義的な方法を中国の古典にも援用できないか、それを試みたのが「「長恨歌」について」という論文です（金谷治編『中国における人間性の研究』創文社、一九八三。川合『終南山の変容—中唐文学論集』研文出版、一九九九、所収）。（これについては明治書院『新釈漢文大系』の『白氏文集（一）』（二〇一七年五月）に挟み込まれた季報に書きました「「長恨歌」遍歴」という小文〈本書八九頁〜、所収〉をご参照ください。）

二十代のころ、方法論を模索するなかで、もう一つ、西欧の本に直接触発されて書いた論文が、「阮籍の飛翔」（『中国文学報』二九、一九七八。『中国古典文学彷徨』、研文出版、二〇〇八、所収）です。これはガストン・バシュラールの一連の著作、ことに『空と夢』（宇佐見英治訳）を手がかりにして、阮籍の「詠懐詩」を考えてみたものです。ガストン・バシュラールという人は構造主義者ではないし、一般の文学理論家とも違う、どのように括っていいのかわかりませんが、詩をめぐって独自の思考を展開した人です。その著作からわたしなりに汲み取ったのは、大気、水、火、大地などといった元素にからんで人間の根源的な詩的想像力が発動されるという考えです。それを踏まえて阮籍の「詠懐詩」を読み返してみますと、大気に関わる想像力が「詠懐詩」を「詩」たらしめている働きをしているのではないかと考えました。たとえば鳥の形象。中国の鳥は『荘子』以来、大きな鳥と小さな鳥の対比があります。「詠懐詩」のなかにも、鴻・鵠・焦明・鸑鷟などの名で表される大きな鳥と、燕雀・鶉鷃・鳩などの小さな鳥とが対比的にあらわれ、大きな鳥は高山、大空、神話的空間を活動の場とし、小さな鳥は庭などの狭い日常的空間に限られます。それに伴って大きな鳥は非日常的時間に生き、孤高のなかで常に孤独と悲哀を抱いています。一方、小さな鳥は日常的時間のなかで群れになって暮らし、平穏な生き方に安住しています。大きな鳥の飛翔は、仙人が風船のようにふわふわ空に上がっていくのと違って、垂直に上昇する力動的な運動感を孕んでいます。重力に逆らい、垂直に上昇していく意志と緊張に満ちた運動、この想像力を含むことによって「詠懐詩」は詩となっていると考えました。

阮籍は「詠懐詩」全体の特徴である揺らぎによって、大きな鳥の飛翔に憧れてみたり、それがかなわぬ己れは小鳥の安息を選ぶほかないと諦念したり、両者の間で揺れ動くのですが、孤高の鳥の力強い上昇感こそ、読む者が共感する想像力であることは確かです。

「詠懐詩」はその難解さのために顔延之をはじめとして早くから注釈が作られましたが、注釈家が明らかにしようとしたのは、韜晦する表現の奥にどのような事柄が隠されているか、その探求に終始していました。それに対して黄節（一八七三〜一九三五）『阮歩兵詠懐詩注』はその「自叙」のなかで、「余は其の事においては敢えて妄付せず」、事柄の憶測は止めて、「其の志においては則ち明らかにせんことに務めんと欲す」、つまり背後の事象を探るのではなく、どんな「志」を言おうとしたものか、それを解明することを目指すと述べています。これは従来の注釈を乗り越えようという黄節の方法を宣言したものです。「物」でも「事」でもなく「心」の追求です。

ただ黄節は「(阮籍の) 志は世を済《す》くうに在り」と捉え、それを黄節自身が生きた民国初期の政治情勢と重ね合わせ、単なる古典の注釈に留まらず、同時代に対する批判を籠めていました。黄節が「済世の志」を読み取ろうとしたのとは別に、「性情の志」を解明しようと努めたのが、その後の日本における阮籍読解と言えるでしょう。阮籍に限らず、これまでの読み方は作者の心情を読み取ろうとすることに傾いていましたが、それではややもすると詩の表現、詩の言葉は作者の心を知るための手段に過ぎないものになってしまいます。言葉そのものの働き、言葉がいかに詩になりうるかに関心を向けるのが今後の課題と言えましょう。

今日のお話は「「もの」と「こと」を越えて」と題しましたが、「詠懐詩」に力動的想像力を感じ取ろうとしたことなどは、実は「越える」どころか、「もの」と「こと」の解明より前に位置する、詩を読むうえでの最初の段階というべきかも知れません。「詠懐詩」の「意味」を考えることもせず、ただどこに詩が感じられるかを記したに過ぎません。「感じる」ことはなんだか主観的で頼りのない、研究者にとっては抑えるべきこととされてきたのではないでしょうか。でも、読む対象は文学作品なのですから、読む行為の一番最初に「感じる」ことがなければならないと思っています。

問題はいかに自分の感じ方を研ぎ澄ませ、「実証」はできないにしても、独りよがりを脱して説得力のあるもの、広く共感を得られるものにしうるかどうかです。そのためには中国に限らず広く本を読む、読むだけでなく本に淫することが必要でしょうが、それとは別の具体的な方法としては読書会というものが有効だろうと思います。読書会は日本では近代以前からの「伝統」のある方法です。わたしは二〇一四年に台灣の「人文学研究中心」に三か月滞在しましたが、その前の一年、台灣大学では授業の負担があったのと違って、これといった義務がない、たいへん恵まれた環境でした。招聘してくださった葉国良先生から求められたのは、ただ一つ、日本の読書会のノウハウを教えてほしい、というものでした。読書会を台灣でも活発にしたいというご意向でした。同じテクストを何人かで読むことを通して、自分では考えつかないような読み方に刺激される、またその刺激から一人では思いつかない考えが生まれる、そのようにしておのずと読み方を学べるのみならず、まず何より人と一緒に本を読んでわいわい言い合うことはとても楽しいことです。読書会はあちこちで盛んに続けられていますが、その意義を強調して今日のお話を閉じさせていただきます。

付記：本稿は二〇一六年一〇月七日、奈良女子大学で開かれた「中唐文学会」でお話した内容を思い出しながら、筆を加えて書き出したものです。

東と西

「東西を弁ぜず」とか「西も東もわからない」とかいう言葉がある。南北といわないのは、日が昇り日が沈む東と西を基準にするからだろう。それに「洋」をつけた「東洋」、そのなかの中国の文学を学部に進学した時から勉強してきた。しかしどうも自分は中国と相性がよくないのではないか、という思いが最初からあった。

助手をしていた時、三好郁朗氏の仏文の授業を盗聴し、目が覚めるように鮮やかなテクスト分析に毎回興奮した。構造主義が日本でも全盛だった七十年代後半の頃である。アラン・ロブ゠グリエの講演を、今は取り壊された文学部本館第六講義室で聴いたのも同じ時期だったと思う。残念なことに、中国の文学に関する催しでは、心拍数が高まるような反応を受けることはなかった。

中国文学の教師として勤めていた間は、「文学は好きだけれど中国はどうもね」などとは口に出せず、中国も文学も好きなような顔をしてきた。

中国になじめない一方、西の国に対しては、こういうのを岡惚れというのか、野次馬というのか、今でも講演会などあればいそいそと聞きにでかける。去年一年は京都造形芸術大学で開かれた渡邊守章先生の公開レクチャー「劇場の記憶」、教授会を休むことはあっても、こちらの方は一度も休まず通い詰めた。こんなにおもしろいプログラムがすぐ近くで開かれているというのに、なぜか京大文学部関係者に出会うことは稀で、常連どうしだったのは国文学研究室の竹島一希さんくらいのものだ。しかし西方への興味もしょせん、岡惚れであり野次馬に過ぎない。本腰を入れて学ばなかったのは、悔い多いわが人生のなかでもとりわけ大きな悔いである。

では自分と肌合わぬ中国を専攻したことに悔いがのこるかと言えば、それはそれでよかったと思う。日本の読書人はいよいよ西欧一辺倒で、中国のことなど歯牙にもかけない、そんな風潮が情けない。昔は学ぶといえば中国の古典に決まっていたのに、などと「過去の栄光」に取りすがるつもりはないけれど、知らないことに出くわしたらせめて恥じるくらいのたしなみはのこしておいてほしいと思う。一方でまた、今でも中国が世界の中心みたいに思い込んでいる人たちに与するつもりもない。要するに東に足を置きながら西にも目移りするといった不徹底を払拭できずにいる。

わたしの場合は不徹底としか言いようがないものだが、歴代の先生方には中国の専家でありながら西洋にも関心や造詣が深い方々が実は多い。狩野直喜先生、青木正児先生、そして日常生活まで中国人に徹しようとされたと伝えられる吉川幸次郎先生も、一面では西欧が相当お好きだったと思う。興膳宏先生に至っては、フランス語で中国文学を講じるという、過去になく将来もありそうにないことをなさっている。もはや単に好きとかいうレベルの問題ではない。

こういう環境にあったことは、とてもありがたいと思う。東か西かの一方にしか価値を認めないどころか、むしろ東と西を一つの場で考えようという姿勢が早くからあったことは、小川環樹先生が桑原武夫氏について記した文章からもうかがわれる。

「私が東北大学につとめた十二年余り、そのあいだで、この研究会に出ていたときが、最も幸福な時間だった。世界文学の奇宝の数々をかいまみることができた喜びに加えて、もしひるがえって中国の文学を新しい角度から観るならば、あのうずたかい古書の堆積はまた一つの宝庫であって、具眼の人の発掘を待っているのだと気がついた。つまり研究会において、私は広い知見を得ただけでなく、大きな希望を与えられ、勇気づけられたのであった」(「仙台における桑原さんと私」、一九八〇。著作集第五巻)。――わたしがなじめなかったのは中国古典文学の作品ではなく、それにまつわる言説の方だったのだ。作品がしかとのこされていたおかげで、放り出さずに続けてこられた。

＊

無職になったわたしは今、海辺の家に身を寄せている。目の前の海は日にほぼ二度干満を繰り返す。白楽天は杭州にあった時、干満が繰り返されるたびに自分の寿命が減っていくと嘆いたけれど、わたしにはまだその実感はない。海は眺めるだけでなく、時には水中に入って餌を手に魚たちと戯れることもある。犬好きか猫好きかという人間二分法があるけれど、山か海かといわれたら断然海を選ぶ。

しかし中国では海より山が圧倒的に重要な意味をもつ。五岳といえば国の鎮めとなる大事な山であるが、四海といったら茫漠とした周縁に過ぎない。西には聖なる崑崙山があり、東には仙人住まう三仙山がある。帰山という言葉はあるが、帰海という言葉はない。海にまつわる文化表象といえば孔子の「桴（いかだ）に乗りて海に浮かばん」ぐらいしか思いつかない。そもそも中国がいかに広大でも、海岸線は東の端っこに一筋あるだけだから、海が縁遠いのもやむをえない。海辺にいて中国の本を読むというのは、相変わらず「東西を弁ぜず」のままか。

十代の読書――併せて齋藤謙三先生のこと

与えられた題は「中国学　わたしの一冊」というもの。研究者の道へ進むきっかけとなった一冊とか、研究のうえで決定的な影響を受けた一冊とか、そうした本について書くように、ということでしょうね。でも僕は高みから若い人に向かって「わたしの一冊」を語るような大家じゃないし、それに考えてみると、専門領域で出会った本よりも、それ以前の十代の時に読んだ本の方が、自分を決定づける、もっと大きな意味をもっていたような気がする。ただ、それを綴ったところで、読むほうにとっては他人の退屈な思い出話でしかない。とはいっても、せっかく与えられた機会、たまには感傷的に昔を振り返るわがままを許してください。

小学校に入った頃は、貸本屋の全盛時代。一日十円の漫画を毎日借りました。一人の作者が好きになると、とことん読みたくなる性癖は当時から始まっていて、吉田松美という漫画家が大のお気に入り、店にある限り読んだ。貸本屋の店主が仕入れの人と「吉田松美が筆を折ったのは惜しいねえ」と話しているのを耳にして、もはや新作は読めないのかとがっかりしたのを覚えている。どなたか貸本屋世代の方で吉田松美のファンはおられませんか。同世代の者どうし、共通する本というのがある。僕よりたしか一歳年上の宮本輝氏の小説『優駿』は、氏が子供の時に読んだ『名馬風の王』が遠いきっかけになったというが、マーゲライト・ヘンリーの『名馬風の王』は僕も忘れられない。

漫画を卒業すると、山中峯太郎翻案のシャーロック・ホームズ、ジュール・ベルヌの冒険小説に夢中になった。実は今でも秘かに推理小説、漂流小説を愛読している。いわゆる児童文学を読まなかったのは、まだ外国のすぐれたそれが十分に翻訳されていなかったからか。日本の児童文学はいかにも子供向けに作られていて、食指が動かなかった。夏休みの一夜、蚊取り線香の煙ただようなかで、『ロビンソン・クルーソー』を手にしたまま朝まで眠ってしまったことがある。本を読む楽しさはそういう所にありそうです。テレビもテレビゲームもない時代でした。

人生のなかで最も本を読み漁ったのは、十代前半、中学生の時。学校だけでも毎日七、八時間は縛られていたその頃、今よりずっと拘束時間が多かったなかで、よくもあれだけ読んだものだと、読書量がめっきり減った今の僕は驚いてしまう。当時は大げさにいうと、読み終わった自分が読む前の自分と別の人になったような経験、読後に周囲の様相が違ったふうに見える経験——すべての本がそうであったわけではないにしても、そんなことが何度かあった。物心ついたばかりのみずみずしい魂が、初めて外の世界に接し、何もかも新鮮に、尖鋭に受け止めたのですね。近年は本を読んでも全身が震えるような経験がついぞないのが情けない。

手当たりしだい読む一方、一人の作者に惚れ込んで読み尽くしたくなることもありました。最初に溺れたのは、文学好きになるきっかけの多くがそうであるように、芥川龍之介。たまたま読んだ吉田精一の『芥川龍之介』という評伝が起爆剤となって、そのあと次から次へと芥川の作品を読んでいった。中学一年の後半の頃です。今だったら古典に材を取った初期の短篇とか、鎌倉在住期の保吉ものとかの方がいいと思うけれど、その頃は晩年の自伝風の作品がとりわけお気に入りで、文体が自分に乗り移ってしまい、「或る阿呆の一生」、「大道寺信輔の半生」などをまねした文章を秘かに書いたりしました。自分で買える本には限度があるから、中学の図書館、浜松市立図書館の蔵書にも手を伸ばした。市立図書館の司書の男が、書庫から本を出してくる時の、いかにも嫌そうな顔は忘れられない。この生意気な小僧のせいで俺の仕事が増えるではないか――はっきり顔に書いてあった。司書の方々が親切になったのは、近年の好ましい変化です。しかし不愉快な手続きを我慢して探しても、市立図書館にすら『芥川龍之介全集』はない。ある時、小学校の図書館で全集を見付けて大喜びしたら、そのとたん目が醒めた。その後、吉川幸次郎先生に心酔していた時も、夢のなかで何回か先生にお会いしたことがあります。

芥川は小学校の時に『水滸伝』を読んでいたと知って、ならば遅ればせながら自分も読まねばなるまいと、岩波文庫『水滸伝』の、その頃出ていた六冊か七冊、ちょうど星一つが四十円から五十円に値上がりする直前に（かつて岩波文庫の定価は星の数で決まっていた）どさっと買い求めた。机に向かって漢和辞典を引きながら読み始めたものの、すぐに挫折しました。その年の秋、中学二年の十一月八日（自分にとって大切な日として記憶に留めている）、ふと本屋で手にした吉川幸次郎『新唐詩選』を読み出したら、いきなり中国古典詩の世界に引きずり込まれた。この著者は買ったままになっている『水滸伝』の訳者ではなかったか。『新唐詩選』は一首ずつじっくりと時間をかけて読みながら、一方で『水滸伝』を改めて読み始めると、今度は止まらなくなって学校の授業中も読み続け、三日ほどで読み通しました。このことからわかるのは、本には出会うにふさわしい時期というものがあって、それに合わなければ読めないし、無理に読んでも意味はないということ。そしてまた、辞書を引きながら読んでも続かず、一気に読み通してこそおもしろさがわかる本があるということ。課題読書だの読書指導だのと外部から指示される読書は、まるで身につかないこともわかります。みずからの欲求の赴くまま、対象に淫してこそ、本は自分にとってかけがえのないものとなる。

芥川から吉川幸次郎に宗旨替えした中学生は、これまたあらん限りの吉川幸次郎を読み始めました。再び市立図書館の不機嫌な司書のお世話になりながら。今度の熱病はなかなか冷めなかった。当時は新聞を拡げて「吉」の字があるだけで、目がそこにおのずと吸い寄せられた。とはいっても、中国古典文学の本を広く読み進んでいったわけではありません。吉川幸次郎のほかは、岩波「中国詩人選集」の一部、角川文庫の柴田天馬訳『聊斎志異』くらいのものです。それ以外の本は読みかけても読み通せなかった。もともと勤勉なたちでないので、おもしろくないと読み続けられないのです。京大の『中国文学報』も中学生の時から購読者になったけれど、当然ながらまるで歯が立たなかった。『中国文学報』の存在を知ったのは、岩波の雑誌『図書』に島田久美子という人が「ごまめの歯ぎしり」と題して編集の苦労を書いていたからだ。購読したいと申し込んだら、島田さんから「折角ご勉強ください」と返事をいただいた。「折角」という言葉はこういう意味でも使うんだと知った。当時、京大中国文学研究室の助手をしておられた島田久美子さんとは、言うまでもなくのちの筧久美子先生。後年、久美子先生にお会いするたびに秘かに思い出すのだけれど、このことはまだお話ししていない。先生にとっては当時の煩瑣な事務仕事の一つで、ご記憶にないだろうと思う。自分だけ知っているというのはなんとなく愉快だ。その後、自分が研究室の助手を勤めていた時期、また助手が廃止されてからは教員になったのちも、『中国文学報』の事務仕事と関わってきたけれど、こういう奇特な少年は一向にあらわれず、購読者は減る一方です。

中国の古典を無理して読まなかったのは、今から振り返ると、それはそれでよかったと思う。読みたい本はほかにいくらでもあった。中央公論社から赤い瀟洒な装丁の『世界の文学』が『罪と罰』、『赤と黒』といった順で出始め、同じ装丁で色違いの『世界の歴史』、『日本の歴史』もその後続けて読んだ。日本の文学では筑摩書房の『現代文学大系』の刊行が始まったのを毎月買ってもらった。当時の出版界の全集ブームと自分の読書欲が折良く重なったのです。文学全集で飽き足らない時は、夏目漱石の個人全集など、これはさすがに市立図書館にあって、中学三年になる春休みに新書版サイズのそれを次々読んでいったのが、窓外の満開の桜と結びついて記憶にのこっている。

高校に入ると、学校生活が楽しくなったせいか、中学の時ほど本の世界に閉じこもることはなくなりましたが、吉川幸次郎の本は読み続け、そのままごく自然に京都大学の文学部を受験した。ところが、その春は吉川先生が退官される年だったのです。それを知った僕は敬慕の思い、悔しい思いを綴った手紙を思わず書いてしまった。胸中を吐き出さずにはいられなかっただけで、ご返事をいただこうなど思いもしなかったのに、すぐに葉書が届いた。今もその全文を覚えています。

——お手紙嬉しく拝見。大学をやめてもずっと京都にいるつもり。入学して落ち着いたら尋ねていらっしゃい。毎週木曜日が面会日。ただし時々都合悪しきことあり。あらかじめ電話されたし。

四月の下旬、おずおずとお電話すると、すぐに来るようにとのことです。ずっと本のなかの人だった吉川先生、その生身の姿に初めて向かい合った。北白川小倉町のお宅で日暮れまでお話をうかがった僕は、その帰り道、人文研の横の道を歩きながら、歓喜のあまり自分の足が地に着かないような、空《くう》を舞っているような気がした。生涯でこんな体験は後にも先にもない。熱気の冷めないまま下宿に帰る気になれず、同郷の友人の所に寄って自分の興奮を聞いてもらった。そしてすぐその翌日から、当時三回生だった御牧克巳さんなどを中心に続けられていた「小読杜会」に加えていただくことになりました。

芥川龍之介にしても吉川幸次郎にしても、十代の少年に果たしてどれだけ理解できたことか。ただ、どちらも歯切れのよいその文体が自分の体質にぴったり合ったことが、他の著者よりも強く惹かれた理由だったように思います。それとは対極にある柳田国男などの文章にはなかなかなじめなかったけれど、最近になってやっとそういう文体も味わえるようになった。書香の家に育ったわけでもなく、都会の早熟な少年でもない、田舎町の平凡な子供の平凡な読書体験を綴ったに過ぎませんが、僕個人にとっては懐かしい思い出です。

*

少年の頃を振り返ってみると、齋藤謙三先生を抜きにしては語れません。中学一年から高校二年までの五年間、一日おきに接していた齋藤謙三先生が、自分にとって極めて大きな存在であったことは、年を重ねるにつれていよいよわかる。かつてこのような人物がいたこと、このような教育があったことを記しておくことは、自分のどこにでもある読書遍歴を綴るよりもずっと意味があるように思います。

齋藤謙三先生といっても、その名は知られていませんが、戦前戦後を通じて、浜松では名物私塾の名物教師でした。僕は町の平凡な子供として、小学校から高校まですべて歩いて通える公立学校に通った。子供の教育にかまって別の学校を選ぶゆとりなど、家にありはしなかった。そんな母親がただ一つ執着したのは、中学入学とともに息子を「齋藤塾」に入れることだった。なぜ母がかくも齋藤塾にこだわったのかわかりませんが、結果として母の執念に感謝しなくてはならない。なにしろ当時は名門の塾だったから、入塾は容易じゃないのです。母は文字通り八方手を尽くして紹介者を探し、なんとか入れてもらうことができた。

　中学一年のクラスには浜松市内の幾つかの中学から百人ほどの生徒が集まっていた。まわりの誰もが秀才そうにみえたし、たぶん実際に小学校を優等で卒業した者ばかりだったでしょう。のみならず、浜松の「名家」の子弟が多かった。親や兄姉みな塾で学んだ家庭とか、なかには三代にわたって齋藤塾の生徒という子弟もいたのです。そんななかにいきなり混じった僕には何の係累もなかったけれど、先生は分け隔てなく生徒を扱ってくださった。

　齋藤先生は英語の担当、数学は藤田敦夫先生の担当、それが毎日交互に繰り返される。ちなみに週に六日通って月謝は最後まで千円。当時でも安かった。授業の内容は英語も数学も一言でいえば、はちゃめちゃなものでした。今では大学の授業ですらシラバスが要求されるが、そんなものはいっさいない。英語は分厚い *COD*（*Concise Oxford Dictionary*）をはじめとして、英和辞典、和英辞典。教科書には "*English Through Pictures*"、"*Thinking In English*"、さらに学校用の薄い教科書が数種類。それらを収めるために用意した塾用のかばんがはち切れそうだった。まだアルファベットの順も知らない時にいきなり *COD* を開かされる。最初の授業で引いたのは、"geisha" だった。その語釈は "Japanese dancing girl"、それなら僕たちにも理解できた。水に突き落として水泳を覚えさせるかのようでありながら、英語に親しませる工夫も多少はあったというべきか。二年になると、H・G・Wells の "*A Short History of the World*"、三年には Bertrand Russell の "*Religion and Science*" といったぐあいで、さらに教科書は増えていく。その数多い教科書のどれをその日開くことになるか、それは先生の気分しだい。そのためにあれもこれも予習しておかねばならなかった。数学の藤田先生はその地で右に出る者はないという評判の実力をお持ちで、いつの間にか学校より一年先の教科書をやっていた。おかげで高校を出るまで、学校の英語や数学は試験の前であろうと何も勉強する必要がなかった。とはいってもそれは学校でのことで、塾へ行くといったいどんな脳細胞をもっているのかと空恐ろしくなる連中に囲まれていた。当時の同学は後に物理学、医学など理系分野で第一線の研究者になったのだから、僕などたちうちできるはずがないのも、今思えば当然のことです。

昨今の外国語教育は会話から入るのが主流のようですが、齋藤塾ではまず基本的な文法、それもごく大事なところだけ繰り返したたき込まれた。語彙を増やしていくには、語源が活用された。あとはとにかくテキストをしゃにむに読んでいく。そのころ『福翁自伝』を読んだら、緒方洪庵の適塾の勉強法が、塾のやり方に似ているような気がした。洋書をひたすらばりばり読み進むのです。

私塾ではあったけれど、学校の成績や大学の進学は眼中になかった。そんなものは軽蔑の対象だった。今、進学塾が東大に何人合格したなどと数字を公表するのは、いかにもはしたないことだと思う。塾の勉強が受験には不都合なので、塾は高校二年をもって修了となる。あとの一年は自分で大学受験の準備に当てるのです。当時はごく当然のこととして受け止めていたけれど、今思えば、受験準備のために塾はおしまいとは奇妙な話ですね。

それでも齋藤塾の名が鳴り響いていたのは、厳しいという評判に親たちが期待を寄せたためです。厳しさを象徴するのが「しゃもじ」で、塾には大小さまざまなしゃもじが並び、二の腕をぴしゃっと叩かれる。「注射」というのもあって、内股を指でつねられる。今なら体罰と非難を浴びるに違いありません。さらにそのうえ遠慮会釈なく連発される「ばかやろう」（ここはゴチックか大きな活字で書きたいところ）の罵声。初めのうちは確かに恐かった。恐いから懸命に勉強した。少なくとも学び始めの時期は、教師を恐い存在と思うことが教育には必要かも知れません。しゃもじ・注射に堪えきれない優等生たちが次々やめていくので、百人いた生徒が中学三年になるころには十人前後に減っていた。しかし、しゃもじも注射も生徒をいじめるためではなかった。「ばかやろう」の罵声には、「なぜわからないのか、なぜ覚えないのか」という先生の歯がゆさ、悔しさが籠もっていたように思います。

先生が亡くなった時、その地の新聞に「スパルタ教育七十年」という見出しが出ましたが、「スパルタ教育」と決めつけられると、違和感を覚える。本当は恐くなどなかったのです。中学校はどうでもいい規則にうるさくこだわる所で、その方がよっぽど居心地が悪かった。塾にはおおらかな空気があって、のびのびできた。高校生になると生徒もごくわずかで、こちらも生意気になっているから、時間が過ぎてもなかなか終わろうとしない先生に、蚊を打つまねをしてパチッパチッと手を叩く。先生もご承知で、本に目を留めたまま「よしよし、もうすぐ終わるから」と応ずる。そんなやりとりが毎晩繰り返されました。

テニスンの『イノック・アーデン』も、先生のお好きなテキストの一つでした。難破した主人公が故郷に生還すると、留守の間に妻は再婚していた。その幸せそうな様子をイノック・アーデンがイチイの葉陰からかいま見る場面がある。そこに至ったら、先生はふいに涙声になって、「わたしは眼鏡が曇ってきましたよ」とつぶやかれ、悪童たちをびっくりさせたことがある。何度も読んでおられるはずなのに、そのたびに熱い涙を流す、先生にはそんな一面がありました。

英詩の朗読がお得意で、朗々と読まれるトマス・グレイの「墓畔の哀歌」などに魅せられた。時には朗読のレコードも聞かせていただいた、と書いてくると、英語の勉強ばかりしていたみたいですが、実は授業のなかでは、古今東西のさまざまな話題が次から次へと途切れることなく続いたのです。先生は大変な読書家で、百科全書的な知識を愛され、世界のすべてを知り尽くさねば自分が許せないような気概があった。話のなかで出てきた本をしばしば奥様に取りに行かせた。師母が膨大な本を蔵した書庫から命じられた本を探し出して教室に持ってこられる素早さは、まるで神業のようだった。そんな「雑談」のなかで、僕たちはおのずと様々な（雑多な）知識を与えられたのですが、先生の知への情熱は与えられた知識以上に強く僕たちに刻まれたと思う。

亡くなったあとで編まれた『齋藤塾』（齋藤謙三先生追悼文集編集委員会編、一九八六。以下「追悼文集」と記す）をもとに先生の足跡をたどると、先生は明治二十三年（一八九〇）、浜松に生まれ、尋常高等小学校を卒えたのちは、神田の正則英語学校普通科で三年学ばれたのみ、ほとんど独学の人でした。一時期、女学校の教諭をなさったが、「天皇御真影舌禍事件」を起こして退職。結局二十代半ばから九十三歳で亡くなる昭和五十九年（一九八四）の前年まで、「齋藤英語学校」ひとすじに生きられたのです。その強烈な個性と激しい性格は、学校という組織のなかに組み込まれることはできず、私塾でこそ存分に御自身を発揮しえたのでしょう。

僕が塾へ通っていた時期、先生はすでに七十を越えておられましたが、しかし声は大きく、がっしりした体には力が張っていました。広い分野の話を聞いたけれど、政治的なことは口にされなかった。晩生《おくて》の僕などは高校に入ったあとで、同級生から「お前の先生はこの辺の護憲運動のリーダーなんだってな」と言われて、先生が塾生の知らない所で政治活動をしておられたのに意外な感じがしました。その後、周囲から様々なエピソードを聞きました。女学校が火事になった時、御真影をほったまま寮の女学生を背負って避難したために首になったとか、戦争中には「この戦争は負けるぞ」と憚らず言い放つ塾のまわりを官憲がうろうろしていたとか。亡くなるまで毎年の年賀状には「世界の平和を祈念しております」という言葉が繰り返され、そこには先生の真情が籠もっていたように思います。僕の通った頃は、生徒を扇動するどころか、政治に関わる話題すら避けておられたのに、おのずと感化されたのか、ことに実業界に入った生徒に平和や環境の問題に熱心に取り組んでいる人が多い。同級のK君が長年の新聞社勤めを終えたあと、国際ボランティアの道を選んだことなど、先生が聞かれたらさぞ喜ばれるに違いありません。そのK君は追悼文集のなかで、「平賀源内、宮武外骨、南方熊楠」に繋がる「常識を大きくはみ出す器の持ち主」であったと述べている。年端もいかない時にそんな非凡な人物に出会ったことを、僕は人生の幸せの一つであったと噛みしめています。

大学に入ったあとも、同期の仲間と誘い合わせて毎年お訪ねすることを続けました。一人ひとりに今、何を勉強しているか尋ね、僕が吉川幸次郎先生の「小読杜会」で学んでいることを申し上げると、「『尚書正義』が出た時、わたしは今までにない大変な学者があらわれたと目を見張ったよ」とおっしゃった。『尚書正義』は吉川先生の早い時期の本で、昭和十六年に出ています。「これからは君たちに教えてもらう」と口癖のように言われて、たびたびご下問のお手紙をちょうだいしたのに、きちんとお答えできないことばかりだったのが、悔やまれます。「わたしは中国の詩人ではスートンポが好きだ、君はどう思う?」と、蘇東坡のことをこう言われた。あとから思えば、先生の好みはいわゆる日本人の漢詩愛好とは違っていたことがわかります。蘇軾が世界文学に列する文学であることは、僕もこれから明らかにしていきたいのですが。

まだ塾に通っていた頃だったと思いますが、阿部能成の『岩波茂雄伝』のなかに齋藤先生の名前を見付けたことがあった。今、確かめてみると、昭和十二、三年の頃、岩波茂雄が中村吉右衛門、安井曾太郎、清水安三、矢内原忠雄と並んで、「浜松で私塾教育をやって居た齋藤謙三」に千円の功労金を与えた、とありました。錚々たる名前(当時すでに錚々であったかどうか)に混じって、清水安三とともに齋藤先生のような無名の実践者にも高額の功労金を賦与した岩波茂雄という人は、これまた非凡な人だったのですね。この話は先生から聞いたことはなかったのですが、岩波書店に対する信奉はたいへんなものでした。岩波文庫はほとんど読破しておられたかも知れない。かつては日本の読書人はその中心に岩波書店がありました。

田舎の孤高の教師というと、独りよがりになりがちなものでしょうが、先生は真正の読書人でした。追悼文集に寄せられた文のなかにこんな話があります。ある人が『諸橋大漢和辞典』の重宝さを語ったら、便利ではあるけれど和製の熟語まで立項しているのは漢和辞典本来の形ではないと答えられたという。先生に対して失礼な言い方ですが、専門家でもそこまで指摘しうる人は少ないのではないでしょうか。またその方は先生から『訳文筌蹄』を勧められ、荻生徂徠の全集は二社から出ているが、A社の方がよいと言われた、あとから前田金五郎先生からまったく同じ話を聞いて驚いた、と記している。ここにも先生の高い見識がうかがわれます。

先生の教え子としては遅い世代に属する僕には、ここまで綴ってきたように、先生の純粋さ、あたたかさばかりが思い出されます。しかし追悼文集を読むと、お若い頃は、もっと激しく、火と氷が内部でせめぎ合っているような人格だったらしい。そういう面は僕にはわかりません。ただ塾の教育にも欠点があったことは記しておかねばならない。毎年百人入って来る生徒が瞬く間に十人そこそこに減ってしまう。去っていった九割の生徒は、十代の初めに早々と苦い挫折感を味わったのではないか。それに対するケアはまったくなかった。去る者は追わず、それが先生が長年の教育から得た、やむを得ない悲しい「教師の智恵」であったかも知れません。また、あらゆる面で管理化が進む今日、先生のような無秩序でエネルギー溢れた教育は、再現するすべはもはやない。過ぎてしまった思い出として追憶するほかないのでしょうか。

最後に、僕が塾から得たもう一つの恩恵を書き留めておきます。かけがえのない仲間を得たことです。先生は日曜日（塾から解放される唯一の日！）には野山を歩くことを勧められた。その楽しみを知った僕たちは、高校に入った春休みに一泊旅行をしたのを皮切りに、休みになると、二泊、三泊の小旅行に出かけるのが習いになった。高校二年の夏休みには、伊豆半島を一週間かけて歩いてまわったこともある。若い時の旅は若い時の読書と同様、旅から戻ると自分が変わったような気がしたものです。旅は自分を変えるだけではない。一緒に旅した仲間との間に終生の繋がりを作ってくれる。人生の早い時期から信頼と敬愛を共有できる仲間を得たのは、実にありがたいことでした。

中国の詩

春心　花と共に発するを争う莫《な》かれ
一寸の相思　一寸の灰

（李商隠「無題（颯颯たる東風）」）

恋の思いを春の花々と競い合って開こうなどとしてはいけない。一寸燃え上がった恋はそのまま一寸の灰になってしまうのだから。――失われた恋の経験を昇華して、恋というものの空しさ悲しさを、あまやかな感傷とともに噛みしめる。

あるいはまた同じ詩人が、女人の死に遭遇した詩の一聯、

滄海《そうかい》　月　明らかにして　珠《しゅ》に涙有り
藍田《らんでん》　日　暖かにして　玉《ぎょく》に煙生《しょう》ず

（李商隠「錦瑟」）

蒼い海に月の光が明るく降りそそぐなか、真珠は人魚の涙を帯びる。宝玉を産する藍田の山は日の

光に暖かく包まれ、玉から煙が立ちのぼる。——二句とも月や日の光に満たされながら、上句は冷たく冴えきり、下句は柔らかな温《ぬく》もりにくるまれる。詩の背後にある事柄とどのように関わるのか、それはまったく示されることなく、愛する人を喪失した悲哀を美しく鮮明な映像に置き換える。

こういった詩句を読むと、「詩」に触れた心持ちになる。しかし中国の詩のなかで、右のような言葉に出会うことは滅多にない。一つはそもそも恋をうたう詩が乏しいためだ。士大夫という、政治の場における特権階級であるのみならず、文化の伝統を担う任務を誇らかに自覚する人々、彼らの手になる詩文を支配するのは儒家思想であり、文学も個人の徳行を磨き、庶民を教化する手立てとなるものでなければならなかった。そのために倫理的、政治的な性格が濃厚となる。いきおい、非政治的で、時に反倫理的でさえある恋愛は、大雅の堂から遠ざけられることになる。

それだけではない。中国の詩はおおむね社会的な性格が強い。皇帝を中心として朝廷が詩人の集まりでもあったことは、泰西の詩人を驚嘆させるほどだった（ポール・ヴァレリー「中国の詩」）。一般の士大夫の間でも、詩は交際の道具であった。数えてみたことはないけれど、彼らの間で交わされた「贈答詩」「送別詩」のたぐいは、すべての詩の半数を超えるのではないだろうか。それらが具体的な特定の個人とのやりとりであったとすれば、それ以外の詩もなんらかのかたちで他者を意識して書かれている。したがって冒頭に掲げたような、周囲との関わりがない、ひたすら内面を言葉の世界に結晶させようとした詩は、希少なものとならざるをえない。

では中国の大半の詩は、儒家思想に屈従したつまらない作ばかりかといえば、そうでないところが文学の不思議でおもしろいところだ。人格の錬磨に励もうとうたう詩は、たとえば西晋・張華の「志を励ます詩」のような例がないではないが、それは『文選』といういわば模範作例集に載せられたものに限られる。経世済民の抱負をうたった詩も、ありそうでいて実際にはなかなかない。詩のなかで描かれる人物は、世間の尺度に合わない、しかし愛すべく愚かしい姿ばかりだ。詩はいかにあるべきかと正面から論じられる言説と実作は必ずしも一致せず、社会の価値観とは異質であるところに、文化のなかで詩の存在する意義があったのだろう。

しかし詩が社会的な性格をもっていたことは、中国の詩に他の文化圏の詩とは異なる広がりと勁《つよ》さを与えるものでもあった。その最たる例が杜甫だ。詩人の例に漏れず、彼も拙い生涯を送ったけれども、自分の身に次々押し寄せる苦難のなかで、杜甫は自分の苦しみから人々全体の苦しみへと思いを押し広げる。長い旅を経て家族のもとにたどり着いた杜甫を待っていたのは、我が子の餓死であった。——辛いことばかりの人生でも、自分は徴税も兵役も免れている。仕事を奪われ行役に駆り立てられる人々の辛酸はいかほどのものか。それを思うと憂愁は止め処なく拡がる（「京自《よ》り奉先県に赴く詠懐五百字」）。山河が秩序を失わないのと同じように、人の世も平安を取り戻すことを切に願う、そうした個人を越えた思念をうたうのも中国の詩であった。

こんな研究、あったらいいな

0　「六朝学術研究への提言」という題を与えられましたが、「提言」というのは恐れ多い。「夫子自身はいかん」と即座に跳ね返ってきそうで、腰が引けてしまいます。こういう時は自分のことは棚に上げて（後で反省することにします）、せっかくの機会、日頃抱いている思いを記しますが、「六朝」に限るものではありません。

1　注釈を作ろう

文献を材料とする領域では、何よりもまずテクストの正確な読解が前提になる。正確な読解のためには注釈を作るのがいいと思う。注釈を書いてみることで自分の読みが精密になる。のみならず、ほかの人たちの役にも立つ。完全無欠を目指すと発表しにくい。そこは割り切ろう。ここまでは読みましたというだけでも、それをもとにみんなで修正していけばいいのだから、十分意味はある。ついでに言うと、日本の書評は著者の論そのものに対する意見はおいて、使われたテクストの読み違いを指摘することに走りがちだ。誰しも免れがたい誤謬、それをどこかで指摘されることは確かに必要だ。しかし書評が正誤表に終始してしまうのは、なんとも寂しい。この弊は、書評というものを評価と結びつけてしまうからではないか。誉め讃えるか、さもなければ誤りを指摘するか、「美刺」のいずれかに傾いてしまう。書評は成績評価ではない。異なる見方を対等の立場からぶつけ合ってこそ生き生きとした議論が巻き起こり、そこから新たな進展も生まれるはずだ。もひとつついでに言うと、日本では論文や専著がかくも多いのに比して、書評が少なすぎる。人は人、自分は自分、見方の違いは埋めようがない、という蛸壺から抜け出そうではありませんか。

さて注釈に話を戻すと、用例を列挙するだけの語釈は願い下げたい。先行する用例とどのように関わるのか、それによっていかなる意味のふくらみがもたらされているのかを記してほしい。訳注とは言わなかったのは、翻訳とはひとまず切り離してよいと思うからだ。一般書には訳も必要だろうが（すぐれた翻訳は日本の文学にも貢献しうる）、専門家を対象とするのに限定すれば、原文の意味の陰翳まで細やかに敷衍して解き明かす方が有益だ。訳文を作るのは読解に加えて多大な労力を要するし、その労力は注釈作りとは別の気遣いが求められる。さらに言えば、翻訳には「別材」が必要のようにも思う。漢字を使う日本語にもたれてごまかした翻訳より、訳にはなっていなくても丁寧に説明してくれる方がありがたい。どのように読み取ったかが如実にわかる注釈を作って、我々の共有財産を増やすことにしよう。これは学界全体の基礎学力を増進することにつながる。精確に読み取らないまま新奇な論を立てても意味はない。へたな論文（？）よりずっと重い意義をもつ注釈が業績としては低くみられるという傾向も是正したい。

2　多様な「研究」を繰り広げよう

人文学全般、とりわけ中国古典学にたずさわる人の減少が嘆かれている。ただ雑誌に掲載される論文の数、専門的な学術書の刊行点数は以前に比べて明らかに増えている。三十歳までは書くべからずと言われたり、著述に懶なることが学者の美徳とされたりしたのは古きよき時代の話、業績重視という外的圧力のせいだろうか、今は書かざるをえない。これはやむをえない流れであるし、書いて悪いことはないはずだ。ただその膨大な論文が数が多いためか、型が固定してきているのではないだろうか。「研究論文」とはこうしたものであり、こうしたかたちでなければならないといった束縛が強まってはいないか。その傾向に流れていくと、対象は様々であってもどれも似たようなスタイルの硬直した論文が続々と生産されそうだ。これを研究の成熟と捉えることもできようが、工場生産のような画一品ばかりでは味気ない。まったく異質の、ないしは異形《いぎょう》の「研究」が混じることも許容したら楽しい。遺伝子の突然変異が生物の生きのこりを可能にしたように、型を逸脱した「研究」から将来の展望が開けうるかもしれない。さらに欲張れば、中国という専門領域の枠を突き破って、人文学の全体にインパクトを与える研究の出現を期待したい（本当はこれを一番言いたい）。

3　文学性の探求に向けて

文学という知的営為を超えたところで生み出されるものを対象にして「研究」という知による作業はどこまで可能か。誰にでも検証可能な範囲に留まらなければ研究とみなされないとしたら、作品の文学性にはいつまでたっても到達できない。ではどのような研究が文学性に迫りうるのか。ここまで来たところで、幸い（！）紙数が尽きた。提起すべき「提言」はないけれども、文学研究につきまとうこの困難から逃げ出さず、常に「いかんせん、いかんせん」と自問を続けるほかない。迷い悩みながらさまようところに文学研究の醍醐味もあるはずだから。

「長恨歌」遍歴

一九七〇年代、日本でも構造主義が旋風を巻き起こしていた時期があった。そのころ中国の文学に関して書かれたものは、中国本土ではまだイデオロギーの支配から脱していなかったし、日本のものにはなんとも幼稚な思考に辟易したから、構造主義によるテクスト分析の鮮烈さには目を洗われる思いをしたものだった。当然ながら、二〇代の青二才は中国古典文学にその方法を試みたくなった。そうして書いた唯一の産物が、「長恨歌について」（金谷治編『中国における人間性の研究』、一九八三、所収）である。李賀とか李商隠を読んでいた身にとって、白居易の詩はまるで散文みたい、明晰すぎて陰影に乏しいようにみえた。にもかかわらず「長恨歌」を取り上げたのは、分析しやすそうに思われたからに過ぎない。

「長恨歌」の主題は何かとかいった当時の研究動向は無視して、それがどのような構造を含んでいるか、自分なりに分析してみた。気がついたのは、一二〇句のほぼ真ん中、五一句目の「天旋り日転じて馭を廻らす」のみが時間、舞台の転換をあらわし、それを境にして前半・後半の二つの部分がまるで紙を二つに折ったようにぴったり対応関係にあることだ。構成はどちらも捜求—獲得—喪失というかたちにまとめられる。そのなかで前半と後半はさまざまな点で対照関係にある。季節は前半が春を舞台とし、後半は秋。比喩も前半は地上界を仙界にたとえ、後半は仙界を地上界に比喩する。物の授受関係も前半では玄宗から楊貴妃へと物が渡され、後半では同じ物が楊貴妃から玄宗へと逆転する。そして何より大きな対比は、前半の楊貴妃は言葉を語ることもなく感情もあらわさず、まるで人形さながらだったのが、後半に至ると思いも掛けぬ方士の来訪にあわてふためいたり、玄宗への思いを切々と語ったりする。死せる楊貴妃がみずから語り、感情をあらわにする人間として生き生きと再登場するのだ。それによって一方的な「寵愛」の対象でしかなかった楊貴妃が、玄宗との対等な関係を獲得する。後半を備えることによって、はじめて相互に愛情を交わす恋愛物語が成立するのである。

　物の授受関係の逆転というのは、後半、自分が楊貴妃本人であることを証すべく、「鈿合」と「金釵」を半分に分けて方士に托するところ。鈿合・金釵はもとはといえば玄宗が楊貴妃と結ばれた証しとして彼女に授けたものだった。そのころ、興膳宏先生の『隋書』経籍志の訳を作っていて（この本は注が大事であって、わたしが担当した訳は添え物にすぎない）、その道経の序に道士の師弟関係の成立を述べて、「金環を剖《わ》り、各おの其の半を持す」という記述に出会った。楊貴妃が「釵は黄金を擘《さ》き合は鈿を分か」ったのは、仙界にある楊貴妃が俗界の玄宗を弟子として認める儀式を模したものだったのだ。その時はたまたま見つけた隋志を引いただけで、それ以上に探ることもないまま四〇年近く（！）が過ぎた。今、勤務している國學院大学の中国文学科に道教儀礼の大家、浅野春二教授がおられるので尋ねてみると、両手にずっしりと重い資料をくださって、今でも「断環」と称してその儀礼は行われているとのことだった。ありがたく思うとともに、専門家とはこういうものかと舌を巻いた。

その後、三〇代に入ってから、白居易の詩文を読み進んでいった。「長恨歌について」ではまだぼんやり記したにすぎなかったが、玄宗と楊貴妃に別離をもたらしたとされる安禄山の乱は単なる契機にすぎず、二人は事変の勃発する前からすでに、やがて別れざるをえない運命を知悉していたと思うに至った。幸福の絶頂にあった時期の「七月七日」、二人は「天に在りては」「地に在りては」と永遠の愛を誓い合う。それは人の宿命である死が、いつか二人を引き裂くからである。しかし、いつまでも共にいたいという願いは成就しえないとしても、愛情という目に見えないものは、物質的存在が「時有りて尽く」のと異なり、かたちなきがゆえに永遠であり続ける。そう読むことによって、「長恨歌」は個別的な時を越えて、普遍的な恋物語となりえているのである。

それからまた時が流れて、数年前、岩波セミナーの教室で「中国の恋のうた」というテーマで話す機会を与えられた。そのセミナーで男女の愛情をうたう詩歌を通覧しているうちに、中国には不幸な女の物語をうたう詩がいつの時代にもあることに気づいた。これまで中国には叙事詩が乏しいといわれ、確かにギリシアの長篇英雄叙事詩にあたるものは、『詩経』大雅に散見する程度に過ぎない。それも始祖を称揚するもので、長さも限られている。しかし女を主人公とする物語詩には事欠かないのである。後漢・蔡琰のドラマティックな生涯を語る「悲憤詩」、それの後代のヴァージョンである「胡歌十八拍」、嫁いびりをうたう「古詩　焦仲卿の妻の為に作る」。不幸な女ではないけれども男装した武将を主人公とする「木蘭詩」。説話に基づいた詩歌には、匈奴に受け渡された王昭君、夫に誘惑されたことを嘆いて自死する秋胡の妻、彼女たちをうたう詩群がある。秋胡の妻の不幸とは逆に、誘惑する君主をやりこめる活発なキャラクターを女主人公とする「艶歌　羅敷行（孔雀東南飛）」もある。このように女を主人公とした物語を語る詩が連綿と続き、その多くは女ゆえの不幸を主題としていることを知ると、いったいそれを享受する層はどんなものであったのか、気に懸かる。姑にいじめられた嫁がみずから命を絶つ「焦仲卿の妻」の物語など、同じ辛い目にあっていた嫁たちの感涙を絞ったに違いない。思うに、今は直接見ることができない「女たちの文芸」とでもいうべきものがあって、それを汲み取った文人の詩がたまたま幾つかのこっている、そう考えてみたくなる。

こうした詩の流れが長く続いてきたとすると、白居易の「琵琶行」はまさに零落した哀れな女の物語であり、あるいは「長恨歌」も類のない寵愛ゆえに命を奪われた不幸せな女の物語であると読むこともできる。「長恨歌」の背後には、幸薄き女たちを語る物語詩の系譜、そしてまた同時代の士大夫層以外の人々の文芸、そうした広がりが控えていたのではないだろうか。

――わたしの乏しい経験を振り返ってみても、「長恨歌」はその時々の自分の勉強や関心に応じて、さまざまな面を呈してくれる作品のようだ。

II

杜甫のまわりの小さな生き物たち

一　はじめに

わたしたちが外界を見る時、何をどのように見るのか。物は物としてわたしたちが知覚する以前からずっとそこにある、と思っているけれども、実は或る物をその物として捉えるのはその物に対応する言葉によっている。言葉によって他の物と区別され、それぞれに分節された物の集合として周囲の世界はある。いや、あるというより、あるかのように受け止められるというべきか。言葉は文化のなかで生み出され受け継がれてきたものであるから、わたしたちは文化の枠組みのなかで世界に接していることになる。言い換えれば物の見方は教えられたものなのだ。この枠組みがあるおかげで、わたしたちは安定した世界のなかにいることができる。そこではわたしたちと物とはすでに用意された関係によって結ばれ、揺らぐことはない。

しかし詩の言葉はそうではない。詩人は与えられた言葉を操作することによって、外界を攪拌する。

攪拌して新たな様相のもとに捉え直す。それを読むわたしたちは安定した世界のなかにそのまま浸っていた状態から引きはがされ、揺り動かされ、そして眼前には今までと違う新たな世界が拡がる。詩が現実を新たに造るということもできる。それが詩がもたらす働きの、少なくとも一つではある。

もっとも、すべての詩がそうした働きをするわけではない。逆にわたしたちの物の見方を確認させるような言葉で作られた詩もある。わたしたちはそれによって世界との関係を確かめ、そこに或る種の安らぎを得ることができる、そういうたぐいの詩もある。

それゆえ、詩には二つの働きがある。一つはわたしたちの見方をそのまま確かめることができる詩、いわばわたしたちの世界との関係を保証する詩。もう一つは安定した見方を覆し、動揺させ、そこに世界の新たな様相を見せつける詩。どちらも詩の作用として認められるべきだが、杜甫の場合、とりわけ後者が際立つ。彼の筆を通して世界はわたしたちが把握していると思い込んでいるのとは異なったかたちで現出するのである。物と言葉、事実と表現、或いは現実と詩、そんな問題を考えるのに豊かな材料が杜甫の詩のなかには含まれている。

外界には無数の物がある。しかし詩のなかに取り上げられる物は詩の因襲のなかでおのずと限られている。限られた物が詩に取り込まれるだけでなく、取り込まれた物が詩のなかで果たす役割にも一定のきまりがある。限られた物が限られた役割で表現されることによって、詩は詩としての安定を得る。俗な言い方をすれば、詩らしくなる。

たとえば小さな生き物に限定してみれば、詩のなかでセミはおなじみの昆虫である。そしてそれが表象する意味も固定している。『楚辞』「九辯」に秋の景物を並べたなかに「蟬は寂漠として声無し」というのをはじめとして、冷涼な秋の季節に声も絶え絶えの、憐れな生き物としてあらわされ、それが不遇の士の孤高の形象として用いられる。ことに後漢以後、高潔な生き方を貫くために惨めな境遇を余儀なくされた士人のメタファーとしてのセミが定着し、曹植の「蟬の賦」、陸機の「寒蟬の賦」など、その系列が続く。『礼記』「月令」には季節の景物として夏のセミは記されず、「孟秋」の月だけに「寒蟬鳴く」とあるのは、まだ意味付けを伴っていないにしても、秋鳴くセミの淵源といえよう。夏に鳴くかしましいセミの姿は、『詩経』「七月」に「五月に蜩鳴く」とあるなど、主として民間の歌を反映した詩歌に垣間見られるけれども、士人にとっては露しか口にしない清らかで孤独なセミが主流なのだ。

また詩のなかの鳥はしばしば大きな鳥と小さな鳥と対比され、それぞれが意味を担う。その淵源は『荘子』「逍遥遊篇」にさかのぼる。広大な空間を飛翔する大きな鳥である「鵬」とそれを嘲笑する「蜩と学鳩」、「斥鴳」が対置される。「学鳩」は小バト、「斥鴳」はスズメのたぐいという。『荘子』では大いなる存在とそれを理解できない卑小な存在として大小の価値ははっきり分かれているが、西晋の郭象の注ではどちらもそれぞれの資質に従って生きるものだとして、大小の鳥の優劣を解消している。魏・阮籍の「詠懐詩」連作でも或る詩では大きな鳥にあこがれたかと思うと、別の詩では小さい鳥の生き方に自足しようとしたり、大小の間で揺れ動く思いが語られる。そのような大きな鳥・小さな鳥の優劣を無化したり価値を転倒したりする見方はあるにしても、どちらの鳥も意味付けを伴っていることは動かない。一般に小さな鳥は小人のメタファー、つまらない、軽侮すべき存在として登場するのである。

ところが杜甫の詩のなかの小さな生き物には、従来の文学のなかにはあらわれることがなかった物が取り上げられ、当然ながらそこに固定した意味を伴っていない。杜甫はどんな生き物を詩に描いたか、それをどのように見たか、本稿では杜甫の詩における物と言葉の関係の一つとして身近な動物たちの描出に絞り、その詩の独自な性格を探ってみたい。

二　無数蜻蜓齊上下、一双鸂鶒対浮沈

杜甫が身近な小動物の描出にとりわけ熱心なのは、成都の浣花草堂にいた時期に集中している。鮮烈な映像を与えられる場面を拾ってみると、成都滞在の時期の作がとりわけ多いのである。杜甫の詩は、人生におけるできごととの関わりを捨象して、詩の作り方だけ取り上げてみても、時期ごとに或る種のまとまった傾向があって、たとえば詩題の付け方一つをとってみても時期によって似たような題が並んでいる。詩の内容においても、身世の嘆きはどの時期にも通底しつつ、題材に一定の傾向が認められる。そして身辺の生き物の特異な光景を切り取る詩句はこの時期にかたまっているのである。それは浣花草堂における生活が他の時期に比べて相対的に安定していて、暮らしの安定がまわりの物をじっくり見つめ直すゆとりを生んだものだろうか。

まず草堂を築く時の詩9-14「卜居」から見よう。上元元年（七六〇）、四十九歳の時の七律である。

浣花流水水西頭　　浣花流水　水の西頭
主人為卜林塘幽　　主人為に卜す　林塘の幽なるを
已知出郭少塵事　　已に郭を出でて塵事少なきを知り
更有澄江銷客愁　　更に澄江の客愁を銷する有り
無数蜻蜓齊上下　　無数の蜻蜓　齊しく上下し
一双鸂鶒対浮沈　　一双の鸂鶒　対して浮沈す
東行万里堪乗興　　東行万里　興に乗ずるに堪え
須向山陰上小舟　　須く山陰に向かいて小舟に上るべし

清閑な地に堂を築くことができるのを喜ぶ詩であるが、前四句はあたかも隠棲の地を得たかのようにうたいながら、末二句ではここから呉楚の地にそのまま下ることもできると言う。この地に居を構えようとする詩のなかでこう語るのが解しかねるとして、あれこれ臆説が生まれている。鄭虔を訪ねたい思いをいうとか、洛陽に帰りたい願いをこめるとか、草堂に出資した剣南節度使の裴冕に対する微意を含むとか、詳注はそれらをいちいち挙げてすべて否定し、この地が山陰の風景を彷彿とさせるという喜びを語ったに過ぎないという。しかし風景の類似を見るよりも、浣花溪に面したこの地が自閉した空間ではなく、広い世界につながる可能性を含んでいる。そんな開豁な雰囲気に心が弾んでいると受け止めてよいと思う。

居にまつわる言辞をならべたこの詩のなかで、頸聯の「蜻蜓」「鸂鶒」二句だけが居に直接には結びつかない叙景となっている。もちろんこの景も住まいを得た晴れやかな思いと無縁ではないはずである。

「蜻蜓」も「鸂鶒」も詩語としては熟していない。どちらも詩に頻繁にあらわれるようになるのは、杜甫以降といってよい。「鸂鶒」はオシドリに類した水鳥のようだが、とりあえず「蜻蜓」にはトンボ、「鸂鶒」にはオシドリの名を当てておくことにしよう。こうした詩のなかには見慣れない語を使うことによって、詩の因襲から離れ、実際に眼前にいる生き物の具体性、個別性があらわになる。詩のなかに定着している物を選ばずに、彼自身の目を通して実際の光景のなかからトンボとオシドリを選んだのである。

数限りないトンボの群れが一斉に上になったり下になったりしている。ひとつがいのオシドリが向かい合って水のなかに潜ったり顔を出したりを繰り返す。こうした場面を切り取った詩句はおそらく杜甫以前に見つけにくいだろう。彼らが「齊しく上下」したり「対して沈浮」したりする景は、実際にありえない景ではないが、このように表現されることを通してはじめて現実の一場面として読み手に思い起こされる景である。表現されなかったら目にしても目に止めない。そんなシーンなのだ。言い換えれば、言葉にあらわされることによって初めてわたしたちの認識のなかに入り込んでくる風景といえよう。

「蜻蜓」「瀏鶒」の二句は定型的な風景ではないし、新たに発見された美しい景として描かれたものでもない。そのために叙景の句としてさほど注目を集めることはなかった。ただ単に何の変哲もない、身近な現実の一部を杜甫の目が切り取ったというに過ぎないのである。小動物の行動の、ふだんは目に留めることもない一瞬を捉えたところは、南宋詩が熱心に描くところと似たところがある。ここにも杜甫の詩には次の時代の詩を先取りする面があることが知られる。

わたしたちがこの句をみてまず覚えるのは、感動といった強いものではなく、「おもしろい」といった印象だろう。おもしろいというのは漠然とした受け止め方に過ぎないが、しかし詩を読むうえで、最初の感触は素朴で単純であっても詩の重要な要素であると思う。わたしたちが気づかなかった新たな側面を知らされることはそれ自体が快感ではあるが、さらに踏み込むことはできないか。

トンボの群れは水上の空間で、オシドリは水面で運動をしている。トンボは「齊しく」――一斉に動くのに対して、オシドリは「対して」――二羽が同時にとも解しうるが、向かい合って互い違いに、一方が顔を出せば一方が水に顔をつける、そんな動きであるように見える。そう捉えれば、トンボが整然とした動きであるのに対してオシドリは交互に浮沈をちぐはぐに繰り返す、両者の動きも対比的なものになる。

トンボは群れ、オシドリはつがいでそこにいる。群れで活動することはトンボの習性であり、つがいでいることはオシドリの習性である。どちらもあるべき状態にある。それは浣花草堂の杜甫が一家みなそろって、そしてまた夫婦そろってそこに住むことと遠く呼応しているということもできる。しかし「遠く」というのが肝要であって、これを家族団欒を得た杜甫の喜びを自然の景物によってあらわしたと言ってしまうと、これはまた詩を浅薄なものにしてしまう。「意味」に還元すると、杜甫が捉えたトンボ・オシドリの動きそのものが見落とされてしまうからである。

一糸乱れぬ上下運動をするトンボ、まるでふざけあっているかのように交互に浮沈を繰り返すオシドリ、彼らのさりげない自然な動き、命ある物の本性に従った行動は、あえて言葉に出していえば、「命の調和」とでもいうべきものが感取できるのではないだろうか。楽しげでリズミカルな運動のなかに、自然はかくあるべしという調和の予感が潜んでいるのではないだろうか。そんな光景が居についてうたった詩の内部にそっと組み込まれているがゆえに、人と暮らしについても調和を得た状態と違和感なく溶け合っているかに見える。

三　細雨魚児出、微風燕子斜

「卜居」の詩のなかの小動物の描写は、言われてみれば見たことがあるような光景であると述べた。ふつうは意識にのぼることがなくても、実際にありうる光景ではあると。とはいえ、実際にありうる光景であるがゆえに、この句は秀抜なのだということにはならない。しかし宋人の批評のなかには10-15「水檻　心を遣る」二首の一に見える、「細雨　魚児出で、微風　燕子斜めなり」の二句を挙げて、それが実際の光景に即していることを讃える論がある。この景もそれまでの詩の表現のなかには似た例を見出しがたい一場面であるが、まずは詩の全体を見てみよう。これもまた上元二年（七六一）、浣花草堂での作である。

去郭軒楹敞　郭を去れば軒楹敞《ひろ》し
無村眺望賒　村無ければ眺望賒《はるか》なり
澄江平少岸　澄江　平らかにして岸少なく
幽樹晩多花　幽樹　晩《く》れて花多し
細雨魚児出　細雨　魚児出で
微風燕子斜　微風　燕子斜めなり
城中十万戸　城中　十万戸
此地両三家　此の地　両三家

詩題の「水檻」は水に面して張り出したてすりのことという。浣花草堂には川に臨むテラスのようなものがあったようで、同じく上元二年の10-14「江上　水の海勢の如くなるに値《あ》い聊か短述す」詩にも「新たに水檻を添えて垂釣に供し、故《もと》より浮槎を著《つ》けて入舟に替う」というから、そこで魚釣りもできる「水檻」があったことがわかる。その水檻でうさをはらすと題した詩である。

城内から離れた閑静な地ゆえ家も広々としている。集落もないから遠くまで見晴るかすことができる、と室内外ともに妨げるものがない場所に身を置いた、伸びやかな気分からうたいおこす。水の清んだ川は春の増水で岸辺が消えた。鬱蒼と茂る木々は日が暮れるにつれて明るい色の花が浮かび上がる。あふれんばかりの川の水も、暮れなずむなかで数が増えたかに見える花も、明るく豊かな気分を誘う。

細かく降りしきる雨が水面を打つ、そこへ小魚が顔を出す。そよそよと吹く風を受けて燕は斜めに飛び交う。

城内には十万戸の家々がひしめくというのに、この地には二、三軒しかない。戸数の少なさからうらぶれた感じを嘆くのではなく、安静のなかに慰撫を味わっている。「城中」と「此地」の対比は周密した都市と過疎の村落との対比であり、富と貧しさ、名利と自足、つまりは仕官と隠棲の二項対立に帰結する。それはこの詩の冒頭で言われていた、「郭を去り」「村も無き」立地条件に舞い戻る。ただしこの詩では中心と周縁、つまり喧噪の市街地と閑寂な浣花草堂の対比をもとにしながらも、前者を否み後者を是とするわけではなく、大きな町に隣接しながらこの安閑さを実現していることを喜んでいるかに見える。魚・燕の二句がこうした浣花草堂の静かなたたずまいをゆったりと味わう気分のなかに置かれていることにまず注意しておこう。

この二句は宋代の詩話のなかでたびたび取り上げられている。まず葉夢得『石林詩話』巻下にいう、

詩の表現は、巧みすぎるのはもとより厭われるもので、描写や抒情には、自然の巧みさがおのずと備わる。巧みであっても工夫のあとを見せない。杜甫の「細雨　魚児出て、微風　燕子斜め

なり」、この十字には浮いた言葉はまずない。雨が細かに水面に接して泡沫《うたかた》ができると、魚はいつも上に浮かび上がって泳ぎ回る。もし大雨ならば潜って水面に出てこない。燕は体が身軽で、風が強ければ持ちこたえられない。微風の時に風を受けて姿勢を保つ。そこでさらに「軽燕は風を受けて斜めなり」(13-23「春帰る」詩)の句がある。(以下略)

詩語固忌用巧太過、然縁情体物自有天然工妙。雖巧而不見刻削之痕。老杜「細雨魚児出、微風燕子斜」、此十字殆無一字虚設。雨細著水面為漚、魚常上浮而淰。若大雨則伏而不出矣。燕体軽弱、風猛則不能勝。唯微風乃受以為勢、故又有「軽燕受風斜」之語。……

葉夢得がこの条で語るのは、巧まざる巧みさである。杜甫の「魚児」二句をその例に挙げて、「この十字は殆ど一字として虚しく設くる無し」という「虚説」とは、葉夢得の論旨に合わせて捉えれば、巧妙な叙景を作るために実態のない、言葉だけで光景を作りあげることであろう。そのあとで叙述を費やしているのは、杜甫の二句が無理に作り上げられた光景ではなく、実際に即している、事実に基づいていることの説明である。細かな雨が小さな水紋を作る水面に集まる小魚、柔らかな風を受けて斜めに飛ぶ燕、「細雨」「微風」であればこそこうした動きが可能なのであって、事実に即している。杜甫がこしらえた光景ではない、と力説する。

『石林詩話』のこの一条がその後あちこちの詩話に引かれるのは、技巧を凝らすことなく、自然を自然のままに捉えた表現であるとする指摘が多くの賛同を得たからだろう。実際の光景をそのまま描写したことを評価するのは、詩は事実に基づいていなければならないとする宋人の詩観に基づいている。実景のとおり、ありのままだと強調するのは、この景が必ずしも人々の目に定着した、見慣れたものではないからである。それはまた、言われてみればいかにもありそうな光景であることを示してもいる。

しかし同じ詩句を評価しつつも、葉夢得とは異なった捉え方をする立場もある。方回『瀛奎律髄』の評がそれである。

杜甫の詩は目に見える形や耳に聞こえる音で捉えることはできない。たとえば「円荷　小葉浮き、細麦　軽花落つ」（9－25「農と為る」）、「市橋　官柳細く、江路　野梅香る」（9－54「西郊」）、「杜穿たれて蜂は蜜を溜《したた》らし、桟欠けて燕は巣を添う」（15－9「諸公に陪して白帝城頭に上り越公堂に宴するの作」）、「細雨　魚児出で、微風　燕子斜めなり」、「芹泥　燕觜に香り（諸本は香を随に作る）、花蕊（諸本は蕊を粉に作る）蜂鬚に上る」（10－9「徐歩」）などである。（以下略）

老杜詩不可以色相声音求。如所謂「円荷浮小葉、細麦落軽花」。「市橋官柳細、江路野梅香」。「杜穿蜂溜蜜、桟欠燕添巣」「細雨魚児出、微風燕子斜」、「芹泥香燕觜、花蕊上蜂鬚」。……（『瀛奎律髄』巻二三、杜甫「江亭」）

方回のいう「色相・声音を以て求むべからず」、視覚、聴覚によって具象的に捉えられる光景ではないとは、要するに実景としては捉えられないということである。その例の一つとして「魚児・燕子」の二句も挙げられている。するとそれは葉夢得が「殆ど一時も虚しく設くる無し」、実景をありのままに表出しているというのと真っ向から対立してしまう。この正反対な見方が生まれるところに、杜甫の叙景の性格がうかがわれるように思う。すなわち「魚児・燕子」の句は、実際に目にしうる景とも言えるし、実際には知覚できない景とも言える。ということは、ありそうではあるけれども、実際には今までに見たことのない、しかし言葉に表現されてみれば見たことがあるような気がしてくる景なのである。いわば実景と虚構のはざまにある景といえようか。言い換えれば、ありそうではあるけれども、実際には今までに見たことのない景、現実のなかから切り取られて定着した光景とは異なる光景が描き出されたということになる。

「魚児」も「燕子」も「児」「子」という接尾語を付けた、口語的な口吻を帯びる。口語的な語を用いることによって言葉に柔らかみが添えられる。魚と鳥はどちらも三次元の空間を自在に運動する動物である事から、対句に仕立てられることが多いが、その場合に伴う自由、闊達といった、あらかじめ用意された意味が、杜甫の二句にはない。魚・燕を借りて別の意味を伝えようとする意図はなくて、ここでは魚と燕の動きそのものが詩の主たる関心なのである。

寓意のための小動物でないとしたら、では美しい光景としての描出だろうかと考えると、それもあたらない。何を美とするかもやっかいな問題であるけれども、少なくともこれは美しい風景として定まったものではないし、或いはまた描き出されてみるとそこに美を覚えるという景でもなさそうだ。

美しい自然を描くための二句ではないといっていい。

寓意でもなく風景美でもないとしたら、ではいったいどのような働きをこの二句はもたらすのだろうか。

魚も燕もここでは雨と風という自然現象に呼応して活動している。「細雨」といった雨を分節した語も実は以前にそれほど見慣れたものではなく、杜甫ののちには李商隠が愛用する語である。細かに降る雨が水面を打つとそこに小さな水紋が一面にできる。「科学的」に言えば、酸素が供給されるためか、餌と勘違いしてか、主観的に言えば魚たちは雨を喜ぶかのように、次々水面に浮上してぱくぱくと口を開ける。一方、燕の方は柔らかに吹く風を受けて斜めにそれに乗る。これも「科学的」説明を加えれば、雨もよいの空中で活発に捕食活動をしているのだが、燕たちも軽快な自分の動きを楽しんでいるかのようだ。魚も燕も動物の立場としては生命保持の行動であっても、それも見る人にとっては、雨と風に乗じてその本来の運動をいかにも心地よさそうにしているかに見える。その「心地よさそう」な気分が感取されることが重要である。身近な小動物のそんな動きを言葉に留めた二句ではある。

自然描写として定着していない、従来の目ではとりわけ目に留めることもなかった瞬間を描き出したのを細かな自然観察ということもできるが、それにとどまるものではない。この二句を含む詩の全体を初めに掲げたように、杜甫は浣花草堂での時間をゆったりと味わっている。詩人のそんな気分とこの景とがみごとに溶け合っているのである。魚も燕も自分たちの生を喜びとともに生きている。雨や風に順応して動く彼らと同じように、杜甫もまわりのたたずまいと溶け合い、大袈裟に言えば物と世界とが調和した状態を満喫している。ここでも「命の調和」が具象化されていると言うことができる。しかし調和が実現された世界を描くためにこの詩があると言ってしまうと、かえって詩から離れてしまうだろう。「命の調和」は表現の目的ではなくして、結果として感取されるものなのだ。身近な小動物の、言われてみればいかにもありそうな光景、それを描くことによって、小動物が周囲に溶け込んでいる動きに目をとめる自分の心境が浮かび上がる、そこに杜甫の表現の意義がある。

四　細動迎風燕、軽揺逐浪鷗

同じく浣花草堂での作に9-31「江張る」があり、浣花溪が増水した光景をうたう。川の水かさが増すのを見る詩は杜甫の詩に少なくない。天宝十五載の4-13「三川　水の漲るを観る二十韻」は鄜州三川県で大水に遭遇した詩。これは水害の恐れを述べて穏やかではないが、浣花溪の増水については9-31「江張る」のほかにも同題の10-16「江張る」、11-13「溪漲る」があり、綿州では12-26「巴西の驛亭に江の漲るを観、竇十五使君に呈す二首」があるように、時期を越えて何首も挙げられる。詩句だけ取り出せば、「羌童　渭水を看る」（7-19「秦州雑詩二十首」其十）、異民族の子供が増水した渭水を見ているという、どこか異様な感じを受ける例もある。川の増水を眺める詩が長い時期にわたって続くことは、杜甫が特にそうした光景に心惹かれたことを示すが、これも新しい景を杜甫が詩に取り込んだものの一つに数えられよう。そうした詩に通底するのはまず、水量を増した川がふだんとは違う景観を呈するのを見る驚き。この驚きは子供の目だ。子供の目は景に何らかの意味をかぶせたり読み取ったりすることはなく、ただ単に平常と異なる景観に目を見張るだけである。つまり寓意を伴う自然ではなく、人間が意味付けする以前の、自然そのものにじかに触れた驚愕が詩の契機となる。そしてまた大量に力強く奔流する水は自然のエネルギーを露呈している。この水の勢いは、「川上の嘆」に結びつけることもない、自然の根源的な力動感に直接接した衝撃が詩の中心を成す。

　さて「江漲る」詩は「江は漲る柴門の外」の句で始まるから、この「江」は浣花溪と考えてよいだろう。

江漲柴門外　　江は漲る　柴門の外
児童報急流　　児童　急流を報ず
下牀高数尺　　牀を下れば高きこと数尺
倚杖没中洲　　杖に倚れば中洲を没す
細動迎風燕　　細やかに動く　風を迎うる燕
軽揺逐浪鷗　　軽やかに揺らぐ　浪を逐う鷗
漁人縈小楫　　漁人　小楫を縈《めぐら》し
容易抜船頭　　容易に船頭を抜く

ふだんと違ってすさまじい勢いで流れる川、それに驚いて杜甫のもとへ報告に来る子供たちの興奮。彼らの昂ぶりは杜甫自身の昂ぶりでもある。杜甫もそれを聞いて牀から降りてみると、牀の下には数尺の高さまで水が来ている。杖にすがって戸外を見れば、いつもは顔をのぞかせている中洲が水没している。日常とは異なる様相に触れて心のときめきが続く。

そのあとにツバメ・カモメの二句が続く。全篇、増水を語るので、ツバメ・カモメもその増水の景のなかでの動きである。水の上の空中ではツバメが向かい風を受けながら身軽に小さな飛翔を繰り返す。水面では増水に湧き立つ波を追うかのようにカモメが揺れ動く。軽快で素早いツバメの動きとゆったりと小さな上下運動を繰り返すカモメの動きとが対比される。ツバメ・カモメの動きも、杜甫のもとへ増水を知らせにくる子供や、それを受けて身に出る杜甫と同じく、大水を喜んでいるかのようだ。

最後は水を操る漁師の動きである。漁師は水流に抗するためか、楫をくくりつけて、いとも軽々と舟を操ってへさきの向きを変える。（「抜船頭」は趙次公の注が舟人の用語で舟を回すこととするのに従う）。漁師の行動も大水に対処するためのものであって、職業人であるゆえに増水から受ける興奮はないけれども、増水した川で巧みに舟を操る動きで詩は結ばれる。

このように詩は増水をめぐる人と鳥の反応で形成される。増水に際した人や動物の、子ども―杜甫―燕・鷗―漁人という一連の反応は、句を追うにつれて興奮の度合いはしだいに下がり、水に慣れ親しむ度合いはしだいに増加していくのだが、それが連続性をもっていて、人も鳥たちも同列に置かれて自然な流れを作っている。

この詩も美しい風景として描かれたものでもないし、何らかの意味をともなっているわけでもない。浣花草堂にいた時に描出される小動物は、いずれも従来の詩では捕らえられなかった動きを捉え、日々の充足感に浸る杜甫自身の気分と一体となっているということができる。

これは浣花草堂時期に顕著であって、同じ「蜻蜓」という語を用いながらも、別の時期には様相が異なる場合もある。さかのぼって天宝十三載、長安で何将軍の別墅に遊んだ時の3−2「重ねて何氏に過ぎる五首」、その第三首に「蜻蜓」が登場する。

落日平臺上　　落日　平臺の上
春風啜茗時　　春風　茗を啜る時
石欄斜点筆　　石欄　斜めに筆を点じ
桐葉坐頭詩　　桐葉　坐して詩を頭す
翡翠鳴衣桁　　翡翠　衣桁に鳴き
蜻蜓立釣糸　　蜻蜓　釣糸に立つ
自今幽興熟　　今自《よ》り幽興熟す
来往亦無期　　来往　亦た期無からん

沈んで行く日がテラスに落ちかかる時、春の風に吹かれて茶をすする。石の手すりに身を傾けて筆を墨に染め、桐の葉にそのまま詩を題す。ヒスイの鳥が衣架に鳴き、トンボは釣り糸に止まっている。

こうして幽興に親しんだからには、これからはいつとなく行き来することにしよう。

「衣桁」「釣糸」という人間の道具に野生の鳥や昆虫が止まっている。これも意表を突く「おもしろい」光景に違いないが、ここでは自然と人間とがかくも密接した関係にあることを語ろうとしている。「幽興」のお膳立てとして、その具体的一面として描かれている。人と生き物の調和ではあっても、浣花草堂の時期の命の調和というものとは異なり、全体の幽興のなかに収まるものである。「翡翠」「蜻蜓」がここでは動きがないことも、先の詩と異なる。この五首の連作のなかには「幽興」の語が二度、ほかに「幽意」「野趣」の語も混じる。何将軍の別墅が幽邃な趣きを持つことを賛美する作であり、ここでの「蜻蜓」は「幽興」という人間の好尚にかなうものとしてそこに置かれている。浣花草堂における小動物たちが人とは関わりなく、それぞれの動きをしつつ、しかも全体が一つにくるまれているのとは異なると言わなければならない。

五　穿花蛺蝶深深見、点水蜻蜓款款飛

葉夢得『石林詩話』は先に引いた箇所に続けて言う、

「花を穿つ蛺蝶は深深として見え、水に点する蜻蜓は款款として飛ぶ」（6-9b「曲江二首」其二）、「深深」の字はもし「穿」の字がなければ、「款款」の字はもし「点」の字がなければ、どちらも

これほど精微な表現はできない。しかし読んでみると渾然と溶け合って、力むことがまったくないかのようだ。それゆえに格調の高さが損なわれない。晩唐の詩人に作らせたら、「魚は練波に躍りて玉尺を抛《なげう》ち、鶯は糸柳を穿ちて金梭を織る」のようなスタイルになってしまうことだろう。

至「穿花蛺蝶深深見、点水蜻蜓欵欵飛」、深深字若無穿字、欵欵字若無点字、皆無以見其精微如此。然読之渾然、全似未嘗用力、此所以不礙其気格超勝。使晩唐諸子為之、便当如「魚躍練波抛玉尺、鶯穿糸柳織金梭」体矣。

ここに引いた部分でも葉夢得は杜甫の「未だ嘗て力を用いざるに似る」、技巧のそぶりもみせない自然なところを評価する。逆の例として挙げる晩唐風の詩句について、葉夢得が語ろうとするのは比喩が比喩のための比喩になったかのような、技巧にかまけていることである。そのまま日本語になおしていけば、「魚は練り絹のごとき波のうえに跳躍する――一尺の玉のような体を投げ出すかのように。鶯は糸のように細い柳の枝のなかを穿つ――黄金の梭《ひ》で織っていくかのように」といったところか。下句についてさらに補えば、糸のような、とたとえた柳をさらに織物にたとえ、そこに潜っていく鶯を梭が布を織るのにたとえる。水面にジャンプする魚、柳に分け入る鶯を描く二句は、魚と鶯、またそれらの動きを奇抜で華麗な別の物にたとえるその比喩に意を凝らしたものである。或る物を別の物に置き換える比喩表現は、二つの相い離れた物を結びつける意外性が眼目であるけれども、魚を「玉尺」に、鶯を「金梭」に比喩した此の表現は、小動物を人間世界の華美な物にたとえただけで終わってしまう。魚や鶯の運動感は棄て置かれるし、二句から新たな広がりが生まれるわけでもない。つまりは華麗な修辞の域を出ないところが、葉夢得が反例として挙げたゆえんなのだろう。「花を穿つ」「水に点ずる」の二句を含む杜甫の詩を、これも詩の全体を見よう。

6―9「曲江二首」其二

朝回日日典春衣　朝《ちょう》より回りて日日　春衣を典ず
毎日江頭尽酔帰　毎日　江頭に酔いを尽して帰る
酒債尋常行処有　酒債　尋常　行処に有り
人生七十古来稀　人生　七十　古来稀なり
穿花蛺蝶深深見　花を穿つ蛺蝶は深深として見え
点水蜻蜓款款飛　水に点ずる蜻蜓は款款として飛ぶ
伝語風光共流転　語を伝う　風光と共に流転し
暫時相賞莫相違　暫時　相い賞して相い違うことと莫かれと

先の詩が成都滞在中の作であったのよりさかのぼって、乾元元年（七五八）、長安で左拾遺の官に就いていた時の作である。これから官界の階梯に昇っていけそうな地位を得たにもかかわらず、この時期の杜甫は鬱々として楽しまない。第一首では万点の花びらが風に乱舞するのを目の当たりにして、その力と勢いに圧倒されながら、世間への執着から離れて飲酒の享楽に浸ろうと捨て鉢な態度で終わる。この第二首も前半四句はその延長にある。朝廷が退けると毎日春の衣を質入れし、そこで得た金で酔いを尽くす。酒のつけはいつでもどこでもあるもの、人生七十まで生きるのは滅多にないこと――この対にはどうせ短い生、酔生夢死でけっこうという思いを含んでいる。しかしそれに続く景物を目にすることによって詩は転換する。

花むらを縫っていくチョウチョウは深く深くもぐっていく。水面に尻を打ち付けるトンボはゆるりゆるりと飛ぶ。虫たちの春の営みを目にした詩人は、この春の風と光、それも移ろいゆく一時のものであるが、しばし愛でて自分もそれと一つになろう、と詩を結ぶ。

これは陶淵明が自然と一つになることによって自分の生を命の力に満ちたものにしようとしたのと重なりつつもずれている。陶淵明の場合は積極的に自然と一体となろうとするのだが、杜甫のこの詩は春の陽光を愛でつつも、うつろな目でそれを眺めている。「暫時　相い賞して相い違うこと莫かれ」――今はとりあえずそうするほかないといった諦観を含んだ一体化なのである。

はかなく過ぎ去るであろう春の光景、それが流転するものであるとわかったうえでひとまずそれに身を任せてみよう、という消極的な姿勢ではあるが、しかし第一首に見える乱舞する花とのせめぎ合い、あるいはまたこの詩の前半でいう飲酒への没入、自暴自棄にも似たその態度とは異なる方向に転換したのは確かであり、その転換の契機となったのが、チョウチョウやトンボの営みを目にしたことである。チョウチョウが花々のなかへ入っていくのは蜜を求める捕食とともに卵を産むためでもあったか。トンボが水面に尻をこするのは明らかに産卵の行動である。つまり昆虫は個体の生存や種の保存という本能的行動を春という季節に乗じて無心にしている。彼らはその意味も考えることなく、春と一体になっている。人である自分も春と一つになることによって胸中の煩悶を忘れようとする。

浣花草堂での小動物の動きも、この詩の「蛺蝶」「蜻蜓」と同じものではある。小動物たちは状況によって異なる行動はしない。彼らが生の営みを自然の法則のままにしていることは同じでも、そのことがもつ意味が浣花草堂の詩と「曲江」詩では同じでない。浣花草堂の詩では杜甫自身のその時の気分とそのまま重なるものであったのが、ここでは自分の鬱屈する思いから、かりそめのものであれ解放される契機として働いているのである。しかし春の陽光に身を投じたところで完全に解き放たれることはないであろう予測も、最後の二句には含まれている。小動物も杜甫も一つに包まれるためには、成都に落ち着く暮らしまで待たねばならなかった。その暮らしもまた長くは続かなかったのだけれども。

五　おわりに

杜甫の詩のなかの小動物、ことに昆虫と鳥類の描出をここまで見てきた。そこに共通しているのは、詩のなかの虫や鳥が寓意的な意味を負わされることなく、単に外界の一部としてのみ存在していることであった。そのところが従来の詩と大きく異なる。杜甫以前の詩のなかでは、小動物も人が与えた意味を帯びることによって詩のなかに用いられたのである。それに対して、ここまで見てきた杜甫の詩のなかの小さな生き物たち――「蜻蜓・鸂鶒」「魚児・燕子」、「燕・鷗」「蛺蝶・蜻蜓」には固定した意味付けがない。そのなかでも「鷗」には『列子』「黄帝篇」の逸話、「漚鳥」と常々仲良く遊んでいた人が、捕まえるつもりで海辺に出かけたら一羽も舞い降りて来なかったという、詩にもよく用いられる話がある。「漚鳥」は水辺に群飛する、カモメに類した水鳥であろう。その逸話から、機心のない、無邪気で自然な心といった意味が定着しているが、しかし杜甫の詩のなかの「鷗」がその故事と関わりがないことはいうまでもない。杜甫が取り上げた小さな生き物たちにはそれまでの文学の因襲のなかで定められている意味をもたないのである。

杜甫が取り上げた小さな生き物たちに固定した意味がないこと、そこには人と自然の関係において大きな転換が生じたことが認められるのではないか。文学的因襲を背負った小動物たちは、人が彼らに意味付け、人の方に引き寄せたものである。生き物は生き物として自然界に存在しているのではなく、人によって意味を与えられたものとして文学のなかに組み込まれる。人は生き物に意味を与えることで彼らを所有する。

一方、杜甫の場合は生き物たちはそのまま自然界に生息し、活動している。彼らは彼らの生を営んでいるに過ぎない。生き物に附随していた既成の意味から自由なのである。人から解き放たれ、小動物は彼ら自身の生を生きる、その一瞬の動きが杜甫の筆によって捉えられる。生き物と人との関係が、文学の歴史のなかで新しいかたちに変わったということができる。

では、生き物たちと杜甫とは無関係に、ばらばらに存在しているのかと言えば、決してそうではない。彼らの登場する詩をそれぞれ一首の全体として見れば明らかなように、一見すると人と無関係に行動しているかのような姿は、その周囲との間で巧まざる調和を実現している。周囲のなかには当然作者自身のありかたをも含む。したがって小さな動物の姿は単に目新しい一場面を切り取ったというのでなく、人も動物も包む大きな全体を構成する一部として描き取られるのである。動物に意味を与えて人に引き寄せることから離れ、人も動物もそれぞれに大きな世界の一部として共存している。小動物をそのように捉える目の奥には、自然も人も一体であるべきだとする杜甫の思いが潜んでいる。こうした世界観によって杜甫の詩のなかの小さな動物たちは、各自の本性に従った行動をし、それによって世界の一部であることを具現し、人とは別々の存在であるけれども、ともに世界のなかの存在としてより大きな意味のなかに包まれる。杜甫の詩に取り上げられた小動物の光景は、杜甫の懐く理想の姿の一瞬の具現であるともいえる。しかしそれは彼の詩の全体のなかでは一部であり、人と自然との間の不調和を嘆きいらだつ作が大部分ではある。数少ない例ではあるけれども、浣花草堂の時期の調和のなかにいる小動物たちを通して、背後に控える杜甫の世界観をうかがうことができるように思う。

補・詩題の前につけた算用数字は仇兆鰲『杜詩詳注』による巻数と、巻のなかでの順番を示す。

詩と世界——表現者＝杜甫を中心に

「唐代文化会議」にお招きいただき、話をする機会を与えられたことは、まことに光栄に、またとても嬉しく思います。会長の康韻梅教授をはじめ、関係各位に厚くお礼を申し上げます。

この機会をお借りして、わたしが日頃考えております文学研究のありかたについて、またその具体的な例として杜甫の文学を中心として、お話してみたいと思います。

古典文学と近代文学

わたしたちは今、ポストモダンといわれる時代におりまして、その時点から古典文学を読んでいます。わたしたちの前には近代という時代があり、近代よりさらに前の時代の文学が古典文学です。そのために、わたしたちは近代、さらにはポストモダンの立場から、古典文学を見ることになります。古典文学が生まれ、古典文学が同時代の文学として受け入れられていた文学環境、そこから遠く隔たった地点から見ていることになります。

作品が生まれ享受されていた文学環境とは懸け離れた文学環境のなかで作品を読む、このことは当然、作品の理解にさまざまな困難を伴います。古典文学とは時空いずれも隔たった場から古典文学を読む際に伴う障害、それにはまず二つ挙げられます。一つは古典文学の世界では当然のこととして受け入れられていた事柄を我々は知らない、或いはまた理解できない。これは明らかに作品の理解を妨げ、作品を読解するうえで我々を不利にするものです。

もう一つの問題は、わたしたちはややもすると古典文学を近代以降の文学を見るのと同じ見方で見てしまう、近代文学と同質の文学として見てしまう、ということです。両者の異質性に気付かず、古典文学を自分に惹き付け、自分を基準として読む、これもわたしたちが陥りやすい弊害の一つです。近代文学を読む時と同じように、作者個人というものに重きを置きすぎる。文学を一人の作者と直結し、その作者が単独で作り出したものと考える。これは近代文学では作者の「個」というものが文学のなかで大きな役割を占めることになった、その傾向を古典文学にも押しつけたために生じる弊害です。古典文学では個々の作者以上に大きな力をもったのは、集団性であったと思われます。文学を成立させていたのは、作者という「個」よりも、「文学共同体」と呼ぶべき集団であったと考えられます。文学共同体のなかで共通にいだかれた文学観、共通に受け入れられた文学の規範、そのなかで文学が営まれてきたはずです。にもかかわらず、近代文学を見る時と同じように個人の存在を重視しすぎると、大きな誤解を生じることがあります。この問題はことに日本における中国文学研究のなかに目立つように思われます。それは中国学の伝統の力が低下しているために、古典の作品を安易に「文学」として扱ってしまうことから生じた弊害と思われます。

このように古典文学の時代から遠く離れているわたしたちにはさまざまな不利な点がありますが、しかし反対に有利な面もないではありません。わたしたちは現代に生きていることによって、古典文学の伝統・因襲に縛られることなく、古典文学を見ることができる。文学の因襲には相い反する二つの面があります。因襲のなかに入らないと文学が理解できないという面、また逆に因襲から解き放たれている、自由であるからこそ理解できる面、そうした二面性があります。古典文学の文学環境から遠く隔てられていることは、古典文学のなかの人々よりも自由な感性や思考によって作品に接することを可能にするという利点も考えられます。

またわたしたちは古典時代の人たちにはない大きな視野から文学を見ることができます。「巨人の肩の上に立つ」という言葉がありますが、古典も近代も文学の全体を見ることができるのは、巨人の肩の上に立つことができるわたしたちの強みです。それは過去を歴史的な時間の流れ全体のなかで捉えることです。時代は現代だけではないと同じように、古典時代だけでもない。すなわち古典文学の時代を絶対的なものではなく、「相対化」して見る視点をわたしたちは得ているわけです。古典時代を相対化することは、古典時代の人々を縛り付けていた束縛から自由であることです。束縛から自由であることによって、彼らが気付かなかった面を知ることもできます。当時においては当然すぎて意識することもなかったことが、そこから離れているからこそ気付くこともありうるわけです。

ここまでわたしは古典文学と近代以降の文学、両者の差異を強調しすぎたかもしれません。確かに古典文学と近代文学は異質ではあるものの、その違いは程度の差に過ぎない、相対的な違いに過ぎないということも考えるべきです。例えば古典文学では規範に忠実であることを主な特質とし、近代文学では逆に規範から自由であること、規範から逸脱することを特質とします。つまり古典文学では形式・内容・表現、さまざまな点において、文学はかくあるべきものという型、すなわち規範が支配し、それに従うことによってこそ作品は作品たりえます。近代文学はそれとは反対に、すでにある型を壊すことが作品たりうる条件となります。従来にない内容・表現を備えることによって文学たりうるのが近代文学です。古典文学と近代文学とのこの対比は、別の言葉でいえば、「継承」か「創新」かということにもなります。規範、ないし伝統として受け継がれてきたものを「継承」する古典文学、それに対して伝統から逸脱しようとして「創新」を目指す近代文学、という対比です。

しかしながらこの対比は、実は程度の違いというべきであって、規範の遵守と規範の逸脱という相い反する二つの要素は、古典文学であれ近代文学であれ、どちらも作品成立にとって必要な要素なのです。古典文学でも規範に従うだけでは千篇一律に陥ってしまって文学性を発揮しえません。近代文学であっても人々のなかで営まれる行為である限り、完全な逸脱などはありえません。古典文学は伝統を継承しながら、そのなかで新鮮さを求め、近代文学は言語や表現形式の普遍性に従いつつ創新を求めるというように、継承か創新かは、比率の違いにすぎません。

では規範の逸脱よりも規範の遵守が大きな比率を占める古典文学の場合、継承と創新はどのように関係し、どのように展開するのでしょうか。伝統が継承されるなかにあっても、時折り新たな変化が生じ、変化は後続する作者たちによって受け入れられ、浸透し、それがまたあらたな規範として文学の伝統のなかに取り込まれていく、古典文学はこのようにして展開するものと考えられます。古典文学の伝統、規範は永遠に不変なものではなく、変化を取り入れることによって文学性を保持してきたのでしょう。

物理学・化学の分野には「動的平衡」(dynamic equilibrium)という概念があるそうです。相い反する二つの力がせめぎ合っている時、両者が対峙することによって全体としては平衡性が持続する、ということのようですが、その概念を日本の生物学者福岡伸一氏は生物の世界にも援用しています。生物のなかにおいて(個においても種においても、と理解していいでしょうが)環境に適応すべく常に変化が生じている。しかし変化を生じつつも全体としては同一でありつづける、つまり常に変化していても、にもかかわらず平衡状態が維持される、と理解することができます。

この考え方は文学史においても援用できるのではないでしょうか。人間の感性や思考、精神、それらが時代の変化に応じて新たなものに変化する。それまでにはない文学的要素が登場する。文学的要素と申しましたのは、文学として作品に取り込む題材とか、その捉え方・見方とか、それにともなう感性とか感情、さらに思考など、文学を構成する多様な要素をまとめていったものです。そして文学はこうした変化を生じながらもやはり文学としての一貫性を保持したまま継続していく、つまり言い換えれば決して静的な、不動のものではなく、動的で変化するものではあるけれども、全体としては一貫性、平衡性も保持している、ということができます。古典文学・近代文学と区別しながらも、時代を超えて「文学」としての一貫性をもっていることは、やはり文学が或る種の普遍性をもっているからこそ可能なのでしょう。

詩のなかの子供

文学の歴史のなかで時に新しい現象が生じる、それがやがて広く受け入れられ、のちの時代には規範のなかに溶け込み、伝統として継承されていく。その新しい文学的要素がどのように登場し、受け継がれていくか、一つの例として詩のなかに「子供」がどのようにあらわれるか、そこに焦点を当てて考えてみましょう。子供は当然ながらいつの時代にもいる、子供がいなければ大人もいないわけですが、興味深いことに、文化のなかに子供が登場するのはどこの文化圏においても意外なほど遅いようです。西欧ではアナール派（L'école des Annales）の歴史学者 Philippe Ariès（1914-1984）が『アンシャンレジュム期の子供と家族の生活』（*"L'enfant et la vie familiale sous l'Ancien régime"*（Plon, 1960.））のなかで論じたもので、日本語にも訳され、広く知られています。

中国の詩のなかで最も早く我が子を題材としたのは、西晋・左思の「嬌女」の詩でしょう。彼自身の二人のむすめが母親の化粧道具を使ってお化粧して遊ぶ、いかにも子供らしい姿を活写しています。

中国の詩のなかに初めて子供らしい子供、つまりことに儒家的な色彩に塗られていない、実態としての子供が左思の筆から生まれたことはおそらく偶然ではなく、当時の名だたる作者と違って、彼は政治や社会の最上層に位置していなかったことと関わりがあることでしょう。

とはいえ左思の場合は偶発的に「嬌女の詩」の一首が見られるに過ぎません。我が子が文学のテーマとしてまとまった形で取り上げられるのは、それから百年あまりのちの陶淵明です。陶淵明には「命子」「責子」「与子儼等疏」など、子供を直接題材とした詩文がのこっています。「責子」詩では五人の男児の名前や年齢という個別的な事柄まで記されています。

陶淵明は詩における子供の登場をもたらした一点に限らず、文学の伝統のなかに新しい要素をいくつも創り出した、継承より創新が上回る存在ですが、これも彼の置かれた特殊な環境が彼のような特異な作者を生んだことでしょう。六朝の作者は例外なく当時の政治・社会の最上層に位置しました。社会的階層が貴顕であったという共通性だけでなく、文学を営む場所も都に限られます。ところが陶淵明だけは生涯のほとんどは都から遠く離れた潯陽で過ごし、地位も地方官に何度か就いたにすぎず、おそらく都建康に登ったことすらなかったでしょう。陶淵明のそうした特異な環境と彼が時代から突出した文学を創り出したことは深く結びついているはずです。

自分の子供がしばしば詩文に登場することを挙げましたが、それは単に「子供の登場」という新しい文学現象であるにとどまらず、文学の内実の大きな変化を示すものです。すなわち、自分の子供という私生活、個人生活が詩の題材となったのです。それまでの文学はいわば公的な内容が中心を占めるものでした。中国の詩は現実を内容とするということが、西欧の詩が虚構を中心とすることと対比されてよく言わてきました。それはその通りなのですが、しかし、だからといって現実が何もかも詩に入るわけでは決してありません。現実のなかから選び取られた一部だけが詩のなかに書かれてきたのです。現実の何を書くかは無言の規範によって定まっていました。それが陶淵明に至って、文学の内容が劇的に変化します。子供以外にも陶淵明の日常的な生活、それまでは詩に書かれることもなかった生活のさまざまな断片が書かれるようになります。陶淵明に至って彼個人の日常生活が堂々と詩に入って来るのです。このようにして詩は範囲を拡げた、というよりもむしろ、質的な変化をもたらした、というべきでしょう。

陶淵明は従来考えられた以上に、六朝時代からよく読まれ、広く浸透したとわたしは考えています。その一つの証左は六朝の作者のなかで、『文選』所収以外の作品が、陶淵明は他の作者より格段に多いことです。つまり『文選』に収められたことによってのこった作品のほかに、陶淵明の場合は別集がかなり流布していたのではないか、それは陶淵明の作品が早い時期から広く受け入れられたことを示すのではないか、と思います。同時代の顔延之、百年のちの昭明太子など、当時の著明な人が熱烈な、といってよいほどの愛読者であったことも、広範に受容されていたことを思わせます。

ただ顔延之にしても昭明太子にしても、彼ら自身の文学のなかに陶淵明の影を認めることはできません。陶淵明の作品は愛読はされた、彼の文学の新しさは理解された。しかしそれを取り込み、自分の文学として生かすことはまだできなかった。陶淵明の文学が文学全体を変質させる、陶淵明の息吹を受けた新たな作者が登場する、そのためにはなお長い時間を要したのです。そして明らかに陶淵明の文学があったからこそ登場したといえるのが杜甫です。杜甫の登場まで三百年の年月を要しました。

個人の日常生活が詩に導入されるという点で杜甫はまさに陶淵明を受け継ぎ、さらに展開させた人なのですが、自分の子供に関してもそれは明らかです。

まず子供が登場する詩の数が陶淵明よりさらに飛躍的に増えます。「呼児」という語はあちこちに見えますが、それは省いて、子供について直接述べた詩だけでも以下のように少なくありません。

「憶幼子」(04–23)、「遣興」(04–25)、「得家書」(05–07)、「彭衙行」(05–26)、「催宗文樹鶏柵」(15–30)、「宗武生日」(17–18)、「熟食日示宗文宗武」(18–53)、「又示両児」(18–54)、「課伐木」(19–07)、「元日示宗武」(21–19)、「又示宗武」(21–20)

(算用数字は仇兆鰲『杜詩詳注』の巻数と巻のなかの順番を示す)

子供を述べる詩の数が増えただけにとどまりません。子供の書き方にも陶淵明との違いが明らかです。陶淵明の「責子」詩の場合、ご存じのとおり、五人の男の子の名前とともにそれぞれにどのように勉強嫌いであるか、言葉を変えて一人ひとりについて記しています。「雖有五男児、総不好紙筆。阿舒已二八、懶惰故無匹。阿宣行志学、而不好文術。雍端年十三、不識六与七。通子垂九齢、但覓梨与栗」といった具合です。しかしながら、書き方は違っても、それは相互に入れ替えることが可能です。つまり互換性のある表現であって、五人の子供に個性の違いはありません。

それに対して、杜甫の子供の書き方には子供による違いがあらわれています。女児は三人ほどいたようですが、名前はわかりません。男児は宗文と宗武、ことに次男の宗武は聡明な子供であったようで、杜甫は特別にかわいがっていたようです。「憶幼子」（04-23）は安禄山の軍が支配していた長安にいた、「春望」と同じ時期の作ですが、「驥子春猶隔、鶯歌暖正繁。別離驚節換、聡慧与誰論」と次男の宗武の名だけ挙げて聡明さを述べています。「得家書」（05-07）は杜甫が鳳翔、家族は鄜州というように離ればなれの時期ですが、そのなかに「熊児幸無恙、驥子最憐渠」――熊児、すなわち宗文のほうは「幸無恙」というだけに留まり、「驥子」すなわち宗武のほうがかわいいと明言しています。「遣興」（04-25）も長安で賊軍の支配下にあった時の作ですが、「驥子好男児、前年学語時。問知人客姓、誦得老夫詩」とすでに父親の詩を暗誦できるほどに早熟であったと記します。

このように杜甫の場合は、二人の男児を明らかに書き分けています。言い換えれば、子供として一括するのでなく、子供のなかの個性を書き分ける、子供の描写に個性という要素が生まれたことを意味します。それはまた対象の描写が細やかに、仔細になったことを意味します。子供を描くにもはなはだ細かなところにも注目し、表現されています。

たとえば「彭衙行」（05-26）という紀行の詩があります。これは安史の乱を避けて、家族を奉先県からさらに北の白水県に移す旅を、次の年になって回想したものです。そのなかに、「癡女飢咬我、啼畏虎狼聞。懐中掩其口、反側声愈嗔」という場面があります。いたいけない幼女は空腹のために親の手を嚙んで泣き叫ぶ。その声がまわりに潜む猛獣に聞かれることを畏れて口を覆うと、子供は身をよじってさらに泣き叫ぶ、という行き詰まった状況における親子の姿を活写しています。活写と言いましたのは、危急の時の行動を概念的に書くのでなく、具体的、即物的に描いているからです。読む者はいかにもそんなことがありそうな臨場感を覚えます。

これは女の子の様子ですが、それに続いて男の子が書かれます。「小児強解事、故索苦李飡」。この「小児」が長男の宗文であるか次男の宗武であるか、書かれていませんが、わたしは年上の宗文であると考えます。というのは、「小児」は自分たちが置かれている事態を理解できずに泣く幼女と自分は違う、自分は年上なのだという自覚のもとに行動するからです。「強解事」は実際には物事を理解するに十分な年齢に達していないにもかかわらず、理解していない幼女とは違うのだと無理に理解できているような態度を取るのです。大人ぶってする行為が、「故索苦李飡」です。これはふつう、まだ幼いためにどれが苦いか甘いかを見極めることができず、苦い李を食べてしまうと解されています。しかし「故索」の二字を見ると、「自分は年上なんだから」と犠牲の精神を発揮して、わざわざ苦い李を選んで食べると読むこともできます。自分は年上なのだから苦いほうの李を食べるのだと。そのほうが「強解事」との繫がりもいいように思います。いずれにせよ、子供が単に李を食べるのではなく、それに際して年長の子が自分は年長だとする自覚という要素が加わっています。子供は常に実際の年齢より背伸びをしたがるものですが、そうした子供の生態も表現されています。

次男の宗武は早熟で聡明な子供だったようでして、「元日示宗武」(21-19)、「又示宗武」(21-20)などの詩には宗武に対する期待を無邪気なほど率直に表しています。それは陶淵明でいえば長男が生まれた時の詩「命子」に見られる、子供に対する期待と通じています。そうした共通する面もありながら、陶淵明の描く子供と違って、杜甫の描く子供は個性が書き分けられていること、いかにも子供らしい生態に着目し描写していることを指摘しましたが、それ以外にもまだ新しさが認められます。ここまで挙げてきた詩は、たとえ陶淵明の「責子」のような詩であっても子供の存在を喜ぶ、子供をかわいいとする詩ばかりでしたが、そうではない詩があらわれます。「熟食日示宗文宗武」(18―53)は大暦二年(七六七)、夔州で、寒食の日に長男・次男に与えた詩です。都・故郷に帰れぬまま今年もまた寒食の日を異土で迎えたという嘆きを綴った律詩の最後の二句を「汝曹催我老、廻首涙縦横」と結んでいます。放浪生活のなかでお前たちを育てるのに大変な苦労をした、そのためにわたしは一層年を取ってしまった、お前たちのせいでわたしは老いを加速した、と読むこともできるでしょうが、それよりも、お前たちは年ごとに、節句を迎えるごとにぐんぐんと大きくなる、その成長の速さはそのままわたしの加齢に繋がる。すなわちお前たちが直接わたしを老化させている、と読みたいと思います。するとと子供の成長は喜ぶべきことである一方、自分の衰老、死への加速という、自分にとっては好ましからざることを引き起こしてもいる。子供の存在、子供の成長は単純に喜びだけではないというのは、子供にまつわる新たな視点が登場したといえるでしょう。

詩のなかに子供がどのようにあらわれるか、陶淵明―杜甫という展開を例に見てみましたが、詩は規範を継承しつつも時にこのような新しい要素が生まれ、それが継承されて次の時代の規範として取り込まれていくのでしょう。

杜甫に対する見方の転換

詩の歴史のなかで大きな変化を作りだした詩人、その一人が杜甫であることに異論はないことでしょう。いまさら言うまでもなく、杜甫は中国のあまたの詩人のなかで突出した高い評価を受け続けて来ました。その評価は今日まで続いています。高い評価は変わらないとしても、二一世紀に入った今、杜甫に対するわたしたちの見方は大きく変えなければならないと考えます。これまでは杜甫の苛酷を極めた人生に関心が集まり、その苦難に満ちた人生のなかで誠実に生きた杜甫の人となり、そうした面に注目されてきました。過去の中国において「詩聖」と讃えられたのは、詩人として最高の存在というだけでなく、儒家の理念に合した彼の人格、人となりに対する評価を伴っているように思います。

安禄山の乱勃発とほぼ同時に初めて官を得たものの、乱が完全に終息するより前に官を辞し、以後は蜀、そして長江を下って湖南の船上での客死、確かにそれは想像するだけでも辛い、苦しい人生です。わたしたち読者はその人生があまりにも苦難に満ちた、劇的なものであったために、それに心を動かされます。つまり作品を通して、作品に描き出された人生の方に目を向けてしまうのです。文学作品よりも作者の人生に共感し感動してしまいます。その場合、作品は彼の人生や人生の苦難を知るための「手段」になってしまいます。

しかし本来、文学は作品をこそ対象とすべきではないでしょうか。作品を何かほかのことを知るための手段として読むのではなく、文学は作品そのものであり、作品をこそ手段でなく対象としなければならないと考えます。

もう一つ、わたしたちが陥りやすい過ちは、作品を手段として現実や人間のほうに関心を向けると、その現実や人間は作品が描き出したものであること、作品が表現したものであることを忘れてしまうという点です。作品のなかにどのような現実が描かれようが、あるいはまたどのような人間が描かれようが、作品なしで現実や人間があるのではなく、あくまでも作品によって表現された現実であり人間であるのです。

わたしたちは杜甫の作品を通して彼の人生や人間を見ていたことから、作品そのものへ回帰しなければなりません。彼の経験した人生に目を奪われるのではなく、彼は経験した現実世界をどのように言葉に表現し、作品として作り上げたか、そこに関心を向けなければならないと考えます。人生や人間に目を奪われてしまうと、それを表現しているもの、すなわち作品の存在が忘れられてしまいます。もともと現実なり人間なりがあって、それを作者はただ忠実に写しているに過ぎないと考えてしまいます。実は文学はたとえ現実を言葉にしてはいても、それは作者が言葉によって表現したものなのです。作者の手を通して作り上げられたものなのです。

これまでのように作品を単なる手段として捉える見方から、作品こそを目的とする見方へと、わたしたちは転換しなければなりません。

表現者＝杜甫

表現に注目してみると、杜甫は表現ということに対して異常なまでの熱意、ないし執着をもっていた人であることがわかります。人生も人間も彼が表現者としての情熱から創り出したものなのです。たとえば官を捨てたあと、秦州から蜀へ向かって苦難の旅をしたことはよく知られています。この旅は初め、中原を離れてまず秦州へ向かいます。そこが期待したような地でなかったために秦州を去ってさらに同谷県に向かいます。大いに期待した地でしたが、着いてみるとそこも安住できる場ではなかった。そのためにさらに成都を目指します。家族を帯同してのこの旅に、杜甫は秦州から同谷までを十二首の連作詩、同谷から成都までの旅を同じく十二首の連作詩に記録しています。

秦州から同谷県まで：「発秦州」・「赤谷」・「鉄堂峡」・「塩井」・「寒峡」・「法鏡寺」・「青陽峡」・「龍門鎮」・「石龕」・「積草嶺」・「泥功山」・「鳳凰臺」。

同谷から成都まで：「発同谷県」・「木皮嶺」・「白沙渡」・「水会渡」・「飛仙閣」・「五盤」・「龍門閣」・「石櫃閣」・「桔柏渡」・「剣門」・「鹿頭山」・「成都府」。

二つの行程は走破した距離も要した時間も違いがあったはずですが、両者を同じ五言古詩十二首にそろえています。しかもその詩題も「発秦州」「発同谷県」とそろえ、以下それぞれ十一首は経過した地名を詩題とするかたちにまとめられています。これは明らかに二つの旅を意図的に整合させたものです。苦難の旅という実際の体験、それをそのまま写し取るのでなく、同じ十二首というまとまった形に整理したうえで示しています。言い換えれば、旅という現実の体験を作品のための素材に使っているのです。

二つの連作紀行詩には詩題が共通する一方で、内容にはそれぞれ多様であるべく工夫が凝らされています。十二首すべてがいかに難儀の旅であるかを繰り返すのではなく、たとえば岩塩の製塩所を描く（「塩井」）、或いは居住する人や旅人に焦点を当てる（「寒峡」）、たまたま遭遇した古寺をうたう（「法鏡寺」）、駐屯兵を描く（「龍門鎮」）、他の旅の一行を描く（「飛仙閣」）、風景美や住人の純朴な暮らしぶりを描く（「五盤」）などなど、通して読んでみると、杜甫がいかに単調を避け、多様で豊饒な紀行詩をめざしていたか、連作詩のなかに変化と抑揚をもちこもうと意図していたか、如実にわかります。つまり彼は実際の経験である旅をそのまま「報告」するのではなく、旅の素材を加工し、文学作品として「創造」しようとしているのです。

現実を「報告」することより、現実から作品を「創造」しようとしたということ、それをさらに推し進めて言えば、杜甫にとって現実は作品のためにある、とさえ言えそうです。険しい山の続く、道もさだかでないような行程を、幼い子供を伴って進むこと、これは確かに大変に辛い旅だったでしょう。わたしたちはややもすると苦しい旅に打ちひしがれる杜甫、或いは苦難に耐える杜甫を思い描いてしまいますが、紀行の連作詩にこのような意匠がこらされているのを知ると、旅に苦しむ家長としての杜甫とは別に、それを題材として作品を創り上げる、したたかな表現者としての、もう一つの姿が浮かび上がってきます。

杜甫は詩作という行為そのものについてたびたび語る詩人ですが、次のような言葉ものこしています。夔州滞在時期の作、「西閣二首」其二の最後の二句に、「詩尽人間興、兼須入海求」――この世のなかの詩興、詩的興趣を詩が書き尽くしてしまったら、さらに海に入ってもそれを求めなくてはならない。詩が世界を書き尽くし、人間世界に書くものがなくなったら、海に入ってまで求める。「海」は今、わたしたちが抱く海とは異なります。昔の中国の人にとっては世界の果て、もはや世界ではない空間です。世界の果てまで表現し尽くしたい、これはすさまじいばかりの貪婪な表現欲です。

日本語では、或る一つのことに異常なほどの情熱を燃やして、ほかのことを省みない人のことを、敬意と畏怖の双方を籠めて「〇〇の鬼 oni」と言います。杜甫は「詩の聖人」どころか、「詩の鬼」「表現の鬼」といってもよいのではないでしょうか。

さきほど引いた秦州から同谷県への旅、同谷県から成都への旅、その間に同谷県に滞在していた時期の連作に「乾元中寓居同谷県作歌七首」というよく知られた詩があります。その第一首「有客有客字子美、白頭乱髪垂過耳」で始まる詩の最後は、「嗚呼一歌兮歌已哀、悲風為我従天来」と結ばれます。「悲風」は杜甫の愛用する語ですが、悲哀を誘う風、悲痛を募らせる冷たい風、それが空から自分に向かって吹き付ける、「為我」というのは風がひたすら自分に向かってという風の方向性であると同時に、風が自分に吹き付けるのは、自分のためである、自分によいようにとわざわざわたしに向かって吹いてくれる、という意味も含んでいます。「為我」という言い方はふつうは自分にとってよいことをもたらしてくれる場合に使うものでしょう。それをここに使うことによって、この表現は深いものとなります。自分をさらに苦しい状況に置こうとして風は吹く。まるで自分を苦しめようと天が欲しているかのように。天は自分に苦難を与える、しかしそれは自分に対する悪意に限らず、自分にとってためになること、よいことでもある、そうした天の意思を自分は甘んじて受け入れよう、それが天が自分に与えてくれたものだから。

杜甫は自虐的な傾向がある人ですが、ここでも天が自分に試練を与えるかのような「悲風」、それを甘受する自分をいくらか自虐的に捉えるとともに、同時に自分の使命、自分はこのように天から苦難を与えられ、それは自分が詩人として表現するためだ、という使命を抱いているかに見えます。

杜甫の表現

では表現者＝杜甫はどのように表現したのか。世界をどのように捉え、それをどのような言葉としてあらわしたのか、それを見ていきたいと思います。

一般に文学作品は二つの種類に分けられると考えられます。一つはわたしたちが日常生活を過ごしているなかでの世界観と同じ世界観によって世界を表現する作品です。人間の既成概念、世界はこのようなものであるとわたしたちが文化のなかでおのずと教えられ、誰もがおのずといだいている世界観に沿って表現された世界です。言い換えれば類型的に捉えられた世界です。そこに何ら新鮮さはありません。しかしながら、わたしたちは作品のなかに既成の世界観を見ることによって、わたしたち自身の世界観を確認し、安堵を覚える。作品に接するのに何の摩擦も抵抗も障害もなく、安らぎを覚えることができる。文学に限らず、映画とかドラマとか、多くの作品はそうした類型化した世界を再現したものです。通俗的作品であり、大衆が享受する娯楽作品はそのなかに入るでしょうが、ただし、そうしたたぐいの作品は価値が低いというわけではありません。先ほど申しましたように、安定した世界を提示するそうした作品は、わたしたちに安寧をもたらしてくれるからです。

それとは対極に、もう一種の作品が存在します。それはわたしたちの安定した世界観に衝撃を与え、破壊し、わたしたちを混乱に陥れるものです。わたしたちが無意識のうちに浸っていたごく普通の世界観を、そうした作品は否定し、破壊するのです。それに接した時、わたしたちは動揺し、不安を覚えます。しかし不安に陥ると同時に、大きな刺激は感動にもなります。なぜわたしたちは感動するのか。それはおそらくわたしたちが知らなかった様相を見せてくれるからではないでしょうか。安定し日常化した世界とは別に、このような世界もある、そうした新たな体験がわたしたちを活性化することによって、「不安」は「感動」に化すのではないかと思います。これが狭義の芸術作品と呼ばれるものです。

作品は以上のような二つの種類に分けられるとして、両者はどのような関係にあるのか。さきほど詩のなかに子供が導入されることが陶淵明に始まり、杜甫がさらに発展させ、中唐以後はごくふつうのこととして定着するという流れをお話しました。それと同じように、後者、つまり安定した世界観を破壊するような刺激的作品も、初めにそれに接した人々には驚愕、動揺、不安を与えたにしても、しだいに受け入れていき、浸透していく、そして文学の範囲を拡げていく、或いは文学の中身を濃くしていく、深めていくと考えられます。初めは受け入れがたい新たな世界も時間を経ることによって受容されていくのです。そうした過程を繰り返しながら、文学は展開してきたと思われます。

さて杜甫に話を戻しますと、すでにおわかりのとおり、杜甫の作品は後者に属するものです。だからこそ杜甫は中国の詩の歴史のなかで大きな節目となる存在なのですが、先ほどの子供の例は、すぐ次の世代の韓愈、白居易などに受け継がれ、広く浸透していきました。個人的な日常生活が詩の内容になることも、中唐では急激に拡がり、さらに宋詩になると宋詩の特徴となるほど広く定着して、唐詩と対比的な特徴にさえなっていきます。

そのような場合もありますが、逆に受け入れられない、甚だしくは今日に至るまで受容されない、ないしその新しさが理解さえされていないという面もあります。これは先に申しましたように、杜甫の作品は手段とみなしてそこに描かれた人生のほうに目を奪われてしまい、表現そのものを探求することがおろそかにされたことも原因の一つでしょう。

杜甫の表現は安定した世界を確認するものではなく、破壊する詩に属すると申しましたが、破壊といっても必ずしもそれは我々が知っている世界を破壊して別の世界を提示するというわけではありません。現実の世界を描写しているのに違いない、しかしそれは我々がふだん見慣れている現実ではなく、杜甫の表現を通して初めて顕在化する、そうした現実の描写もあります。言い換えれば、杜甫は我々がこれまで気付かなかった現実を表現しているということです。それは決してわたしたちの住んでいる安定した世界を破壊するものではありません。もともと現実の一部であったのです。そういう現実が存在することにわたしたちは杜甫の表現を通して初めて接することができるのです。もっと単純に言えば、日常生活のなかで気付くことのなかった一面、あるいはまたそれまでの詩が書くことがなかった現実の一面、それを杜甫は切り取ってわたしたちに提示したのです。

そのような表現について、わたしは以前、「杜甫のまわりの小さな生き物たち」という小文を書いたことがあります（松原朗編『生誕千三百年記念　杜甫研究論集』、研文出版、二〇一三。本書九五頁所収）。そのなかでは次のような詩句を取り上げました。

無数蜻蜓斉上下、一双鸂鶒対浮沈。（「卜居」09-14）

細雨魚児出、微風燕子斜。（「水檻遣心二首」其一　10-15）

細動迎風燕、軽揺逐浪鷗。（「江漲」09-31）

穿花蛺蝶深深見、点水蜻蜓款款飛。（「曲江二首」其二　06-09）

いずれも昆虫、鳥、魚など、身近な「小さな生き物たち」を描写した句です。杜甫の詩句に描かれた情景は、言われて見ればなるほどこのような場面があったかもしれない、見たことがあるような気がすると思わせるような、つまり現実にありうる情景なのですが、しかし類型化した風景ではない、従来切り取られることのなかった一場面を描き出したものばかりです。

現実のなかにありうる風景、しかしこれまでは意識されることのなかった風景を杜甫は描き出したというにとどまらず、このような描写のなかに杜甫の世界観をうかがうことができるように思います。中国古典詩の伝統のなかでは植物であれ動物であれ、しばしば人間にとって意味を持つものとして詩に取り込まれました。「松柏」といえば冬にも枯れない節操の高さであり、「鴻雁」の類は志を高く掲げた孤高の精神であり、逆に「燕雀」といえば小人物をあらわすものと決まっていました。つまり動物・植物がそれら自身の存在のありかたとは関係なく、人間にとって意味をもつものとして引き寄せられていた、しかも多くは儒家的な思想によって倫理的な意味付けをされていました。竹は「節」をもつことで価値付けられました。花のなかでも梅や菊が尊ばれたのは、梅はほかの花が咲くより早く、菊は逆に百花枯れたあとに咲くというように、衆多に同調しない独行の潔癖さが讃えられたのです。上に挙げた杜甫の詩句のなかで、たとえば鷗といえば『列子』の無心の故事と結びついて詩に使われました。しかし杜甫の詩のなかの生き物たちはそうした従来帯びていた「意味」から自由です。儒家的、倫理的意味付けをされていません。固定した寓意性を帯びていません。そのためもあって、従来の意味付けされた動物・植物が登場することは少なく、上の詩句にあるように「蜻蜓」とか「鸂鶒」

とか、杜甫以前には詩のなかに描かれることのなかった生き物、つまり人によって意味付けされていない生き物がたびたび取り上げられます。

杜甫の詩のなかの生き物は、寓意性を帯びていない、人間の世界に引き寄せられていない、このことは人と自然の関係において大きな転換を生み出していると考えます。杜甫の詩のなかの生き物たちは自然のまま、本来の姿のまま、描かれます。人間によって意味付けられ、人間世界に引き寄せられることはなく、彼ら自身の生を生きているのです。

しかし、では自然のままの生き物は人間と別個に、無関係に存在しているかというと、そうではありません。たとえば「江村」（09-30）の詩を見てみましょう。

清江一曲抱村流、長夏江村事事幽。自去自来梁上燕、相親相近水中鷗。老妻画紙為棊局、稚子敲針作釣鈎。但有故人供禄米、微軀此外更何求。

三句目・四句目の燕と鷗、その鳥たちは寓意的な意味を伴ってはいません。自然のまま、生物としての生態のまま、屋内の梁に巣を作って、雛に餌を運ぶつがいの燕です。川のなかの、これもつがいの鷗が二羽で仲睦まじく身を寄せ合っている。燕も鷗も彼ら本来の姿のまま生きています。そうではありますが、この詩の全体を見ると、湾曲する川（浣花渓）に抱きかかえられた村落、それはまるで何か大きな存在にやさしくくるまれているような安らぎを伴っています。そして村は日足の長い夏の日のおそらくは昼下がり、ひっそりと静まりかえっている。静寂はここでは寂寞ではなく、穏やかな安らぎが村をつつんでいます。
そして燕と鷗、まさに身近に目にする鳥が描かれますが、燕はつがいと雛、鷗はつがいでしょう。鳥たちはそのまま次の聯では人間に移ります。杜甫の妻と子供です。囲碁と釣魚という隠者の営みは、隠逸といってよい成都の杜甫にふさわしい消閑の楽しみだったのでしょう。仮住まいのために碁盤も釣りの道具もない、そのためにありあわせの材料で仮にこしらえています。こうして読んでくると、人間と無関係に彼らの営みをしていた燕・鷗も、やっと平穏な日常を得てささやかな団欒をゆったりと楽しんでいる杜甫の家族も、実は無関係ではない、動物も人も家族の幸福のなかにくつろいでいることがわかります。燕・鷗に寓意性を与えて引き寄せるのではなく、動物と人は別々ではあるけれども、動物も人もより大きな拡がりのなかで調和しています。つまり人と動物は別個の存在でありながら、大きな統一のなかで調和しているのです。
「江村」の詩はこのように調和の安らぎとでもいうべき世界を描いているのですが、上に上げた「曲江二首」其二の場合は、人と動物が調和しているのではなく、動物の調和から人としてあるべき生き方を学んでいます。

朝回日日典春衣、毎日江頭尽酔帰。酒債尋常行処有、人生七十古来稀。穿花蛺蝶深深見、点水蜻蜓款款飛。伝語風光共流転、暫時相賞莫相違。

左拾遺の職務に覚える鬱屈、それを晴らすために毎日服を質にいれては酒に代えて曲江で一人、杯を重ねます。鬱屈する杜甫の目に映ったのは蛺蝶と蜻蜓、かれらは人にかまわず彼ら自身の生を営んでいます。「穿花蛺蝶」は食を求めるため、「点水蜻蜓」は卵を産むため、つまりは個の生存と種の生存という生き物の二大本能のための行動をしています。それを見た杜甫は最後の聯に至って、自分もこの春の風光としばらくは同化し、同じように生きてみようと語ります。それは決して最終的な解決にはならない、たえず流転するものでしかないが、しかし当面は「蛺蝶」や「蜻蜓」と同じように、今この春の光を浴びて生きてみよう。これは自然のありかたが杜甫の生き方に一つの方向性を与えた例です。

ここまで見てきた杜甫の外界は、杜甫独特の捉え方をしているものではあっても、いずれも目に見える外界でした。わたしたちがふつう気に留めない光景、場面であるにしても、必ずしもありえない光景ではありません。しかし杜甫は目に見える世界の向こうに目に見えない世界があると感じていたかのように思います。可視の世界と不可視の世界、それは言い換えれば認識できる世界と認識できない世界ということにもなります。不可視の世界、認識できない世界の存在を予感することは、類型化した世界の向こうを感知することであり、杜甫の世界観に深くて暗い拡がりを与えたと思います。「中宵」(17-04)という詩は夔州の西閣から一人で歩きながら静寂な夜をうたった詩ですが、そのなかに、「択木知幽鳥、潜波想巨魚」という二句があります。住みかを探す鳥は杜甫に見えるのか見えないのか。闇のなかに動く鳥の気配にその動きを感じ取っているだけでしょう。見えないにしてもそれは現実のなかの鳥です。しかしそれに続く魚の句は、長江の水のなかに潜む巨大な魚を「想」、想像するだけで目には見えません。目に見えないだけでなく、現実に存在しないでしょう。しかし杜甫は夜の黒い水面の底に潜む巨大な魚を思い描くのです。「幽鳥」にしても「巨魚」にしても、先に挙げた「江村」の燕や鷗と違って、はなはだ不気味な動物です。目に見えない、認識できない、それゆえに人にとっては恐ろしい存在です。わたしたちがふだん浸っている安定した世界、その外側に茫漠と拡がっている不可知の領域まで杜甫は詩に表現しようとします。

安定した世界を破壊するといえば、「同諸公登慈恩寺塔」（02-07）を挙げなくてはなりません。ともに慈恩寺塔に登った高適・岑参・儲光羲の詩に対して、杜甫の詩だけがまったく違います。その違いは杜甫だけが国や人々のことを憂えているといったようなレベルの違いではありません。世界を安定したものと捉えるか、不安定な、不気味なものと捉えるかといった、世界観、認識論に直結する相違なのです。

ほかの三人は塔に登り、長安の町並みが鮮明に見えると言うのに、杜甫だけは地上の風景がまるで見えない、逆に天界はすぐ隣接していると言います。つまり三人と杜甫の間では可視と不可視が逆転しているのです。さらに杜甫は地上が見えないどころか、「秦山忽破砕」、終南山が粉砕し破壊されるという異様な光景まで幻出します。他の詩人たちが描くような塔の上から見る安定した世界の像が、杜甫に至るとめちゃめちゃに壊されます。何か大きな絶望をあらわしたいかのようですが、杜甫の詩はこのように不可視の領域、人の認識を拒絶する領域にまで描出しようとする。そうした表現によって安定した世界を揺さぶる力が働いている。この詩を読むわたしたちも世界が秩序を失い、混乱の渦中にあるような不安に陥れられます。そして杜甫の表現のこのような面についてはまだ十分に受容され、理解されていない。わたしたちがこれから探求していくべき課題としてのこされているように思います。

日本の文学と中国の文学

一

日本は当初から社会・文化のすべてにわたって中国に学んできた。明治期に至って模範の対象を近代西洋に転換するまで、中国は一貫して日本が模擬し追随する手本であった。文化の根幹である文字も中国から移し替えられたものだ。日本語はもともと文字のない言語であったが、漢字を借りることによって日本語を書き表すことから始まり（万葉仮名）、やがて漢字の草書体から平仮名が、漢字の一部から片仮名が生まれ、以後は漢字、平仮名、片仮名の三種の文字を使って日本語を文字化する方法が今日まで用いられている。「かな」は「仮名」と漢字表記されるように、漢字を「真名」というのに対する呼称であり、仮名と言う名称にも漢字から二次的に派生した文字であることが示されている。

文学においても、日本で最も早い日本語による歌集である『万葉集』が七五九年以後の成立と言われるのに対し、漢詩集である『懐風藻』は『万葉集』に先立つ七五一年に編纂されている。日本人の漢詩を集めた詩集は、その後も『凌雲集』（八一四年）、『文華秀麗集』（八一八年）、『経国集』（八二七年）など、日本語による和歌の歌集とは別に編まれ続けた。

このように中国の詩文を学ぶことから始まった日本の文学が、結果として中国の文学とははなはだ異質なものとなったことは、思えば奇異なことである。本稿では日本と中国の文学はどのように異なるのか、そのような差異をもたらしたのはなぜか、そういった問題について考えてみたい。

二

月と花は中国の詩、日本の和歌、いずれにおいても欠くことのできない題材である。詩歌にうたわれる自然の景物は、「花鳥風月」、「雪月花」などと総称されるが、どちらにも月と花が含まれている。月と花が詩歌によく詠ぜられるのは、月が秋を、花が春を代表する美しい自然物であるためだけではない。月と花に共通する特性は、月は満ちては欠け、花は咲いては散るように、はかなさを象徴すると同時に、反復によって永続する永遠の象徴にもなるという二重の性格をもっているためだろう。

ところが中国で月といえばほぼ常に満月であり、その「団円」が夫婦、家族の円満と結びつく。一方、日本では満月のほかに月齢に分節して、三日月のように細い月も愛好される。満月のあとには「立ち待ちの月」、「居待ちの月」など、月齢ごとに名前まで付けられている。中国が完全な月を好むのに対して、日本では不完全な、変化する相に注目が集まる。

月の光が遍在することによって、月を媒介として他の地の人を思うというモチーフは、中国の詩に発する。南朝宋・謝荘の「月の賦」に「千里を隔てて明月を共にす」というのが早い例である。さらに唐代に至ると、空間のみならず時間においても月の光を共有する過去・未来に思いをつなぐ発想が生まれる。「古人今人　流水の若きも、共に看る明月　皆な此《か》くの如し」（李白「酒を把りて月に問う」）。杜甫の「月夜」の詩は一篇のなかに月光の空間的遍在性、時間的遍在性の双方が見られる。

その発想が日本に伝わると、はなはだ複雑なかたちになる。西行の歌に言う、

月見ばと契りおきてしふるさとのひともやこよひ袖ぬらすらむ

過去に故郷でともに月を眺めながら、いつか別々に月を見ることがあれば、今二人で見ているこの時のことを思い起こすことにしようと約束したその人も、今宵の月を見て思い出しているであろうか——過去において未来を想像したことを現在から振り返り、未来が現在になった今、他所の人を想像する、といったように、この歌では空間のみならず、時間が過去・現在・未来の間で錯綜する。中国では単純であったモチーフが、日本でさらに技巧を凝らし、洗練した歌にすり替わるのである。

中国では月は満月が好まれたように、花の場合も満開の花、生命力の頂点にある状態が多くうたわれるのに対して、日本の花はほどなく散っていく花、死の直前にある姿が美とされた。桜の愛好はその顕著な例であって、滅び行くものの美学と結びついている。中西進氏は桜が詠まれた最も早い歌という允恭天皇の歌、「花ぐはし　桜の愛で　同愛でば　早くは愛でず　我が愛ふる子ら」（『日本書紀』

允恭八年二月）を挙げて、「散ることを特徴として美しさが愛され」ていると指摘する（中西進『花のかたち——日本人と櫻』）。

村松剛氏も花と死の結びつきを語る。

散る花のイメージは、日本では死の理念とつよく結びついている。古来の無数の辞世が、死を散る花にたとえて来た。（村松剛「花の理念の成立」）

日本で秋の紅葉を愛でるのも同様である。色鮮やかにもみじする葉を、落ち葉として散りゆく寸前ゆえの美しさとして嘆賞したのである。中国に紅葉をうたう詩は多くないが、たとえば杜牧「山行」の詩の「霜葉は二月の花よりも紅なり」は、晩秋の山のなかに燃える紅葉を見て、そこに思いも掛けぬ春真っ盛りの花が現出した驚きをうたう。生の顕現に目を見張るのであって、死を予感したものではない。

藤原定家の「見わたせば花ももみじもなかりけり浦のとま屋の秋の夕暮れ」は、春の花、秋の紅葉が消滅した、何もないうらさびれた光景のなかに、花と紅葉の鮮やかな色彩をいわば幻視する。花と紅葉の華やかさと死のイメージとを一つの映像のなかに重ね合わせるのである。

中国でも落花の詩情はないではない。晏殊の詞「浣溪沙」に「奈何ともすべく無く花は落ち去り、曾て相ひ識るが似《ごと》く燕は帰り来たる。小園の香径　独り徘徊す」というのは、日本の詩情にやや近い。しかしそれは感傷的な悲哀感をうたう詞の場合であって、一般的には「桃の夭夭たる、灼灼たる其の華」（『詩経』周南・桃夭）が典型であるように、美と命を最も鮮やかに顕現したところこそが中国の詩にうたわれる花であった。

三

男女の情愛をうたう詩が中国に乏しいことは、契沖、本居宣長、アーサー・ウェイリーらによって指摘されてきた。いずれも中国から見れば異域の人であり、中国の伝統文化から離れた視点に立つからこそ、中国の特質に鋭敏に気づいたと言えよう。中国で男女の情愛に関する詩歌といえば、悼亡詩、閨怨詩、艶詩などに限られる。悼亡詩は妻の死を悲しむ夫の詩であるが、夫婦の和合を世界の根幹とする中国の文化のなかで（『中庸』がことにその教えを説く）、夫婦間の愛情はいわば公認された男女の愛情であった。閨怨詩は伴侶のいない女の立場になって男の作者がうたうもので、本来虚構の作であり、作者自身と関わらないから許容される。艶詩は妓楼などの場における遊戯文藝であってエンターテイメントとしての詩に過ぎない。恋の詩がとぼしいのと逆に多いのが友情の詩である。友情は信、義など、儒家の徳目に合致するから、認められるのである。

もちろん民間では恋こそ歌のテーマであった。前漢の楽府「上邪」はありえない自然現象を列挙したあと、それらが実際に起こったら別れようとうたう。つまりいつまでも一緒にいたいという思いを誇張した表現で訴えるのである。敦煌文書のなかから出てきた「菩薩蠻」にも同じ発想が見えるが、それは模倣・影響といったものではなく、人の発想の自然な共通性に基づくだろう。ただ中国でこうした例は極めてまれであると言わねばならない。ところが『万葉集』など日本の民間の歌のなかには、ありえない自然現象が生起するまで恋を持続したいとうたう例は枚挙にいとまがない。一例を挙げれば、

ひさかたの天つみ空に照る月の失せなむ日こそ我が恋止まめ（『万葉集』巻十二　2419）

『万葉集』のなかでは珍しくないこのたぐいの歌は、おそらく中国にも民間には同じようにたくさんあったことだろう。ただそうした詩歌は中国ではのこりにくい。たまたまのこった楽府や敦煌の曲にその一端がうかがわれるに過ぎない。

四

隠逸は中国では仕官と対峙するもう一つの生き方として、士大夫の精神生活のなかで重要な意味をもつ。日本の隠逸は中国のそれと大きな相違がある。中国の隠逸が生活の面では一家を引き連れて、さらには一族郎党を挙げて隠逸するのに対して、日本では西行がすがるむすめを蹴って出家したという逸話が示すように、家族をも捨てる。また日本では出家（仏門に入る）、そして遁世（仏門からも逃れる）という二重構造が見られる。

形態の違いのみならず、隠逸へ向かう動機にも違いがある。中国では隠逸は往々にして政治への批判、現体制の否定という対他的要因を契機とする。一方、日本では厭世観という自分のなかで世を汚らわしく思い厭う心情から隠逸が志向される。中国の文学のなかで厭世的な精神を備えているのは『桃花扇』と『紅楼夢』しかないと王国維は指摘したが、日本の文学には常に厭世観がまといつく。同じ隠逸であっても、中国の対他的、日本の対自的という対比的な特徴がある。

五

人生のはかなさをうたう詩篇は「古詩十九首」などを代表として中国にもある。というより、世界中どこにも見られるというべきだろう。しかし中国の文学の高峰というべき詩人たちには人生短促の感傷に浸る詩篇は見られず、限りある生を乗り越えようという人間の意志の力をうたうものが多い。「古詩十九首」に続いて起こった建安の文学、そのなかの曹操は「烈士の暮年、壮心已まず」と老いに抗して精神を高く持ち上げる精神の勁さをうたう。陶淵明、杜甫、白居易、蘇軾と続く山脈はいずれも人間を、そして世界を肯定する力強さを含んでいる。蘇軾の「赤壁の賦」では、水の流れのように人生ははかなく過ぎゆくと嘆く立場に対して、流れ去る水も次から次へと流れ来るように、変化を永遠の持続と捉える見方を呈して、世の無常を乗り越えようとする（山本和義『詩人と造物　蘇軾論考』）。

それに対して日本では季節感、恋をうたいつつ、そこに潜む無常観こそが詩歌の抒情性を生み出している。季節の微妙な変化、恋にまつわる人の心の機微、それを無常観に帯びつつ精緻に描くのが日本の文学であった。中国の楽観に対して日本の悲観、それが鮮やかな対比をなす。

六

ここまで見てきたような日本と中国の違いは何に起因するのだろうか。それにはまず如上の日本文学はいずれも「和文学」、すなわち仮名を用いて書かれた文学であることに注意しなければならない。中国の古典文学に連なる「漢文学」の流れも時代を通して持続したが、漢文学においては、日本的特徴を含みつつも、総体としては中国の文学を規範とし、それに倣うものであった。そのため中国古典文学と同じく、政治性・道徳性・社会性といった、士大夫の立場にたった文学が展開されてきた。それに対して和文学は女手（おんなで）ともいわれる仮名による文学であり、女性の作者を重要な担い手とする。仮名を手段とすること、女性が加わることによって、和文学は漢文学とは異なる方向に進むことになった。そこでは夜ごとに形を変える月、季節のなかでの細やかな移ろい、そうした物事の細部の変化に目を留める繊細な感性が発揮され、世のはかなさに心を動かす抒情が流れることになった。個々の事物の微細なところに関心を注ぐために、国や世の中のありかたといった広く大きな対象へは向かわない。

このように対比的な文学ではあるが、それは優劣とは関わらない。それぞれの特質がそれぞれの文学として意義を有するのである。文学が本来有する多様で豊饒な姿が、日本と中国の文学のなかで個々別々の方向に繰り広げられた様相を見ることができる。

参考文献

鈴木修次（一九七八）『中国文学と日本文学』東京書籍
中西　進（一九九五）『花のかたち――日本人と桜』角川書店
村松　剛（一九七五）『死の日本文学史』新潮社
山本和義（二〇〇二）『詩人と造物　蘇軾論考』研文出版
川合康三（二〇〇八）「月と花――和漢対比の一側面」（『中国古典文学彷徨』研文出版）
川合康三（二〇〇八）「悲観と楽観――抒情の二層」（同上）
川合康三（二〇一一）『中国の恋のうた』岩波書店

山上憶良と中国の詩

はじめに

国が異なり言葉も違う詩人たちの詩歌のなかに、不思議な響き合いが感じ取られることがある。人々の懐くポエジーには、期せずして通じ合うところがあるのだろうか。そうした交響の調べを味わうことも、詩を読む楽しみの一つに数えられよう。

かつて『万葉集』のなかに山上憶良の歌を読んだ時、奇妙なことにわたしには中国・盛唐の詩人杜甫の詩が思い起こされた。もちろん全体ではないけれども、或る部分において、とても似ているように思われた。杜甫といえば「国破れて山河在り」――「国が破れる」きっかけとなった安禄山の乱を境として、大唐帝国が繁栄を極めた時代と乱後の争乱の時代、その双方を生きた中国を代表する詩人である。中国の士大夫の例にもれず、初めは官に就くことを求めて、十年にも及ぶ就職活動を続けたのだが、皮肉にもやっと獲得したのと時を同じくして安禄山の乱が起こった。出仕したのは四年にも満たず、官を捨てた彼は放浪生活のなかで転々と居を移し、都からしだいに遠ざかって遙か南方の地で生を閉じたのだった。困苦の絶えることのなかった人生のなかで、我が身の不幸を嗟嘆するとともに、人間社会はいかにあるべきかを問い続けた詩人、というのがこれまで捉えられてきた杜甫の姿である。それはたしかに杜甫の文学の中核であるに違いないのだが、しかしそれだけでは収まりきらない。卓越した表現者である杜甫は、もっと多様な魅力を湛えている。そしてわたしが覚えた憶良と通じ合うところは、従来必ずしも目を留められることがなかった杜甫の一面である。

杜甫が生きた八世紀は日本では奈良時代、山上憶良とも在世の一部が重なる。渡来人とも言われる憶良には、遣唐使の一員として渡唐の経験もあった。とはいっても人生においても文学においても、憶良と杜甫が交差することはない。その二人が不思議なほど似ていることに、わたしは心が弾んだ。二人の暗合は実はさらにさかのぼって、三百年前の陶淵明とも通じ合うかに見えた。陶淵明は中国の隠逸の文学を代表するとされる。官界を嫌悪して自分の生き方を貫いた清廉潔白な隠逸者、それが陶淵明像として伝えられてきた。しかし杜甫の場合と同じく、それだけで片付けられるものではない。「隠逸詩人」では収まりきらない部分が、杜甫と憶良と重なり合う部分である。

陶淵明にしろ杜甫にしろ、固定した見方を離れて、自分なりにその文学の総体を捉え直してみると、そこに新たに生き生きとした姿が浮かび上がってくる。陶淵明・杜甫・山上憶良という、一見何の繋がりもなさそうな三者の間におのずと湧き起こる響き合いのあとをたどってみよう(1)。

一　貧窮と戯画化

山上憶良「貧窮問答歌」892・893は、その構成に諸説あるというが、憶良の造型した、貧窮に苦しむ二人の人物の掛け合いであるかに見える。一つの詩篇のなかで虚構の二人ないし三人の人物の発話が並ぶ形式は、中国の詩や賦のなかで珍しいことでない。ただし中国の場合、作者はあとから登場する語り手に重きを置くことが多い。たとえば陶淵明の「形影神」という詩では、自分という存在を「形」（身体）、「影」（身体の影法師）、「神」（精神）の三者に分けて、それぞれがいかに死に対処するかを論じる。初めに登場する「形」は死を逃れることができない以上、酒でも飲んで忘れるほかないと語る。続く「影」は善行を立てれば死んでも人々の記憶のなかにのこると言う。最後に「神」が登場して、飲酒はかえって命を損なう、善行を立てたところで誉めてもらえるとは限らないと先の二人を否定し、死をそのまま受け入れて自然と一体となればよい、という結論を下す(2)。陶淵明自身がその境地に達したかどうかはさておき、作品としては最後の登場人物が先行人物の言を乗り越えて締めくくる。中国の場合、複数の話者が相継いで語る作品ではおおむねこうした構成を取るが、「貧窮問答歌」のなかの二人は対等、もしくは重層的であって、前の話者が否定されるわけではない。ここでは前半部分を取り上げよう(3)。

「風交じり　雨降る夜《よ》の　雨交じり　雪降る夜は」——冬の冷たい状況から歌い起こされる。風、そして雨、さらに雪と、外界の厳しさが次々と厳しさを加えていく、累増的な対句である。「すべもなく　寒くしあれば　堅塩《かたしほ》を　取りつづしろひ　糟湯酒《かすゆざけ》　うちすすろひて」——寒さを防ぐためのまともな酒にも事欠く。「堅塩」「糟湯酒」のような生々しい具体性はないが、陶淵明も「在《むか》昔《し》　酒の飲むべき無く、今　但だ空觴《くうしょう》に湛《たた》ふ」（「擬挽歌辞三首」其の二）と、生前は飲むこともできなかった酒が、今や我が霊前に供えられているのを空しく眺めるしかない、というアイロニーを描く。杜甫も長安で官を求めて奔走していた時期、自分の哀れな姿を「朝には富児の門を扣《たた》き、暮れには肥馬の塵に随ふ。残杯と冷炙《れいしゃ》と（飲み残しの酒と冷えた焼き肉）、到る処　潜かに悲辛す」（「韋左丞丈に贈り奉る二十二韻」）と、まるで物乞いのごとく富貴の人のおこぼれにあずかる自分のみじめな姿を誇張して描く。

　衣と食という生活の基本、それが満たされず凍餒《とうだい》に苦しむ姿、三者いずれも己れの極貧ぶりを語っているのだが、そのことよりも注目したいのは、貧窮に沈む自分を戯画化して描くところが共通していることだ。自嘲、自己戯画化、そしてそこに伴われる諧謔は、必ずしも従来注意されてこなかった陶淵明・杜甫の見過ごせない特徴の一つである。杜甫「茅屋の秋風の破る所と為る」詩では、屋根を葺いた茅が大風に吹き飛ばされたのを追いかけて行くと、村の悪童どもが勝手に持ち去って逃げて行く。声をからして叫んでも相手にもされない。すごすごと家に引き返せば、屋根のない部屋のなかは雨が降り放題、冷え切ったぼろ布団に寝ることもかなわない。雨に濡れそぼちながら、目の前に突然大きな堂宇が出現することを夢想する。そのなかに天下の貧士を入れて寒さから救うことができたら、自分は飢え凍えて死んでもいい、と語る。この詩から杜甫には人々を救済する思想があるなどといった結論を導き出すのは、作品の大事な感触を取り逃がしてしまう。村の子供にも侮られて冷たい雨に濡れる老人のみじめなありさま、現実にはありえない誇大な妄想をふくらませ、自分を犠牲にする姿に陶酔する姿、そこに自分が戯画化されているのを感取しなければならない。

陶淵明「帰去来の辞」は官員生活に見切りを付けて郷里に帰ることをうたう、陶淵明を代表する作品である。そこには仕官と隠棲、自己にかなう生き方の模索、生と死の省察といった重いテーマが語られている。ところがそれに付された「序」のなかでは、本文とはおよそ対蹠的に、生活力も主体性もない、優柔不断な男の滑稽な姿が描かれている。――扶養家族が多くて食い扶持にも困っている。それを見かねた人から勤めに出ることを勧められる。言われるとふとその気になってみたものの、さて就職先がない。たまたま近隣の県に勤め口が見つかり、家からさほど遠くないそこならばと勤めてみたものの、やはり自分には合わない。すぐに辞めたくなったが、せめて秋に新米が収穫されるのを待って、それで醸造した酒を飲んでから辞任したところで遅くはなかろう、と思っていたところへ、たまたま妹の葬儀の知らせが届いたので、それを機に辞めることにした。ここには行き当たりばったりで、自分の生き方を自分で決めることもできない、ぶざまな男として自分が描き出されている。――陶淵明が官を辞した経緯については、梁の昭明太子蕭統「陶淵明伝」が記した姿が流布している。わずかな俸給のために上司に腰を折るなどまっぴらと啖呵を切って官を棄てた潔い陶淵明、いかにも高潔な隠逸者にふさわしい態度であるけれども、陶淵明自身が書いているのはかくも情けない男の姿であった。

　自嘲、自己戯画化とは、自分という存在を外側から客体として見る態度から生まれる。自分の困苦からひとたび離れ、困苦のなかの自分を外側から眺めて滑稽な存在として捉える、こうした自己認識のありかたは、憶良・陶淵明・杜甫に共有されている。憶良の「貧窮問答歌」には寒さに凍える男が自分であると明言はされていないものの、「作者憶良の自画像とおぼしい[4]」と言われるように、自分を反映していると理解してよいだろう。貧しさを書くだけならば、それは単なる実生活の報告であって、文学とはなっていない。貧窮にあえぐ自分を客体化することによって、そこに現実とは位相を異にする文学の言葉が立ち現れる。

　憶良の戯画化はさらに輪を掛けて続く。

「しはぶかひ　鼻びしびしに」――咳はともかくとして、鼻水をすするのはなんともみっともない姿であるけれども、外から見たら滑稽そのもの。

「然《しか》とあらぬ　ひげ掻き撫でて」――ひげは地位、権威を示すものだろうが、それもあるかなきかの貧相なひげ。しかしあることはある。そのわずかなひげを撫でながら、「我を除《お》きて　人はあらじと　誇《ほこ》ろへど」――わずかなひげをたよりに自分が世間においてはいっぱしの人物であることを無理矢理思い起こし、それにすがろうとする。寒さを防ぐすべもない痛ましさのなかで、なんとか自尊心を取り戻そうとする。「自分のほかに人物はいないはずだ」、自分の存在価値を確認しようとしたところで、社会的地位など（それも「然とあらぬひげ」だから、たいした地位ではなさそうだ）、この寒さのなかでは何の役にも立たない。「寒くしあれば　麻衾《あさぶすま》　引き被《かがふ》り　布肩衣《ぬのかたぎぬ》　有りのことごと　着襲《きそ》へども　寒き夜すらを」、着られるだけ着ても寒さをしのげない夜にうちひしがれる。

「我を除きて」の箇所が挿入されているのは、みじめな自分が自尊心を取り戻そうとするあがきであるが、注目したいのはここに生じる屈折である。みじめな自分―しかし本当はみじめでないはず―しかしやはりみじめでしかない、という屈折。先に引いた陶淵明「帰去来の辞」の「序」も、主体性のない紆余曲折の足跡、「しかし」で結ばざるを得ない屈折の連続であった。叙述の屈折といえば、陶淵明の「閑情の賦」も想起される。この作は陶淵明を清廉高潔な隠者と捉える立場からすると、「白璧の美瑕」、ない方がよかった玉の瑕《きず》と惜しまれたものだが（昭明太子「陶淵明文集序」）、読者が勝手に作り上げた作者像とは似ても似つかない表現者陶淵明のしたたかさをよくあらわすものではある。そこには美女の美しさ、それはまるで具体性のない、絵に描かれたような美女であるが、そんな美女に近づきたいという願望を延々と綴る。中に四句をひとまとまりとする節を十節も連ねた箇所がある。

願在衣而為領　　願はくは衣に在りては領と為り
承花首之余芳　　花首の余芳を承けん
悲羅襟之宵離　　羅襟の宵に離るるを悲しみ
怨秋夜之未央　　秋夜の未だ央《つ》きざるを怨む

できるものなら、服だったら襟になって、きれいなこうべからあふれる香りを受け止めたい。
しかし悲しいことに薄絹の襟は夜になれば身から遠ざけられてしまう。秋の夜が長く続くのが
怨めしい。

四句ひとまとまりのリフレインは、いずれも前半二句で美女の肉体に密着する衣服や装身具になりたいと欲望し、後半二句でしかしそれが実現できはしない自分を嘆く、というかたちを繰り返す。その屈折が延々と反復されるところがこの賦のおかしさであり、屈折のなかに自嘲、戯画化、諧謔が籠められているところも、憶良と通じ合う。

ここまで憶良は寒さに打ちひしがれる貧者の窮乏を語っているのだが、それを苦いユーモアに絡めて描いていることを確認しておきたい。

「貧窮問答歌」前半の話者は、最後になっていきなりトーンを変える。

「我よりも　貧しき人の　父母は　飢ゑ寒《こ》ゆらむ　妻子《めこ》どもは　乞ひて泣くらむ　この時は　いかにしつつか　汝《な》が世は渡る」——さんざん自分の貧しさを語ってきたのが、ここで突然「我よりも貧しき人」の身に思いを致すのだ。自分の不幸から自分よりさらに不幸な他者へと想像力を拡げる、この展開には驚愕させられる。その発想から杜甫の詩句が思い起こされる。「京自《よ》り奉先県に赴く詠懐五百字」、都長安から妻子を預けていた北方の奉先県に至る旅の経緯を語る五言百句に及ぶ長篇の詩の末尾で、やっと到着した杜甫は門に足を踏み入れたとたん号泣の声を聞く。飢餓のために子供が死

んだのだった（ちなみに憶良の作と推測されている「男子《をのこ》　名古日《ふるひ》を恋ひし歌三首」も、我が子の死を悲しんでいる）。人の親となりながら食べ物がないために子供を死なせてしまった慚愧の念に駆られながら、悲哀極まるなかで杜甫は自分よりさらに辛い暮らしに苦しむ人々に思いを拡げる。

生常免租税　　生は常に租税を免れ
名不隷征伐　　名は征伐に隷《れい》せず
撫迹猶酸辛　　迹《あと》を撫《ぶ》すれば猶ほ酸辛たり
平人固騒屑　　平人は固に騒屑《そうせつ》たらん
黙思失業徒　　黙して失業の徒を思ひ
因念遠戍卒　　因りて遠戍《えんじゅ》の卒を念ふ
憂端斉終南　　憂端は終南に斉《ひと》し
澒洞不可掇　　澒洞《こうどう》として掇《ひろ》ふべからず

自分の身分は租税も行役も免除されているが、それでも来し方を振り返れば辛苦に満ちている。ましてや庶民は生業を奪われ、兵役に駆り立てられている。それを思うと悲しみは終南山の高みにまで立ちのぼり、茫漠として捉えようもない。——自分個人の苦難から世の人々の苦しみへと想像力をふくらませる、これは個の不幸と世間全体の不幸とを重ね合わせ、それを嘆き憤る杜甫の文学を端的にあらわしている。より不幸な人々の身の上に思いを馳せるのは、それによって自分の悲しみを軽減しようとしてのことではない。軽減するどころか、他者を思うことで憂愁はいっそう拡がり深まるのみである。憶良が「我よりも貧しき人」へと想像力を拡げたのも、世の中の全体を覆うわけではないにしても、杜甫と同じように、自分の辛さから他者の辛さへと思いが自然に繋がっていくように思われる。中国の詩のなかで杜甫のように自分の悲哀を契機としてそれを他者の境遇に押し広げるのは、ほかの例が思い浮かばないが、憶良が杜甫と同様、他者へ思いを展開していることには目を見張らざるを得ない。

二　子供と私生活

フィリップ・アリエスは西欧の文化のなかに子供が誕生するのははなはだ遅いことを豊富な資料を挙げて論じているが、(5)中国の文学でも事情は同じであって、作品のなかに子供が登場するのは意外なほど遅い。それは中国の詩の場合、もともと社会的、公的性格が強いために、自分の子供などは詩に入りにくかったこと、そして規範性が重視される中国の詩では、ひとたび定着した規範がそのまま継承されたこと、そうした理由が考えられる。西晋・左思に「嬌女《きょうじょ》の詩」という、自分のむすめのおしゃまな姿を描いた作が、早い時期、三世紀にぽつんとあるものの、自分の子供を主題とする詩文がまとまってあらわれるのは、左思に遅れること百年あまり、四世紀の陶淵明まで待たねばならない。陶淵明は初めて男児が生まれた時に「子に命ず」という詩をものして、行く末を大いに期待したのだが、どうやら期待された長男も、その後生まれた子供たちもみな不肖の子だったようで、「子を責む」と題された詩もある。詩題を見ると「子に命ず」詩をもじった皮肉が籠められているかのようだが、その詩では五人の男の子がそろいもそろって勉強嫌いの怠け者ばかりと嘆いている。とはいえ、「天運　苟《いやしく》も此《か》くの如くんば、且《しばら》く杯中の物を進めん」——これがわたしの運命ならば、酒でもあおるほかなかろう、という結びの句は、そのまま絶望の言葉と受け止めてしまったら陶淵明の真意から離れてしまう。直接語ってはいなくても、できの悪い子供たちがかわいくてたまらない父親の気持ちを汲み取らなければならない。五人の子供一人ひとりの名前まで詩のなかに書き込んでいることにも、いとおしさが感じられる。さらにこの詩の背後には世間の基準とは対峙する、もう一つの価値観を潜めてもいる。世の中では聡明で有能な人物が尊ばれる、しかしそれだけが人間の価値ではない、役に立ちそうもないわたしの子供たちだって、わたしにとってはかけがえのない存在であり、そこにも価値はあるはずだ、という思いが横たわっているかに思われる。

右に挙げた例のほかにも、陶淵明が我が子をうたうのは一再にとどまらない。ところが陶淵明のあと、中国の文学の歴史のなかから子供はまた消えてしまうのである。再び登場するのは、陶淵明からさらに三百年を経た杜甫の詩まで待たねばならない。杜詩のなかには、例を挙げきれないほど頻繁に自分の子供が描かれる。従来は詩に書かれることのなかった子供が取り上げられるのみならず、いかにも子供らしい生態が生き生きと描き出される。久しぶりに会ったために人見知りしていた子供たちが、じきに慣れるとひげをつかむいたずらを始めたり、深夜の旅のなかで泣く子の口を押さえるとさらにむずかって手こずらせたり、食べ物のないなかで上の子は自分は長男だからとわざわざ苦い果実を選んだり、といった具合に、凡庸な書き手なら目を留めることがないような子供のさまざまな面を、杜甫は巧みに描き出す。

中国の文学における子供が、陶淵明、次に杜甫に至って登場することは、二人がもたらした文学上の大きな変化と結びついている。因襲のなかで暗黙のうちに定められていた文学の規範、二人はそれを逸脱して新たな文学を切り拓いたのだが、彼らが創新した一つは個人的な生活の細部を文学のなかに取り込んだことであった。そして私的生活の一部として自分の子供たちも詠われるようになったのである。陶淵明を承けて杜甫によって顕著になったこの傾向は、次の中唐の作者たち、さらには宋代の文学によって一層広く繰り広げられていく。

そして憶良の歌には周知のとおり、子供がしばしば登場する。原田貞義氏によれば、「二十九歌群中、十二歌群」に子供を詠み込んでいるという(6)。陶淵明・杜甫と同じように、憶良における子供の頻出は日本の文学においても目新しいものであったのだろうか。

802　子等《こら》を思ひし歌一首　序を并《あは》せたり

瓜食《は》めば　子ども思ほゆ　栗食めば　まして偲《しぬ》はゆ　いづくより　来《きた》りしものそ　まなかひに　もとなかかりて　安寐《やすい》しなさぬ

「序」では釈迦ですら「子を愛する心有り。況むや、世間の蒼生、誰か子を愛せざらめや」と、子供への愛が人として止むに止まれぬ自然の感情であることを記す。弁解めいたこの「序」の背後には、子への愛情も煩悩の一つに数える仏教の教えがあり、憶良はそれを敢えて振り切って、子への思いを奔出させる。子への愛情を煩悩とする抑制は、陶淵明・杜甫には見られない。したがって憶良のように子供への愛情は人の必然であるとことさらに語ることもない。「瓜食めば」の歌がうたうのは、理を越えて湧き起こる子への思いである。わけもなく生ずる愛、それは人として自然の情であると憶良は言いたいかに思われる。

つとに契沖『代匠記』が指摘したように、この歌の「瓜」「栗」は即座に陶淵明「子を責む」詩を想起させる。「通子《つうし》（陶淵明の末子の名）は九齢《なんな》に垂んとするに、但だ梨と栗とを覓《もと》むるのみ」。憶良の「瓜」「栗」と陶淵明「子を責む」詩の「梨」「栗」、この強い結びつきを思えば、語彙のレベルでも陶淵明との類縁を認めざるを得ない。

その反歌、

803 銀《しろかね》も金《くがね》も玉も何せむに優《まさ》れる宝《たから》子にしかめやも

理由を越えて生ずる子への愛、情のやむにやまれぬ奔出をうたった長歌に対して、反歌では二つの価値観の対比として示す。金・銀・玉という高価な物、それを価値とする世間の価値観を否定するのである。新日本文学大系『万葉集』では、「長歌に「瓜」「栗」という日常的な「俗」を取り上げ、反歌では「金」「銀」など非日常的な「雅」を詠み込んだ対照の妙にも注目したい」と記しているが、「金」「銀」は「雅」とは見なしがたい。世俗的価値の象徴という点ではむしろ「俗」といってもよい。金銭的、物質的に高価な価値を有する物、世間で価値とされる物、それを上回るのが「子」だと言い放つ。「金銀玉」と「子供という宝」というこの具体的な物の対比の奥には、人には世間的価値観とは異なる、もう一つの価値があるという主張が籠められている。公より私が大事という憶良の大胆な表白は、陶淵明や杜甫には見られないにしても、陶淵明・杜甫が子供をしばしば取り上げたなかに、私的生活に重い意味を認めた態度をうかがうことはできる。

337　憶良らは今は罷《まか》らむ子泣くらむそれその母も我《わ》を待つらむぞ（巻三）

「山上憶良臣《おみ》の、宴《えん》を罷《や》めし歌一首」という題詞によれば、公的な宴席を辞去する際の歌ということになるが、ここには公の場よりも子供や妻という自分の家族のほうに重きを置く態度が表明されている。これほど鮮明に大胆に公より私を重しとする主張は中国には見出しがたいのではなかろうか。杜甫の文学は次の中唐の時代に韓愈や白居易がそれぞれに受け継いで展開していくのだが、白居易には私的生活の幸福をうたった詩群がある。陶淵明や杜甫がうたってきたのに連なる、日々の暮らしの喜びをうたう詩、それを「閑適」と名付け、新たなジャンルとして打ち立てたことは、中国の詩の画期であった。しかし「閑適」を中国の詩のなかに意義づけるのに、白居易ははなはだ苦労している。儒家の理念が支配する中国の詩では、政治・社会への批判を旨とする詩、白居易が「諷諭」と称する詩は、『詩経』以来の伝統にかなう、詩のあるべきかたちであった。その「諷諭」に「閑適」を無理に並べることによって、「閑適」を肯定しようとするのである。「元九（元稹）に与ふる書」のなかで、「諷諭」と「閑適」を自分の詩の二つの柱として標榜したうえで、白居易は「諷諭」は「兼済の志」、「閑適」は「独善の義」に結びつける。「兼済」「独善」という儒家の二つの理念を借りるのだが、「兼済」が広く世の中の人々を救済することを意味して「諷諭」と直結するのに対して、「独善」の本来の意味は、不遇の時、世の救済ができない立場に置かれた時は自分一人の修養に努めるということであった（『孟子』尽心篇上）。白居易はそれを自分個人の生活を肯定するといった意味にずらし、意味をすり替えた「独善」を「兼済」と並び立てることによって、かろうじて「閑適」を意義づけたのである。このことは中国において私的生活をうたう詩の意義を唱えることがいかにむずかしかったかを示している。

中国の士大夫にとってはやはり自分が官であることの意識、また官を得たいという執着は、容易に棄てきれないのだと思う。杜甫が成都の浣花《かんか》草堂に束の間の閑居を享受していた時期の作に、「江村」と題する詩がある。浣花渓の流れに抱きかかえられた小さな集落、ひっそり静まった夏の日の昼下がり、燕や鷗が戯れるのどかな戸外、家のなかでは碁盤の線を引く妻、釣り針をこしらえる子供、そうした家庭生活の安らぎを描いたあと、最後の二句は「多病　須《もと》むる所は唯だ薬物、微躯　此の外に更に何をか求めん」と結ばれる。病気がちな自分には薬さえあれば十分。役立たずのこの身、ほかに何もいらない――一見すると世から離れた暮らしに満足しているかのようであるけれども、「此の外に更に何をか求めん」という言い方は、家族との暮らしに満足しきれない思いを引きずっているのではないだろうか。都に戻り官に復帰したい、胸にわだかまるそんな思いを無理矢理棄てようとする、錯綜した内面が読み取れるように思う。士大夫としての持ち前から離れきることができないのが中国の詩人であった。

そうした中国の言辞と比べてみると、憶良が公的な席から退出して妻子待つ我が家に帰ろうとうたうのは、公私の重さを逆転するはなはだ大胆な宣言であるかに思われる。これは中国ほど儒家の理念に縛られていなかったから可能だったのだろう。

三　死を恐れる

「沈痾自哀文」は迫り来る死を前にして生への思いを切々と語る。陶淵明には人の死を悼むはずの祭文を自分を悼むものとして作った「自祭文」、人の死を見送るはずの挽歌を自分の葬送の歌として作った「擬挽歌辞三首」があり、それらが己れの死を語っていることから臨終の作とする説があるが、単純に過ぎる。「自祭文」にしても「擬挽歌辞」にしても、自分の死んだ場面を思い描くという突飛な想像から発したもので、それがまず諧謔を帯びる。死を想定してはいるものの、実際に間近に死が迫った切実さはない。それに対して、「沈痾自哀文」の切羽詰まった嘆きの深刻さは、いかにも「死の床で物した」（井村氏前掲書）ものであるかに思われる。したがって先例としては陶淵明より、中西進氏が指摘した[7]盧照鄰「釈疾文」の切実さに近い。「沈痾自哀文」には「貧窮問答歌」に見たような諧謔や自嘲などは片鱗もなく、切羽詰まった思いを切々と綴っている。それが業病に苦しむ盧照鄰の「釈疾文」と通じ合う。

とはいえ、自分の死を恐れるといえば中国ではまず陶淵明が挙げられることも確かである。「身没すれば名も亦た尽く、之を念へば五情熱す」（「影 形に答う」）、「古従《よ》り皆な没する有り、之を念へば中心焦がる」（「己酉の歳の九月九日」）、「開歳（年が明ければ）倏《たちま》ち五十、吾が生 行くゆく帰休せん。之を念へば中懐動く、辰《とき》に及んで茲《こ》の遊を為さん」（「斜川に遊ぶ」）などなど、六十三歳ころと推測されている死よりずいぶん前から、自分がこの世から消えてしまうことを思うと胸中が張り裂けそうになるという思いをたびたび吐露している。先に挙げた「形影神」の詩も、生死の苦悶からなんとか逃れようとして生まれたものだ。陶淵明の文学はすべて、必然である死を乗り越えうる生をいかにして得られるか、その模索の過程といってもいい。

憶良「老身に病を重ね、年を経て辛苦して、児等《こら》を思ふに及びし歌七首 長一首、短六首」は、「五月蠅《さばへ》なす 騒ぐ子どもを打棄《うつ》てては 死には知らず」、死が迫るなかで子供たちを置いて去らねばならない苦衷を、これもまた切々と語る。

その短歌では、

900 富人《とみひと》の家の子どもの着る身なみ腐《くた》し捨つらむ絁綿《きぬわた》らはも

901　荒《あら》たへの布衣《ぬのきぬ》をだに着せがてにかくや歎かむせむすべをなみ

子供たちに貧しい暮らしを強いてきたことを悲しむ。陶淵明「子の儼《げん》等に与ふる疏《そ》」でも、「汝等をして幼くして飢ゑ寒からしむ」、貧しい暮らしを強いてきたことを子供たちに詫びる。陶淵明のこの文は「疾患以来、漸く衰損《すいそん》に就く。……自ら恐る　大分将《たいぶんまさ》に限り有らんとするを」、病気をして以来、しだいに体が衰えてきた。……寿命も迫ってきたようだと、自分の死後、子供たちが兄弟仲良く暮らすようにと言いのこすものである。もっともこの作にも「吾　年五十を過ぐ」と記されているから、実際の寿命はまだ十年あまりのこっていることになり、そのためもあってか、憶良ほどの切迫感はない。とはいえ陶淵明も憶良と同じように、自分の死後の子どもたちの行く末を案じているには違いない。

「篇篇　酒有り」（昭明太子「陶淵明文集序」）。ただし昭明太子は「吾観るに其の意は酒に在らず」と否定する）と言われる陶淵明であるが、彼が酒に劣らず死を語っているのに対して、杜甫に生死の問題に直接言及する詩句は乏しい。ただ杜甫の花に対する奇妙な態度には、やはり死への恐れが纏い付いているかに思われる。「江上　花に悩まされ徹《つ》きず、告訴する処無く只だ顚狂」（「江畔に独り歩みて花を尋ぬ七絶句　其の一」）――杜甫は今を盛りと咲き誇る春の花を美しいものとして味わうどころか、逆に狂おしい思いに駆られるという。花に対するそうした独特の見方を杜甫は繰り返しうたう。それは花の生命力と向き合うことによって、老い、そして死へと向かう己れのありさまが突きつけられるからであり、春の花に抗《あらが》おうとしてもそのすべもなく、いたたまれない気持ちに追いやられるのである。花鳥風月を味わうといった風雅な美意識とはおよそ遠い、いわば花への嫉妬、その底には杜甫の死への恐れが横たわっているかに見える。

四　陶淵明の受容

陶淵明の文学が南朝文学のなかで特異であるのは、彼の文学環境がほかの南朝詩人たちとまったく異なっていたことと関わりがある。南朝の文学は皇族、王族をはじめとする、当時の最上層の人々によって担われたものであった。文学が営まれる場も、都の建康（南京市）に限られ、まれに赴任先や左遷先の地方が混じる程度だった。南朝文学の作者や土地はかくも限定的であったのだが、陶淵明は一生朝廷の顕官についたこともなく、潯陽《じんよう》（江西省九江市）という都を離れた地にほとんど留まっていた。そんな条件のなかにあったからこそ当時の文学とは異質な文学が生まれたのであろうが、にもかかわらず、同時代においてすでに愛好者が生まれていたのだった。謝霊運と並んで南朝宋の文壇の双璧をなす顔延之は、陶淵明より一世代年下であったが、赴任先の潯陽で陶淵明を識ってから交遊を始め、のちに左遷先に赴く途次、わざわざ潯陽に足を伸ばして再会、陶淵明が世を去った時には「陶《とう》徴士《ちょうし》の誄《るい》」（「徴士」は無官の人への美称）を記してその死を悼んでいる。また陶淵明に遅れること百年、昭明太子蕭統は、『文選』の編者として知られるが、一方で陶淵明の文集を編んでその「序」を書き、それとは別にさらに「陶淵明伝」も著している。このように南朝を代表する文人のなかに早くから陶淵明に着目していた人たちがいた。文壇の頂点に立つ人たちの格別の愛好は、裾野にも広く拡がっていたと推測してよいだろう。六朝期の作品は『文選』に選び採られることによって伝わってきたものが多く、『文選』以外の作はなかなか見られないのが常なのだが、陶淵明の場合は『文選』に採られた八篇以外にも多くの作がのこる。このことは彼の文集が昭明太子が編纂したものをはじめとして、六朝期からすでに流布していたことを示すのではないだろうか。隔絶した環境のなかにありながら、陶淵明は意外なほど広く愛好されたと考えられる。

ところが最も早い読者であったことが明らかな顔延之、昭明太子、彼らの詩文のなかには、少なくとも今見られる作品のなかには、陶淵明の文学の痕跡は認められない。彼らは愛読はしてもそれを自分の文学のなかに組み入れることはできなかったのだ。時代を突き抜けた文学が十全に理解され、浸透するには、長い時間を要する。陶淵明の場合も三百年を経た杜甫に至って初めて知己を得たといってよい。杜甫の文学の全体は、陶淵明の再生というだけで片付けられるものではないけれども、本稿が述べてきたような杜甫の特質は陶淵明に呼応したものだったのではないか。それまでの愛好者たちが捉えた陶淵明は「隠逸詩人」（梁・鍾嶸《しょうこう》『詩品』中品に「古今隠逸詩人の宗なり」という）としての面に偏り、諧謔性など隠逸とは異質の面に人々は注視することがなかった。

陶淵明は六朝期にかなり広まっていたであろうと推測したが、続いて唐に入ってからもすぐに王績という追随者を得た。王績は陶淵明「五柳先生伝」に倣った「五斗先生伝」を、「自祭文」に倣った

「自撰墓誌銘」をのこしている。陶淵明に私淑していたことは明らかである。さらに王績の文のなかには、すでにその名も湮滅してしまった愛好者がいたことを一人ならず記している。これまで考えられた以上に、陶淵明は広く受容されていたのではなかったか。

憶良と陶淵明の関係は、つとに中西進氏が提起した[8]にもかかわらず、中国文学の専家から必ずしも賛同を得られなかったようだ。黒川洋一氏の論[9]がその代表であり、陶淵明の文集が奈良時代の日本にあったという記録がないこと、陶淵明は長く無名の詩人であったことを根拠に挙げられたが、文集の記録がないことは必ずしも日本に存在しなかったことにはならないし、後者に関しては上述のように再考が必要だろうと思う。黒川氏は憶良が陶淵明を読んでいたか否かを問題とされたのだが、読んでいたところで必ずしも影響を受けるとは限らないことは、顔延之・昭明太子のケースが示している。

憶良は陶淵明を読んでいたか否かといった問題よりも、憶良の歌そのものに陶淵明、杜甫と共通する要素があること、時空を越えて三者の調べが響き合っていること、それを知るだけで十分ではなかろうか。東アジア世界を包み込む一つの文学環境、そのなかで奇しくも演じられた三者の共演を楽しみたい。

注

（1）陶淵明・杜甫・山上憶良の不思議な類似をめぐって、「憶良と杜甫、そして陶淵明」という一文を草したことがある（『万葉集研究』第三十六集、二〇一六、塙書房）。本稿はその小文をもとにしている。

（2）陶淵明「形影神」については、川合康三『生と死のことば——中国の名言を読む』（岩波新書、二〇一七）参照。

（3）山上憶良の引用・表記は、岩波文庫『万葉集（一）（二）』（二〇一三）による。

（4）井村哲夫『万葉集全注』巻第五（有斐閣、一九八四）。

（5）フィリップ・アリエス『〈子供〉の誕生：アンシァン・レジーム期の子供と家族生活』（杉山光信・杉山恵美子訳、みすず書房、一九八〇）。

（6）原田貞義『読み歌の成立—大伴旅人と山上憶良』（翰林書房、二〇〇一）。

（7）中西進『山上憶良』（一九七三）。

（8）中西進「山上憶良——陶淵明との関係」（『万葉の詩と詩人』一九七二）

（9）黒川洋一「憶良における陶淵明の影響の問題——『貧窮問答歌』をめぐって——」（『万葉』第九一号、一九七六）。

詩人の旧居

人の日記を読んだり、人の家のなかを覗くのが好きだ——などというと人品を疑われるけれども、私的な日記を盗み読みする趣味はないし、「主人相《あ》い識《し》らず」のお宅に上がり込む度胸もないから、公開されたものに限られる。日記の場合は本人が言葉によって再構成した日常が写し出されるが、居宅となると言葉を介することなしに、住んでいた人の身の回り、日々目にしていたであろう室内室外の様相に直《じか》に触れることができる。

ここ数年にたまたま足を運んだのは、鎌倉の吉屋信子、東京の林芙美子、追分の堀辰雄、仮住まいでは尾道の志賀直哉、生家では伊東の木下杢太郎、柳川の北原白秋といったところである。藤枝の小川国夫邸は立派な門が堅く閉ざされて、入ることはかなわなかった。こうして名を挙げてみると、当然のことながら、明治以降に限られる。吉野の山ふところにひっそりたたずむ西行のいおりは近年建てられたものであるし、与謝蕪村が京都四条に住んでいたことはわかっていても今はビルが建ち並ぶばかりで、探すすべもない。一つには日本の住宅の耐用年数があって、ヨーロッパなら石造りの町を歩いていて十八世紀十九世紀の誰それの生家とか故宅とかいう標識に出くわすのは珍しくない。とはいっても、フィレンツェのダンテの家あたりが古い方で（それも二〇世紀初めに再建されたものという）、紀元前のホメロスまではさかのぼれない。

ところが中国には紀元前の詩人の居宅を詠み込んだ作品がある。いつものことながら、中国の時間のスケールが恐ろしく古い方まで延びているのには驚くほかない。紀元前の詩人とは宋玉《そうぎょく》で、その故宅を記しているのは梁・北周を生きた庾信《ゆしん》（五一三〜五八一）である。ただ、この宋玉という詩人が厄介で、生卒年はおろか、実在したか否かもはっきりしない。ややこしい宋玉先生はあとまわしにして、広く知られた例から始めよう。

その旧居が後世の文人によって詩にうたわれた最も多い中国の詩人といえば、数えてみたことはないけれども、たぶん杜甫だろう。成都の西郊、家並みが切れて畑の広がるあたり、こんもり茂った林のなかに小川が流れ、そのかたわらに杜甫が住んだという浣花草堂《かんかそうどう》が今ものこる。

清江一曲抱村流　　清江《せいこう》　一《ひと》たび曲《ま》がりて村《むら》を抱《いだ》きて流《なが》れ
長夏江村事事幽　　長夏《ちょうか》　江村《こうそん》　事事幽《じじゆう》なり　（「江村」）

彎曲して流れる澄んだ水に抱え込まれた村は、日あしの長い夏の一日、眠るように潜まる。そこは杜甫にとってやっと巡り会った、心落ち着く地であった。

四十八歳の時、官を辞した杜甫は長安の西、秦州、同谷にしばらく滞在したあと南に向かい、たいへんな難儀のすえに剣門山を越え、成都にたどり着く。成都では節度使として赴任していた厳武《げんぶ》の庇護を受け、五年余り滞在するのだが、その後さらに長江の流れに沿って下り、転々としながら最後は洞庭湖の南、湘江《しょうこう》のほとりで五十九歳の生涯を閉じる。一生、都へ帰ることを希求し続けたのに、実際の足跡は皮肉にも都から遠ざかる一方だったのである。流浪に終始した後半生のなかで、しばしの安らぎを得たのが成都であり、初めて手に入れた自分の家、浣花草堂であった。庭に植える木々をその地の人々にねだった詩などから、やっと定住できる地を見付けた、弾んだ気持ちが伝わってくる。その時期の詩には、日々の暮らしを味わい慈しむ、穏やかな気分に満たされている。

杜甫が住んだのは茅葺きの、その茅の屋根も大風で吹き飛ばされてしまうような（「茅屋の秋風の破る所と為る歌」）粗末な家だったはずだけれども、没後に詩名が高まるにつれて遺跡は次々拡充され、今では博物館など幾つもの建物から成る公園となっている。かつては「詩聖」と讃えられ、中華人民共和国に入った一時期は「人民詩人」と称され、儒家思想にせよ社会主義にせよ、それぞれの時代の価値観を体現した詩人として顕彰されてきた杜甫であるから、その遺跡を歴代文人があまた訪れ、敬慕を捧げてきたのも当然のことではある。

さて話を宋玉に戻せば、彼が戦国末期、紀元前三世紀の楚の人とされるのは、司馬遷の『史記』に「屈原の亡くなった後、楚には宋玉らがあらわれて屈原の辞賦の文学を継承した」と記されるからである。『楚辞』の注釈者、後漢の王逸《おういつ》によれば、宋玉は屈原の弟子であった。そのために後世では二人は「屈宋」と併称される。屈原が『楚辞』の作者か否かはおくとしても、戦国楚の国に実在したことは確かだが、宋玉の人物については伝承しかのこらない。しかし『漢書』芸文志に「宋玉の賦十六篇」と著録されるのをはじめとして、『文選』にも四篇の賦が収められ、作者はあやふやでも作品はよく知られている。その文学は一言でいえば「情」の文学である。奇しくも『文選』では「情」の部類に三篇の賦が集まるが、『文選』での「情」は男女の情愛の意味。楚の懐王と巫山の神女の交わりを語る「高唐の賦」、その話を聞いた楚の襄王が夢で見た神女を語る「神女の賦」、宋玉は色を好むと謗った登徒子《とうとし》をやりこめる「登徒子好色の賦」、いずれも中国の古典文学には珍しい色情の文学である。しかし男女の情愛に限らず、「悲しいかな秋の気為《た》るや、蕭瑟として草木揺落して変衰す」で始まる宋玉『楚辞』「九弁」は秋を悲しみの季節とする嚆矢とされ（小尾郊一『中国文学に現れた自然と自然観――中世文学を中心として』岩波書店、一九六二）、人の世の様々な悲しみの情感をうたう詩人であった。

その宋玉の家を記しているのは、庾信の「哀江南の賦」という長い長い作品である。「哀江南の賦」には、梁の宮廷詩人であった華やかな時期から、使者として北朝の西魏に赴いている間に故国梁が滅び、そのまま北朝に仕えることを余儀なくされた、時代の波に翻弄された生涯が振り返られている。梁の都建康（江蘇省南京市）が侯景《こうけい》の乱によって陥落した時（五四九年）、庾信は江陵（湖北省江陵県）に逃げた。その時のことを「哀江南の賦」では、

誅茅宋玉之宅　茅《かや》を誅《のぞ》く　宋《そう》玉《ぎょく》の宅《たく》
穿徑臨江之府　径《みち》を穿《うが》つ　臨《りん》江《こう》の府《ふ》

とうたっている。——草むしていた宋玉の家に手を入れて住まい、草深い道をかきわけて江陵の役所に赴いた。この記述だけでは、宋玉の故宅に住んだとは決められない。単に文人の居宅として自分の家を「宋玉の宅」と称したとも解しうる。しかし後の文人は江陵に宋玉の居宅があったと理解した。たとえば杜甫の詩、

曾聞宋玉宅　曾《かつ》て聞《き》く　宋《そう》玉《ぎょく》の宅《たく》ありと
毎欲到荊州　毎《つね》に荊《けい》州《しゅう》に到《いた》らんと欲《ほっ》す

功曹の李という人が荊州（江陵）に赴任するのを送別する詩である。——荊州には宋玉の家があると聞いて、常々行ってみたいと思っていた。ただし杜甫は荊州に宋玉の家があったというだけで、庾信がそこに住んだとまではいっていない。

宋玉の旧居と伝えられる家は、荊州だけでなく、長江をさらにさかのぼった帰《き》州《しゅう》秭《し》帰《き》県（湖北省秭帰県）にもあったことが、同じく杜甫の詩に見える。

宋玉帰州宅　宋《そう》玉《ぎょく》　帰《き》州《しゅう》の宅《たく》
雲通白帝城　雲《くも》は通《つう》ず　白《はく》帝《てい》城《じょう》

（「宅に入る三首」其の三）

帰州の家については南宋・陸游《りくゆう》も訪れている。長江を遡航する陸游が帰州に着いた乾道六年（一一七〇）、訪れてみたらそこは酒屋になっていた、以前は「宋玉宅」という三字の石刻があったというが今は失われていると、その紀行文『入蜀記』（巻六）に記している（南宋・范成大『呉船録』にも同様の記事が見える）。

宋玉の居宅と伝えられるものが荊州と帰州、長江沿いに二つものこっていたことは、彼の実体がつかめないだけに、逆に「宋玉伝説」が豊富に流布していたことを思わせる。

敬慕する過去の文人の家を訪れた詩には、李白の「謝公（南斉・謝朓《しゃちょう》）の宅」、白居易の「陶公（陶淵明）の旧宅を訪《たず》ぬ」など、例はいくらでもあるが、ここには晩唐・李商隠が盛唐・鄭虔《ていけん》の家を訪れた詩を挙げてみたい。というのは、それは詩人の旧居をうたう詩としてなんとも奇妙な作だからだ。

李商隠は「無題」を初めとする恋愛詩で知られ、その点では宋玉に似るところがある。彼もまた悲しみをうたうことにたけた、繊細で優美な詩人であった。その研ぎ澄まされた抒情性は、中国の詩の可能性を突き詰めたものともいえよう。しかし、というか、それゆえ、というか、そうした詩人の例に漏れず、実人生ではまるでうだつがあがらなかった。科挙の試験、進士科も吏部の試験も通ったのに、官僚としてはしかるべきポストを一生得ることなく、各地の節度使の幕僚として一時しのぎをしながら、最後まで不如意な生涯を送ったのである。

その李商隠が訪れた家に住んでいた鄭虔、この人もまた奇態な人物であった。いわば開元・天宝という爛熟した時代が生んだ奇才の人。詩文のみならず、音楽、絵画、書にも秀《ひい》で、地理、医学、薬学にも通じていたという多才多芸ぶり。しかし官人としては浮かばれず、その才を惜しんだ玄宗は、鄭虔のためにわざわざ広文館を設け、彼を広文館博士に任じた。鄭虔が詩を添えた書画を献じると、玄宗は「鄭虔三絶」（詩・書・画すべて絶品）と最高の賛辞を与えたという。ところが安禄山が政権を奪った時に偽王朝の官を与えられ、そのため乱が平定すると海沿いの辺地、台州（浙江省臨海県）に流謫されて、ついに都に帰れぬまま没した。奔逸する才気は官僚の器に収まらず、一生不遇を余儀なくされたのである。

鄭虔の伝は『旧唐書』にはなく、『新唐書』文芸伝のなかに見える。両唐書には価値観の違いが見られるが、『旧唐書』が伝を立てない鄭虔を『新唐書』が取り上げているのは、杜甫の詩が与っているかもしれない。杜甫はたびたび鄭虔を詩にうたっているのである。「酔時の歌」と題する詩では、不器用で割を食っている鄭虔の生き方を、ユーモアと深い同情をこめて、そして同じように貧しくしがない杜甫自身と重ね合わせながら描き出している（「酔時の歌」については興膳宏『杜甫　憂愁の詩人を超えて』、岩波書店、二〇〇九）に詳しく説かれている）。

一般に旧居がうたわれる詩人は、その名が十分に知られていて、旧居もその地の名所になっていることが多い。李白が謝朓を思慕していたこと、白居易が陶淵明を尊崇していたこと、それのみならず、謝朓も陶淵明も唐代には詩名はなはだ高い六朝の文人であった。鄭虔の場合、果たしてどうであったか。北宋に編まれた『新唐書』で「復活」した彼は、李商隠の時代にはどの程度知られていたのか。

鄭虔の詩は今は一首しかのこっていないが、おそらく鄭虔失墜以後、その作品も急速に消えていったのではないか。李商隠は杜甫の詩を通して鄭虔を知ったのかもしれない。少なくとも唐代では李商隠のほかに鄭虔の故宅を訪れて詩をものした人はいない。としたら、李商隠が鄭虔の旧居に立ち寄った詩を作ること自体、李商隠個人の特別の思い入れがこもっていたことになる。

李商隠の詩は七言の絶句。

過鄭広文旧居　　鄭広文《ていこうぶん》の旧居《きゅうきょ》に過《よ》ぎる
宋玉平生恨有余　宋玉《そうぎょく》　平生《へいぜい》　恨《うら》み余《あま》り有《あ》り
遠循三楚弔三閭　遠《とお》く三楚《さんそ》に循《したが》いて三閭《さんりょ》を弔《とむら》う
可憐留著臨江宅　憐《あわ》れむべし　臨江《りんこう》の宅《たく》を留著《りゅうちゃく》す
異代応教庾信居　異代《いだい》　応《まさ》に庾信《ゆしん》をして居《お》らしむべし

常々ありあまる悲嘆の思いにふたがれていた宋玉は、はるか三楚の地を経巡って、憂悶のうちに命を絶った三閭大夫屈原《くつげん》を弔った。

あわれ、今にのこるはただ川べりの居宅のみ。そこはのちの世、庾信のような文人を住まわせるのにふさわしい。

李商隠は庾信「哀江南の賦」に基づいてか、ほかの伝承によってか、庾信は江陵の宋玉故宅に住んだ、とみなしている。それはそうとしても、この詩の奇妙なところは、詩題に「鄭広文（鄭虔）の旧居に過ぎる」といいながら、詩の本文には鄭虔も、そこを訪れた自分も、まったくあらわれないことだ。李商隠の場合、詩題は作者自身がつけたものと考えてよいが、時に詩題と詩本文がずれているのではないかと疑われることがある。たとえば「万里の風波　一葉の舟」で始まる「無題」詩（『李商隠詩選』、岩波文庫、二二四頁）など、内容がほかの無題詩群とどうみても懸け離れている。ではこの詩も本来は別の詩の題であったものが、この詩に紛れ込んでしまったのだろうか。しかし詩の内容は居宅を媒介とした、時代の異なる二人の文人をうたっているものだから、やはり詩題と関わりはあり、テキストの間違いではなさそうだ。それよりも、「鄭虔の旧居に過ぎる」といいながら、鄭虔に言及しない李商隠の工夫を読み取るべきだろう。そこにいかにも李商隠らしい複雑な装いが凝らされている。

詩題でいう李商隠が鄭虔の旧居を訪れたこと、そのことが本文ではそのままスライドして庾信が宋玉の故宅に住んだことと対応している。鄭虔――李商隠の関係と宋玉――庾信の関係とが重ね合わされているのである。庾信は南朝・梁においては、婉麗で洗練された宮体詩の旗手であった。そのために南朝の華美な文学を否定する唐初では、「詞賦の罪人なり」（『周書』王褒《おうほう》・庾信伝論）と断罪された。杜甫に至って「庾信の文章は老いて更に成る」（「戯れに六絶句を為る」其の一）と、北朝に移ってからの文学が評価されるが、南朝の艶冶な詩につらなる李商隠は、梁の宮廷詩人としての庾信に己れをなぞらえていたことだろう。

詩は庾信――宋玉を語るだけではない。そのなかにもう一つの継承関係が組み込まれている。宋玉と屈原の関係である。悲傷の詩人宋玉は、悲しみに溢れる胸を抱いて屈原の足跡を求め、その死を悼む。その宋玉も今はなく、居宅だけがのこされている。そこは後の時代の、やはり悲しみの詩人というべき庾信が住むのにふさわしい。宋玉はこの世にいなくても、彼を継ぐ庾信がいるのだ。そしてまた今、鄭虔を継ぐ自分がいる。鄭虔と李商隠は、杜甫がうたったように、才に富んでも処世に拙い、薄命の人であることによって繫がれている。鄭虔の旧宅を李商隠が訪れたということを詩のなかでは語らないことによって、短い詩のなかに重層的な継承関係が表現されている。鄭虔―李商隠を屈原―宋玉―庾信の系譜に重ねることによって、李商隠は自分を詩人の流れのなかに位置づける。自分をそのように位置づけることによって、己れを詩人として規定し、そしてまた自分の不遇を慰撫する。そこには単なる懐旧の詩情とか、いにしえの詩人を偲ぶとかいった感傷とは異質の、切実な自己認識がある。先行する詩人の旧居を訪ねるという類型的な詩でありながら、その中身はかくも型破りのものになっているところが、李商隠の詩の凡庸ならざるゆえんだろう。

李商隠ほど痛切な例はまれであるにしても、中国の詩人は過去の詩人の旧居を訪れ、詩を作る。そこには時代を貫いて持続する詩の伝統のなかに自分も連なるとする意識が、多かれ少なかれ含まれる。文人として伝統を担う姿勢そのものが、中国の詩の伝統を途切れることなく形成してきたのだった。

鈴木虎雄『中国戦乱詩』学術文庫版まえがき

中国の詩のアンソロジーは数多いが、戦争をテーマとして一書を編んだ例は、本書のほかに知らない。このような本が生まれたのは、もちろんその時代と関わりがある。もとになったのは昭和十四年（一九三九）、大阪・懐徳堂で行われた連続講義というが、それはまさしく第二次世界大戦勃発の年に当たる。日本と中国の戦争も、昭和六年（一九三一）の柳条湖事件、昭和十二年（一九三七）の盧溝橋事件と、しだいに拡大していった時期にあたる。そして講義が『禹域《うい》《き》戦乱詩解』と題する一冊の本として刊行されたのは、なんと昭和二十年（一九四五）二月、終戦の六ヵ月前なのだ。ただし、刷り上がった本はたちまち戦火に見舞われて多くが焼失したとのことである。

いくさの詩を選ぶとなれば、材料となる詩篇はいくらでもある。もともと中国の詩は実際の生活や事柄に基づいて書かれることが多いから、現実のなかでもとりわけ大きな出来事であるいくさは当然、詩材となる。それゆえ選択は何を採るかより、何を採らないかのほうに苦労するだろう。しかも本書は『詩経』から清末までという三千年に及ぶ長い期間を対象としながら、一人の詩人については一首に絞ることを原則としたようだ。

ただし文天祥《ぶんてんしょう》については二首を採るが、しかし当時おそらく最も愛唱されていたであろう「正気《せいき》の歌」は採らない。宇宙に充満する「気」を己れのなかに取り込み、中国伝統精神の権化となって最後まで元《げん》に屈しない剛直ぶりをうたうその詩は愛国の至情にあふれるが、それは措き、敵軍に捕らえられて連行される途上、家族への哀切極まる思いをうたった「六歌《りくか》」（一八三頁）、そしてまた「いつこの紛紛たる争いがおわることだろう。きっと天にかわって威令を行うものがあり、人を殺すことを好まず仁愛に富んだ者が天下を平定統一することであろう」（一七三頁）とうたう詩を並べる。

人口に膾炙した詩は避けたものなのか、杜甫についても「車轔轔《りんりん》、馬蕭蕭《しょうしょう》」で始まる「兵車行《へいしゃこう》」とか、「国破れて山河在り」の「春望《しゅんぼう》」とかではなく、「前出塞《ぜんしゅつさい》」のなかから三首を採る。九首連作のこの詩は一人の少年兵士がしだいに成長して一人前になっていく過程を描いた、杜甫としては珍しい物語詩であるが、そのなかにも「戦争の目的は苟《いやし》くも敵がこちらを侵略してくるのを制止することができさえすればそれでよいのであって、決して敵人を多く殺傷することに存在するのではない」（一一六頁）などといった詩句が混じる。

右に引いた厭戦、反戦の詩句、それは鈴木虎雄博士がことさらに探し出したわけではないと思う。いくさを語る中国の詩は、そのようなかたちで戦争を捉えるのがふつうなのだ。もともとが「文」の国である中国は、武は文より低くしか見られない。武力によって新王朝を打ち立てても、彼らは大急ぎで文化国家たるべく、文化事業に力を注ぐ。そうしてこそ伝統のなかで認められる正統王朝となりうるのである。武力をやたらに振り回すのは、「黷武《とくぶ》」（武をけがす）といって軽蔑される。もっとも漢の武帝、唐の玄宗の時代のように、国内が充実すると、余る力が周辺に拡がるということはあったけれども。

本書の最初の題名が『禹域戦乱詩解』、戦後に再版された書名が『中国戦乱詩』、すなわちいずれも「戦争詩」ではなく、「戦乱詩」であったことも、中国におけるいくさの捉え方を反映している。「戦争」を「戦乱」として受け止めるのは、戦禍を受ける庶民の立場なのだ。『詩経』の昔から、いくさはふつうの人々に苦しみを与えるものとしてうたわれてきた。その典型は王粲《おうさん》「七哀詩」二首の第一首である（六七頁）。白骨が平原を蔽う戦乱の渦中、やむなく我が子を捨てる母親。号泣する彼女を見捨ててその場を立ち去る自分。母は子を捨て、自分はその女を捨てる——詩に語られる二重の「捨てる」は、人として捨ててはならない心情さえ捨てざるをえない戦乱の痛みを突きつける。この詩を貫く悲痛は、戦時下にあった当時の日本人にとって、他人事ではなかったことだろう。かくも生々しい作品がよくぞ検閲を通ったものかと、今更ながら不思議に思われる。

二〇世紀を代表する歴史学者の一人である陳垣《ちんえん》氏は、抗日戦争の続くさなか、元・胡三省《こさんせい》の『資治《しじ》通鑑《つがん》』の注を読んでいたら、私感を交える余地もなさそうな注釈のなかに、当時の世相にたいする胡三省の批判、激しい憤りがまざまざと浮かび上がってきたという。それは陳垣氏自身が緊張の時代に身を置いていたからこそ気付いたのである。鈴木博士は本書の詩の選択と注釈に、どのような微意を籠められたのだろうか。

むごさ、おろかさは誰が見ても明らかなのに、どんな時代からも戦争がなくなることはない。そんな人の世のありさまを、古典はまるで森の奥に潜むフクロウのように、静かに見据え、言葉に記して今に伝えている。

小川環樹『唐詩概説』解説

小川環樹（一九一〇―一九九三）は戦後の日本を代表する中国学者の一人に数えられる。京都大学文学部において、吉川幸次郎が中国文学を担当したのに並んで、小川は中国語学担当の教授であったが、文学の方面でも『中国小説史の研究』（岩波書店）をはじめとして研究領域は広きにわたり、晩年は高弟山本和義氏とともに、『蘇軾詩集』（第一冊から第四冊まで既刊、筑摩書房）の執筆に集中された。一般の読者に向けた著書は必ずしも多くはないが、『唐詩概説』はその一つである。これが中国古典詩の入門書であるとすると、『漢文入門』（西田太一郎と共著、岩波書店）という漢文の教科書もあって、こちらも長く版を重ねている。

「唐詩を読む人人の手引きとして編んだ」（「はしがき」）と言うとおり、これ一冊で唐詩の全体が理解できるべく、「形式」「語法」「押韻」など、かたちのうえの特徴についても章が設けられている。そしてこれらは「附録」の「唐詩の助字」とともに、工具書（読書のための道具となる本）として重宝する。形式を説明するとなると、誰が書いても同じようなものになりがちであるが、ここには著者自身の長い読書経験のなかから得られた知見がにじみでていて、ふつうの概説書とは一線を画している。「語法」「押韻」の章にはとりわけ、中国語学者でもあった著者ならではの力量が発揮されている。

とはいえ、なんといってもこの本の中心をなしているのは、唐詩の流れを説いた第一章から第五章に至る部分である。こうした記述もややもすると無味乾燥な文学史的説明に流れがちであるけれども、ここでも著者は自身の感性に即して、詩句を例に挙げながら味わい深く語っている。

第一章では唐代に至るまでの詩の展開が述べられている。中国の文学は三千年の歴史をもつと言われるけれども、個人の心に生じた思いをことばにあらわした「詩」が生まれるのは、ずっと遅れて紀元後二〇〇年頃、後漢の末の建安時代まで待たねばならない。『三国志』では奸雄として知られる曹操、その息子の曹丕、曹植、そして曹操政権に蝟集した文人たちの手によってはじめて作者の顔を備えた詩が作られるようになった。それまでの集団的な歌謡から個人を表現する詩へ転換したのである。以後、唐代に至るまでの四百年間に南朝貴族の間で洗練を極めて到達した形式美、そして唐代に至って取り戻そうと主張された漢魏以前の雄々しい精神、その両者が結合したところに「雄渾」と称される唐詩が生まれることになった。

唐代の詩全体の性格として、著者は「大らかさ」「若々しさ」を強調している。「中国詩人選集」として刊行された時の月報、「私の収穫——『唐詩概説』を書き終えて」（本書所収）のなかでも、唐詩の魅力としてその二点をあげ、その大らかさは宋代に移っても「唐の詩人とは違った形で」受け継がれていたと言う。これを今、さらに拡大して解釈すれば、唐詩宋詩に限らず、中国の古典文学の全体に通底する性質がそうなのではないだろうか。人生や世界に対して悲観の情感を詠うよりも、それを肯定し、生きていく意志をうたいあげるのが、中国の古典文学の際立った特質であると。慎重な著者はもちろんそこまで言い切ってはいないけれども、さらに拡げて考えてみたくなるような指摘は本書のあちこちに潜んでいる。

その唐代の詩を著者は通例に従って、四つの時期に区分して展開のありさまを叙述していく。初唐、盛唐、中唐、晩唐——唐代の文学をこのように分けるのは、実は明代に流行した、盛唐詩を最高の成就とする詩観から生まれたものである。彼らの極端な盛唐崇拝は単なる擬古、模倣に堕してしまい、一世を風靡したあとはあっさり忘れられてしまうが、しかし唐詩の区分に関してはいまだにこの四変説が広く行なわれている。それぞれの時期の詩風を捉えるのには都合がいい面があるからだろう。著者は通行する区分に従いながらも、そこに伴う評価には囚われていない。上に記した唐詩の「大らかさ」「若々しさ」という特徴も、本来は四変説の濫觴ともいうべき南宋の厳羽が「盛唐の気象」と称したのに繋がり、盛唐詩を鼓吹する人たちにとっては「盛唐の気象」は中唐、晩唐の衰微と対比されるものであったけれども、著者は盛唐に限定せず、唐詩全体の特徴と捉えている。

そしてまた、盛唐の杜甫が「中国古典詩の新しい局面をひら」き、中唐の韓愈・白居易はともに「杜甫からうけた影響が深」く、韓愈の詩は「儒学が復興する次の時代、宋の世（十一世紀）の学者たちに強い影響をおよぼしたのであって、決して過小に評価されるべきではない」という詩の流れも四変説の盛唐偏重を越えて、近年の唐詩研究が進めてきた方向をすでにはっきりと指し示している。

このことは言い換えれば、わたしたちがまだ著者の掌中から出ていないということでもある。『唐詩概説』が岩波書店「中国詩人選集」の別巻として刊行されたのは、一九五八(昭和三十三)年。文庫に収められる今、すでに半世紀近い時間がたっている。しかし本書を上まわる唐詩の概説書は出ていない。新たに明らかにしたと思っていたことが、本書を読み直してみるとすでにそのなかで示唆されていたということが少なくない。

ここ五十年の間に、確かに工具書のたぐいは格段に便利になった。たとえば著者は王維、孟浩然を語った箇所で、儲光羲、常建もそのグループに加えてよいと記したあと、「交友の関係はなかったらしいけれども。」と付け加えている(七〇ページ)。これは今なら唐代詩人の間でやりとりされた詩篇を題目によって整理した本があって(呉汝煜『唐五代人交往詩索引』、上海古籍出版社、一九九三)、儲光羲から王維には四首、王維から儲光羲へは一首の詩があったことがたちどころに検索できる。少なくとも王維と儲光羲の間には交友関係がなかったとはいえないことがわかる。あるいはまた詩の字句についても、著者は求めることばを捜すために『全唐詩』を頭から一枚一枚繰ったことが何回かあると、直接うかがったことがあるが、今だったらインターネット、CDなどによって、何種類かのデータベースを自在に利用することができるから、唐詩の一字一句は瞬時に探し当てられる。著者までの世代の人たちが、膨大な記憶を脳裏に蓄え、加えて時間・労力を費やして得た材料は、今やいともたやすく手に入れることができるのである。

しかしながら近年のこうした道具の進歩によって得られるのは、事柄についての知識に限られる。

文学においても事柄の知識は必要であるに違いないが、しかし文学の文学たるゆえんはそこにはない。詩を読むことは、デジタル化されたデータですまされるものではなく、無限定でかたちをとりにくい、しかし豊かにあふれ出てくるもの、それを捉え、味わうことにほかならない。そして本書の何よりの魅力は、唐詩のなかからそうした味わいをたっぷりと引き出してくれることである。

再び王維と孟浩然について記した箇所を例に挙げよう。ともに盛唐の山水詩人としてくくられる両者の間に本質的な個性の違いがあることを、著者は明晰に分析する。王維の風景が遠景であるのに対して孟浩然の自然は「人間に親近したもの」であり、詩のなかにでてくる「人」ということばも孟浩然の「人」が作者自身のことであるのに対して王維の「人」は他人を指している。風景に対して「詩人自身の情をそのままに写す」孟浩然と「客観的」「旁観的」である王維、――そのような態度の違いが、孟浩然の詩を「活動的」で「明朗な気分」にし、一方、王維は「静止的」で「枯れさびた色相」をもつと、詩句を挙げながら語っている。このように読み込むことこそ詩を読むということであり、詩を読む歓びもここにあるのだと改めて思い知らされる。情報処理の進歩した今、わたしたちは読むということの本来のありかたに立ち戻り、詩句の感触、味わいを汲み取ることに意をそそがなければならない。

本書にはこのように著者ならではの鋭敏で奥深い洞察が、惜しげもなく散りばめられている。そのなかにはその後の研究によっていっそうはっきりさせられた部分もあるし、まだ今後の解明を待っている指摘もたくさん含まれている。限られた紙数のなかに限りない示唆がつまっているかのようだ。

たとえば中唐の元結を語った箇所において、孟雲卿に『格律異同論』などの著述があったことが唐人選唐詩の一つ、『中興間気集』のなかに見えることを記し、「のちに白居易が自己の作品を格詩と律詩に分類したのは、あるいは孟氏の論をうけているかもしれない」（九二ページ）などという指摘は、概説書の枠をはるかに越えている。

個人的な思い入れを記せば、この『唐詩概説』はわたしにとってとても不思議な本だ。というのは、学生時代から何回も読み返しているはずなのだが、読むたびに新しい発見があるのである。それは読む側のその時々の関心や学力に応じてそれぞれに与えてくれるような、多様な内容を無尽蔵に含んでいるからだと思っていた。それは確かにその通りなのだけれども、今回読み返してみて、もう一つの理由に気付いた。それは小川先生の語り口があまりに物静かなので、つい読み過ごしてしまうのではないかということだ。おおげさに、声高に語ることはまったくなくて、大きな意味をもつことも実にさりげなく、何事もないかのように書かれているために、それを察知するだけの鋭い感度をそなえていないと、その重要さが嗅ぎ取れない。小川先生の講席に列した者としては、聞き取りにくいほどに細く低い声で、ぽそぽそと途切れがちに、というより、途切れている時間の方が長いくらいに、淡々と話された授業も聞き落とすことばかりだったが、文章にもいくらか似た雰囲気がある。幸い、文章は何度も読み返すことができる。何度も繰り返し味わって思うのは、この平淡な文章こそ近代日本語として最高の閾に達しているのではないかということだ。簡潔で平明、しかもそれでいて、何ともいえない気品が醸し出されている。このような上質な文章は、日本語のあるべき姿として広く読んでいただきたいと思う。

「詩人選集」の別巻として書かれているために、別に巻を立てられている詩人の作品を挙げることは抑えているけれども、それでもここに引かれている詩や詩句は、単によく知られているとか、説明の便のためにもってこられたものではなく、著者自身の好みによって選んでいるように思われる。かつて何気なく読み過ごしていたような詩篇が、ここに置かれると輝いて見えるのだ。これも不思議なことである。

「付録」のなかには「参考書の解説」も設けられているが、そのあとに出た参考書をいくらか補っておきたい。

まず、詩人の伝記については、著者自身が編んだ『唐代の詩人――その伝記』(大修館書店、一九七五)がある。これは唐代の詩人六十二家を選んで、その伝を語る原資料に分担して訳注を施したものである。さらに詳細なものとして、傅璇琮編『唐才子伝校箋』全五冊(中華書局、一九九五)が挙げられる。これは元・辛文房『唐才子伝』に対して、資料を博捜した注が付けられ、中国における伝記研究のレベルの高さを示している。

唐詩の解釈については、前野直彬編『唐詩鑑賞辞典』(東京堂出版、一九七〇)以来、「辞典」という体裁が続々とあらわれた。蕭滌非等編『唐詩鑑賞辞典』(上海辞書出版社、一九八三)はその後の中国で古典文学の様々な分野の「辞典」が登場する先駆けになったものという。さらに大部なものに松浦友久編『校注　唐詩解釈辞典』（正、一九八七。続、二〇〇一、大修館書店）がある。これらの「辞典」は、訳注だけに終わらず、個々の詩篇について詳細なコメントを付けているところに特徴がある。いわゆる close reading が唐詩についても活発になっているというべきであろう。

詩の「細かな陰影のちがい」（二四一ページ）を左右する「助字」に関しては、江戸の漢学者たちに膨大な蓄積があり、その主なものは『漢語文典叢書』（汲古書院、一九七九―八一）に収められている。「助字」はもともと中国語を母国語としない人にとって敏感にならざるをえなかったからであろうが、最近では中国でも次々と「虚詞辞典」のたぐいが出ている。が、著者も推奨している釈大典の『詩語解』（『漢語文典叢書』所収）があれば十分であろう。

ことにこの二十年ほどの間に中国で刊行された「参考書」はおびただしい量にのぼるが、著者のひそみにならって、なにもかも列挙することは控え、最小限のものを記してみた。

『唐詩概説』は黄色い布地で装丁された新書サイズのそれが版を重ねたあと、著者没後の一九九七年、興膳宏編『小川環樹著作集』全五巻（筑摩書房）の第二巻、「唐詩」のなかに収められた。そこでは編集を担当された筧文生氏によって詳細に検討され、「中国詩人選集」版の誤りが訂正されている。さらにその「解説」のなかで、筧氏は校訂に際して生じた問題の箇所を逐一挙げられている。今、文庫に収めるに当たって、筧氏による訂正を参照しつつ、補訂は最小限にとどめた。

Ⅲ

中秋節の文旦——台湾に暮らす（一）

一年を通して台湾に滞在したのは初めてだ。出かける前から夏の暑さについてはさんざん聞かされた。

——亜熱帯の強い日差しがじりじり照りつける、夜になっても熱気は冷めない、地獄の釜ゆでを覚悟せよ。

しかし行ってみたらどこにも冷房はあるし、その冷房が尋常でなく、必要以上にぎんぎん冷やす。ホテルやレストランなど、人の集まる場所では夏に限らず、一年中冷気を流し続ける。商店には「冷気開放」の看板が掲げられ、いかにもサービス至れりといった感じで人を呼び込む。とりわけ冷えるのは汽車だ。日本の新幹線そっくりの「高鉄」はまだしも、「台鉄」と呼ばれる在来線は上着なしではいられない。北国の人は寒さを恐れ、南国の人は暑さを恐れる。暑さに対する備えは万全過ぎるほどだった。

冬については、寒さはどうってことはないという人もいたし、意外に寒いから気をつけよという人もいた。宿舎のエアコンに暖房の機能がないのも、寒さへの備えは必要ないということか。それでもダウンジャケットを着た人も少なくないが、彼らも下は素足にサンダル履きだったりする。夏冬混在は一人の身に限らず、街にはTシャツ姿の人も混じっている。ダウンは外国のファッションに倣ったものかも知れない。忠告者たちの言のとおり、寒いともいえるし寒くないともいえるのが台湾の冬だった。

誰も教えてくれなかったのは、台北の雨の多さだ。一年の八割は雨。冬は雨期で、春節のころまで毎日しとしと雨が降り続く。久しぶりに青空に再会したかと思うまもなく、すぐまた長い梅雨に入る。梅雨がやっと明けて真夏になっても、午後には決まってスコールが来る。傘なしで外出できる日はない。リュックには左右にポケットがあって、一つには折りたたみ傘、もう一つには渇きを癒す水筒かペットボトル、それを背負うのが台湾の標準的な外出スタイルである。夏と冬が混在するように、雨と酷暑という一見相い反する二つからも同時に身を守らねばならない。

日照時間日本一の浜松で生まれ育った身には、台北の多雨が一番こたえた。朝起きて「今日の天気は？」と期待するのはもう止めよう、雨が当たり前なのだ、そう自分に言い聞かせてからカーテンを開けた。そんな心構えをして毎朝落胆しない工夫をした。周囲を山に囲まれた台北の天気がとりわけ悪いらしく、台中ではもっと天気はいいといわれたが、実際、汽車で南下していくと、台北を離れたとたん雨から曇りに変わり、台中に着くころにはからりと晴れ上がっていた。

天候はさておき、なんとも奇妙だったのは、四季がはっきりしないことだ。十月の終わりごろ、どこからともなく漂ってくるのは、あのキンモクセイの香りだった。あたりを見渡すと確かに黄色の小さな花をつけた木があった。一月遅れとはいえ、台湾にも秋のモクセイがあることに安堵した。ところがそのあとも繰り返しモクセイは花を開き、香りを漂わせるのである。比較的好天の多い秋の時節、一雨降るごとに彼らはけなげに開花する。しだいに香りは薄くなるとはいえ、一年に何度も花を咲かせるのは痛ましい。この地の植物はどのような体内時計をもっているのだろうか。

確かに夏は暑く冬は気温が下がるというおおまかな違いはあっても、それ以上の分節はない。そのために今がどんな時節なのかつかめない。時節がわからないと、生活感覚が妙に希薄になる。それはちょうど方向感覚にすぐれた人が南半球に行くと、日頃の冴えが狂ってとまどうようなものか。あるいはひげを切られた猫がまわりをつかめずにぐるぐるさまようのにも似ている。日本での日常が季節と密接に関わっていたことを、四季の定かでない国に暮らしてみて初めて知った。

文学のなかでも日本では季節は欠かせぬ要素だった。恋と四季、両者の底にある無常観、それだけで日本の文学をくくってしまうこともできそうだ。『古今集』をはじめ、歌集は「春の歌」「夏の歌」といったように季節ごとに部立てされているし、俳句には言うまでもなく季語がある。近代文学も『雪国』、『細雪』など、季節を抜きにしては味わえない。何かの小説を任意にひろげて途中から読み出しても、どんな季節を背景にしているかは、たちどころにわかる。

とはいっても、現代文学のなかではだいぶ薄れてきた。それはわたしたちの生活のなかに従来の季節感が希薄になってきたということもあるだろうけれど、それ以上に現実の捉え方の変化によるのではないか。たとえば村上春樹の小説に季節は乏しいけれど、それは作者が現実感を遠ざけるために故意に施した工夫なのではないかと思う。そうだとすれば、わたしたちの生活感覚は今も季節と密着していることが改めてわかる。

以前、フランスの中国文学者マルタンさんと話していて、中国の詩を読んでいても季節がわからないことが多いと言ったら、マルタンさんは中国の詩はまだいい、西欧の詩はもっとわかりませんよと笑った。西洋文学はいざ知らず、中国の詩は日本ほど季節にこだわらないように見える。とはいえ、二十四節気をはじめとして一年のうつろいを自然現象のなかに見ることは早くからあった。たとえば『礼記《らいき》』のなかに「月令《げつれい》」という篇がある。古くは「がちりょう」と読まれたものだ。ここでは一年を四季に分け、それぞれの季節を「孟」「仲」「季」の三つに分けて、つまりは十二か月それぞれの月について、太陽の位置から諸々の現象、そして人事を説明する。「孟春」（初春）についてみれば、「東風　凍れるを解き、蟄虫《ちっちゅう》（穴に入っていた虫）初めて振《うご》く。魚　氷に上り、獺《だつ》（カワウソ）魚を祭り（魚を獲って並べる）、鴻雁《こうがん》来たる」。雁が「来る」というのは冬の間、移動していた南方から戻って来ることで、中原の風土を基準としたものだろう。天子は春の色である「青衣」を着、蒼《あお》い玉を身に帯び、麦と羊を食らうと、衣食にわたって決まりがある。この月に夏の法令を行うと異常気象が生じる、秋の法令を行うと暴風雨が起こり疫病が蔓延する、と続く。要するに一年を十二に分節し、それぞれの時節に合わせて人事も執り行わねばならないという規範を示している。そこには自然の秩序に従うことで人間世界の秩序も保たれるという考えが基底にある。

「月令」の「孟秋」(初秋)のなかに「涼風至り、白露降り、寒蟬《かんせん》鳴く」という記述がある。「涼風」「白露」はすぐわかるにしても、「寒蟬」には違和感がある。もちろん真夏に鳴く蟬もいて、「仲夏」に「蟬始めて鳴く」と記されている。仲夏の蟬に注はないが、孟秋の方には「寒蟬は寒蜩《かんちゅう》。蜺《げい》を謂《い》うなり」という後漢の大学者鄭玄《じょうげん》の注がある。「寒蜩」とか「蜺」とか、「蟬」とは別の字で説明しているのは、「寒蟬」はふつうの蟬とは種類が違うということだろう。日本のヒグラシのようなものか。

ところがその後の文学のなかではもっぱらこの秋の蟬が主流となって、夏鳴く蟬は影をひそめる。たとえば魏の曹植に「蟬の賦」という作品があって、露しか口にしない清廉な蟬が、ほかの虫や鳥の攻撃に遭い、悪童に追いかけられて鳥もちで捕らえられ、火にあぶられて食われてしまうという憐れな運命を切切と綴る。一連の「蟬の賦」は後漢後期から起こるようで、それは士大夫の理念が確立する時期と一致している。後漢の王朝は皇后の一族である外戚、天子の側近である宦官、その両者が絶えず権力を奪い合う。そのなかで権勢や富とは別の価値観を標榜する「清流」と呼ばれる士人が生まれた。名利に背を向ける士大夫の理念はその後も中国の重要な精神的な柱となり、それは日本にも流れ込んでいる。清廉であるがために割を食う蟬は、まさに士大夫の象徴なのである。秋の冷たい風に吹かれてか細い声も絶え絶えの蟬——不遇の士人たちは我が身を高潔であるがゆえに悲惨な運命を強いられる蟬になぞらえ、束の間の慰撫を得ることになった。李商隠の「蟬」はその代表的な詩である。

一方、夏鳴くかしましい蟬は、つまらない輩《やから》の比喩に貶められ、文学のなかに登場はしても、秋蟬に比べて目立たない。中国の文学では蟬に限らず、動植物がしばしば人間が付与した意味を担って詩に用いられるのである。早春の梅の花、晩秋の菊の花、それらが高貴であるのは衆多の花が咲く前に、あるいは散った後に、ただ独り花開く孤高の精神が価値あるものとされるからだ。

中国でも蟬は真夏に盛んに鳴くものだが、人々の意識のなかではさほど注意を払われない。少なくとも古典文学の季節感のなかでは寒蟬のほうが重要な意味をもつ。文学のなかの季節感は、実際に季節を特徴づける風物とはずれることがある。わたしたちの季節感というものは、文化のなかで形成されてきたものなのだ。秋を物悲しい季節と感じるのは当然のように思われるけれども、『詩経』までさかのぼるとそれは収穫の喜びの季節であり、「悲秋」は『楚辞』以降に定着した捉え方だといわれる（小尾郊一『中国文学に現れた自然と自然観』、一九六二、岩波書店）。

一方で、自然の事物を意味付けせずに季節の変化をきめ細かく捉えようとする詩もある。南朝・宋の謝霊運《しゃれいうん》、その「従弟の恵連《けいれん》に酬ゆ」詩は、春のなかでも暮春に近づいた仲春の時節を描く早い例である。

……

暮春雖未交　　暮春　未だ交わらずと雖も
仲春善遊遨　　仲春に善く遊遨《ゆうごう》せん

山桃発紅萼　山桃は紅萼《こうがく》を発し
野蕨漸紫苞　野蕨《やけつ》は紫苞《しほう》を漸《すす》む
……

暮春にはまだ入らないが仲春は行楽によろしい。山のモモは赤いつぼみが開き、野のワラビは紫の芽がふくらみつつある——野生のモモやワラビの変化のなかに季節の微妙な移行を捉える。「紅萼を発す」は単に赤い花が開いたではなくて、赤みを帯びたつぼみがふくらみ、今まさにそれが開いた時、「紫苞を漸む」は芽を包んだつとが次第にふくらみ、紫の色を濃くしていく様態だろう。この詩は謝霊運が隠棲していた始寧《しねい》（浙江省上虞県付近）の地で作られたもので、ほぼ江南の気候に即した観察と考えられる。

季節の変化を捉えることは、唐代に入るといっそう細やかになる。中唐の銭起《せんき》「暮春　故山《こざん》に帰る」詩の冒頭二句は、

谷口残春黄鳥稀　谷口《こくこう》　残春　黄鳥稀なり
辛夷花尽杏花飛　辛夷《しんい》の花尽きて杏花《きょうか》飛ぶ

春も尽きようとするこの時節、谷の入り口では春を代表する鳥である「黄鳥」（コウライウグイス）の声もまれになった。コブシの白い花はすっかりなくなりアンズの淡紅色の花が今ちょうど散りつつ

ある。花期のずれる二つの花の様相から晩春の景を描く。故郷に帰った時の詩というから、呉興《ごこう》（浙江省湖州市）、これもやはり江南の暮春の風物であろう。

謝霊運にしても銭起にしても、取り上げている植物は必ずしも詩のなかで意味が固定しているものではないから、詩の因襲に縛られずに、実際に目で見たものをそのまま詠んでいると考えられる。

しかし中国は広い。文化のなかで固定された季節感が、風土の違う場所では齟齬を生じることはないのだろうか。もともとは中原を中心として季節感も作られたであろうが、東晋の時に文化の中心が南に移った時、伝統的な季節感は変化を被らなかったのだろうか。こうした疑問を抱きながら、まだそれを解くに至らないが、異土にあってまわりの自然に抱いた違和感をうたった詩はある。北宋・欧《おう》陽脩《ようしゅう》の「戯《たわむ》れに元珍《げんちん》に答う」詩は、左遷された峡州《きょうしゅう》の夷陵《いりょう》（湖北省宜昌市）の春の遅さにいらだつ。

春風疑不到天涯　　春風　疑うらくは天涯に到らざるかと
二月山城未見花　　二月の山城　未だ花を見ず
残雪圧枝猶有橘　　残雪　枝を圧して　猶お橘《きつ》有り
凍雷驚筍欲抽芽　　凍雷　筍《たけのこ》を驚かして　芽を抽《ぬ》きださんと欲す
……

——春風は天の果てのこの地には来ないのだろうか。二月というのに山あいの町では花を見ることもない。

消えのこった雪が枝にのしかかり、その枝にはまだみかんがついている。凍てついた空に鳴り響く雷は筍を驚かせて芽を引きだそうとする。
……

欧陽脩の念頭にあったのは、ここには省略した詩の後半部でいう洛陽の花であった。牡丹咲き誇る大都会の春、それを思い出しながら僻遠の地にいるわびしさを噛みしめる。

中原あるいは江南を中心とした季節感が、風土の異なる地では合致しないとすれば、台湾はその最たる所の一つだろう。亜熱帯の、そして嘉義《かぎ》より南は熱帯に属する台湾の季節が、中原を中心に形成された季節感と合わないことはいうまでもない。しかし季節ごとの行事は、日本以上に伝統的な習慣が今も生きている。

端午の節句にはちまきが売り出され、予約しておかないと手に入らないほどだ。わたしのもとにさえあちこちから到来したが、街の小さなクリーニング屋のおばさんが分けてくれた手製のちまきが一番おいしかった。冬至の日には「湯円《とうえん》」という、汁に入った白い団子。街角の屋台にはそれを求める人の列ができる。そして中秋節にはもちろん月餅。

そうした習慣は本土から持ち込まれたものだろうが、それだけではない。中秋節には月餅のほかに文旦も食べる。文旦の黄色い丸いかたちを中秋の満月に見立てたものなのだろう。台湾大学の朱秋《しゅしゅう》而《じ》教授に教えていただいたところでは、その時節に文旦が生《な》る福建、広東の風習が持ち込まれたものかという。とすれば、伝統的な月餅のほかに地方独自の産物が加わったことになる。

台湾にはいくつかの文化が重なり合っている。台湾のことばでいう「原住民」は、遥か昔に南方から移ってきた人たち。明のころには中国大陸から漢民族と客家《はっか》が移住してきた。十九世紀の終わりからは日本人が支配した。そして日本が戦争に負けて撤退すると、大陸からまた新たに流入してきた。多民族による多様な文化が混在する所、それが今の台湾である。中秋節の文旦は、土地に応じて新たな風習を加味していく台湾の特徴を端的にあらわしている。

ちなみに、これも朱さんから教えられたのだが、文旦をあらわす中国語の「柚《ユウ》」は神の加護を意味する「佑《ユウ》」と同音であるために縁起がいいのだという。日本の「柚子《ゆず》」は台湾の「柚」（文旦）より小さな柑橘類で物は同じでないけれども、「ユズ」ということばは明らかに口語の「柚子《ユウツ》」から来ている。日本語のなかでうしろに「子」がつくことば、椅子とか扇子とか、それは中国語の口語の接尾語「子」をもつ語がそのまま日本語に入ったものと考えていい。さらに文旦がその一種であるところのザボンはポルトガル語の zamboa に由来するというから、文化の重層は一層複雑になる。

季節に対する捉え方、季節に関わる生活習慣、文化の中心で形成されたそれらは周辺に拡がっていき、さらにそれぞれの地域で風土に応じた新たな要素が加わっていく。このようにして文化は継承されるとともに創新されていくものなのだろう。

重層する風景——台湾に暮らす（二）

台湾は自然の景観に恵まれた国である。海に囲まれた島国という印象が強いが、高い山も意外に多い。三千メートルを越す山が百座以上あるという。日本も山の多い土地柄であるが、それでも三千メートル級は二十三座にとどまる。

観光地として知られている一つは阿里山。嘉義を出たバスが阿里山のエリアに入る時、環境保護のためだろう、入場料を取られる。一人一五〇元（四五〇円程度）。ただし敬老料金はたった一〇元。ちなみに台湾ではバス、地下鉄、入館料、さらには一部のバイキング料理まで、なんでも敬老料金があって、切符売り場ではいつも「お前はもう六五歳を超えているのではないか」と問われる。親切がありがたくもあり、老けてみられたかと悲しくもなる。とはいえ人の見る目は正確なもので、一年の滞在の途中から晴れて優待の恩恵に浴することとなった。

わたしが阿里山を訪れた七月の時点では、日の出の時間に合わせて、山中のホテルのアラームはまだ真っ暗な三時半に鳴る。ロビーで分厚い「大衣《ダーイー》」（コート）を借り、マイクロバスで阿里山駅まで送ってもらう。そこから阿里山森林鉄道が出る。五両編成のディーゼル列車は満載で、二回の往復で観光客を祝山《しゅくざん》駅まで運ぶ。駅を下りるとすぐに切り立った崖の上に出る。拡がる大空は漆黒から紺青へ、紺青から青へとぐんぐん色を変え、眼前に連なる山脈も黒いシルエットがうっすら明るみを帯びる。突出した山頂が所狭しと並び、そのなかでも一番高いのが台湾の最高峰玉山《ぎょくざん》。待つ間もなく山の向こうの輝きが空に拡がり、そして日輪の端が山の先端に顔を出す。太陽はそれこそ昇天の勢いで一気に全体をあらわし、あたり一面が明るくなり、もはや何の変哲もない昼間の光景に変わってしまう。夜闇が明け初めていく刻々の変化は取り戻せない。自分の乗っかっている地球が回転していることが、そのまま視覚によって実感できる経験だった。昔から人々が御来光をあがめたり、宗教的な啓示を受けたりしたことも納得できる。

阿里山の夜明けは時間の経過のなかで見る景観であったが、タロコ（太魯閣）の峡谷は空間を移動しながら見る。深い谷底を挟んで、両側に灰白色の岩壁がそそりたつ。上へ上へと視線を移してやっと先端に目が届くほどに高い。まるで磨いたような一枚岩の岩盤もあるし、さまざまな形を自然が刻んだ岩もある。そんな光景が周囲一帯に拡がり、どのコースをとっても厭きることがない。切り立った崖の下を歩いていると、自分が地の底にいるような気がしてくる。岩山は前後左右から圧倒してくるが、圧迫感よりも自分の小ささにかえって快さを覚える。

阿里山の日の出を固唾を飲んで待っていた人々は、太陽が姿を見せたとたん、みな一斉に歓声を挙げる。タロコの峡谷を見上げる人々も、期したかのように一時《いちどき》に嘆声を発する。そこには台湾人も中国人も外国人も区別はない。文化や民族による違いはもはやないかのようだ。風景を見る目はもともと人に備わっていたものか。それとも歴史のなかで形作られてきたものなのか。昔の中国では風景はどのように捉えられていたのか。

子曰く、知者は水を楽しみ、仁者は山を楽しむ。（『論語』雍也《ようや》篇）

山水の自然を享受することを述べた早い例であるが、水や山をなぜ楽しんだのか、どのように楽しんだのか、『論語』のこの一条は何も教えてくれない。『荘子』知北遊《ちほくゆう》篇のなかに、こんなことばが見える。

山林か、皐壌《こうじょう》か、我をして欣欣然《きんきんぜん》として楽しましむるか。（山林か、水辺の地か、それはわたしの心を生き生きと楽しませてくれるものだなあ。金谷治、岩波文庫『荘子』第三冊の訳による）

荘子は山や水に接するとおのずと楽しい気分になると言う。自然から快活な気分を受け取るのは、人に生来具わっている原初的な感覚の作用なのだろうか。

春秋時代の斉《せい》の景公《けいこう》は、孔子と同時代の人であるが、彼はたびたび牛山という山に登り、家臣と酒を酌み交わして楽しんだという（『晏子春秋《あんししゅんじゅう》』など）。山の上から国土を眺めたというから、本来は日本でいう「国見」の風習であったかも知れない。領地を眺め下ろして豊穣を予祝した呪術的儀式、それはどの程度のこっていたのか、叙述はもっぱら山上の宴会の楽しさに傾く。そしてそのあと、意外な方向に展開する。宴たけなわの時、景公はいきなり泣き出すのである。

——自分はこの領土を捨ててやがて死んでしまう。

それを聞いた晏子は冷ややかに笑う。

——もし人が死ななければ、昔の人がずっと生きていて、殿がこうして山の上で酒を飲むこともできなかったはず。人は死ぬからこそ次の世代が生まれるのです。

自分一人の生にこだわり、風景を占有したいという景公の思いは、人類を全体として捉える晏子に嘲笑されてしまったのである。

これと似たかたちの話がずっと遅れて、三世紀、西晋の羊祜《ようこ》に関しても伝えられている。三国呉との戦いが続いていた時期、重要な基地であった襄陽《じょうよう》（湖北省襄樊《じょうはん》市）の長官に任じられた羊祜は、天気がよい日には峴山《けんざん》に登り、家臣と酒宴を開いた。ここでも羊祜は宴の最中に突如泣き出す。

——宇宙開闢以来、数知れぬ人がこの山に登ってこの景色を眺めてきたが、今や誰一人生きていない。わたしもやがてこの世から消えて何の痕跡もなくなるだろう。

すると家臣の一人がなだめて言う、

——殿の輝かしい功績は後々まで伝えられるでありましょう。わたくしども平凡な人間こそ死んだら消滅してしまうのです。

似たような二つの逸話のうち、わたしは人にとって死は必然であると理知的に説いた晏子よりも、生の消滅を情緒的に悲しむ羊祜の話の方が好きだ。襄陽に行ったことはないが、峴山の写真を見せてもらったことがある。写真の山が昔の峴山だとすれば、なんとそれは山というのもおこがましい、土が盛り上がった程度のものだった。しかし高さはたぶん問題ではない。わずかでも高い視点から見下ろすと、ふだん生活している場がまったく別の様相を見せる。さらにまた、写真では町の中心を貫く大通りの正面に峴山は位置していた。そのことも峴山が町の鎮《しず》めとでもいった、特別な意味をもったゆえんかも知れない。

斉の景公、西晋の羊祜に共通する、宴席の最中に突如、死を思って落涙するという話は、興味深いことに所変わってヘロドトス『歴史』（巻七。松平千秋訳、岩波文庫版）のなかにも見える。古代ペルシャの王、クセルクセツは戦さに勝利した宴会の場でふいに涙する。喜びのなかで人の寿命には限りがあることに思いを致し、悲哀に襲われたのである。すると家臣が「我々普通の人間にとって、生きている間は苦しいことばかり、死だけがそこから逃れるすべなのです」と答えて王を慰撫する。死の怖れを回避する言述はそれぞれに異なるものの、楽しかるべき宴のなかで死を想起して悲しむという結構が、ペルシャの王にまで共通しているのは、不思議な符合というべきか。

風景を見ることに話を戻せば、斉の景公も羊祜も山に登り、突然泣き出すまでは家臣たちと酒を飲みながら景観を楽しんでいる。風景を眺めることは愉楽であったのだ。ところがそれを抑制すべき快楽であるとする言述も見られる。『戦国策』（魏策二）のなかでは、亡国の起因となったものとして飲酒、美食、女色と並べて景色を眺めることを挙げる。『説苑《ぜいえん》』正諫《せいかん》篇でも、楚の昭王が景勝の地に遊ぼうとすると、家臣が亡国の恐れがあると諫言する。漢・枚乗《ばいじょう》の「七発《しちはつ》」は、楚の国の太子が鬱鬱として塞いでいるのを癒そうと、音楽、美味、女色、狩猟など、心を楽しませることを次々と挙げるが、それでも治らない。最後に聖賢のことばを聞かせると、病気はたちどころに治ったと語る。教訓で締めくくりはするものの、文学としては快楽をいかに描写するかが見せ所であり読み所でもある。列挙された快楽のなかに、楼台から景色を眺める快楽が含まれている。

既に景夷《けいい》の台に登り、南のかた荊山《けいざん》を望み、北のかた汝海《じょかい》を望み、江を左にして湖を右にす、其の楽しみ有る無し。

山、海、川、湖を眺める楽しさは、ほかに比べるものがないという。飲酒、女色などを抑制すべしというのはわかるにしても、風景を眺めることがなぜ亡国につながる快楽に数えられるのか、いささか違和感がのこる。快感に耽って過度に至ると、政務をおろそかにしてしまうということなのか。もっとも、風景を見ることを悪徳であるかに捉えるのは、中国においても普遍的ではない。先に挙げた斉の景公や羊祜の山上の饗宴には、罪悪の影はまるでなかった。のみならず、風景は詩や絵画のなかで一つのジャンルとなって発展していく。風景を楽しむ行為から風景詩はどのように形成されていったのだろうか。斉の景公、羊祜の話を振り返ってみると、どちらも酒を交えて家臣と楽しんでいた。つまり風景は本来、複数の人々とともに享受すべき対象だったのである。風景が集団のなかにとどまる限り、享楽、娯楽の域から出ることはない。みなで楽しむべき風景を独りで見た時、一人の人間が風景と一対一で向き合った時、風景はそれまでとは違う、新たな意味を生じたのではないだろうか。

その契機を作りだしたのは、まず陶淵明だった。「斜川《しゃせん》に遊ぶ」という詩では気心の知れた人たちと連れだって水辺やそこから眺められる山を楽しんでいる。これが友人とともに風景を楽しんだ詩とすると、「停雲」という詩では、景色を前にしてともに楽しむべき友の不在を嘆くことが主題となっている。陶淵明の作品のなかでも最もよく知られた「飲酒」第五首、そのなかの「悠然として南山を見る」の句は、独りで山を見る。饗宴のなかで楽しむ山でもなく、親しい友人とともに眺める光景でもなく、自分一人で向かいあい、そのことによって自分と「南山」との間の特別な結びつきを体得している。

山水文学の開祖とされる謝霊運にも、山水を嘆賞しながらともに味わう人がいないことを嘆く詩がかなりある。さらに謝霊運の場合は友達と一緒に眺めたいというに留まらず、友人の不在から景観の観照に進む句もある。「南山より北山に往き湖中を経て瞻眺《せんちょう》す（眺める）」と題された詩は、山と湖の景物を描いたあと、次の四句で結ばれる。

不惜去人遠　人を去ることの遠きを惜しまず
但恨莫与同　但だ恨む　与《とも》に同じくする莫《な》きを
孤遊非情嘆　孤遊は情の嘆ずるに非ず
賞廃理誰通　賞　廃すれば　理　誰か通ぜん

世間から離れているのはかまわないが、残念なのは一緒に味わう人がいないこと。しかし独りで来たことを嘆きはしない。山水を観照することを止めたら、山水の背後に存在している「理」に到達できない――難解な詩句であるけれども、このように理解したい。独りで向き合うことによって「賞する」ことが可能となり、「賞する」ことによって「理」に到達できる。謝霊運は山水を眺めることによって山水が蔵している「理」、形而上的な原理を求める。独りで見ることによって風景は愉楽の対象から離れて、理念的な道理を顕現するものとなった。

陶淵明や謝霊運は山水を「美しいもの」として見たというより、そこに哲学的な意味を感取していたようにみえる。それが彼らにとっての「美」であったというべきかも知れない。集団で楽しまれた風景は、独りで向かいあうことによって、別の意味が発見されたのである。彼らが見た風景は著名な山や水ではなく、辺鄙な地方の知る人もない自然であった。陶謝という突出した個人によって発見された風景、そして風景を見る目は、やがて人々の間に浸透し、広く共有されるものとなる。このようにしてわたしたちの風景観は形成されてきた。

風景を見る目は、異文化からも学び取って豊かになっていく。たとえば日本の風景美はほとんど中国から学んだものであり、日本人が発見したのは海岸美だけだといわれる（オーギュスタン・ベルク）。そうだとすれば、中国の美意識を吸収したうえで、日本の風土に合わせて新たな風景を取り込んだのである。中部地方の山岳を日本アルプスと呼ぶことも、アルプスを美しいものとして見い出した西洋近代の美観を学んだものともいえる。

台湾の景観の場合、異文化の混淆はいっそうあらわである。先住民族、中国から移ってきた中国人、一時期支配した日本人、そして再び大陸から流入した中国人、そうした歴史のなかで見い出され、作り上げられてきたものだ。たとえば台湾の北に野柳《やりゅう》という海岸がある。そこには風化や海水の浸食によって作られた奇態な形の岩が一面に拡がっている。「女王の頭」と名付けられた岩など、まったく王冠をかぶった女王そのものだ。地元の人から聞いた話では、もともと誰も注目しない場所だったのが、日本の映画がロケ地に使ってはじめて台湾の人々にも知られ、名所になったのだという。

冒頭に記した阿里山、これはもともと日本統治時代に森林資源を獲得するために開発されたのが、今や古木の群生を見にたくさんの人が訪れる観光地となっている。台湾の水の景観を代表する日月潭《じつげつたん》は、まわりを山に囲まれているので、ちょうど芦ノ湖を一回りか二回り大きくしたようなたたずまいを呈する。これも日本人が水力発電のために開発したものだった。その景色を蔣介石がいたく好み、涵碧楼《かんぺきろう》という別荘までこしらえた。かつてはサオ族の生活の場であったのが、風光明媚の地に変貌したのである。蔣介石一人が楽しんだ涵碧楼が今やホテルになっているということは、個人の占有物が広く人々が楽しむ場所に変わったことを示している。

山の急斜面にへばりつくような町、九份《きゅうふん》は元は寂しい集落であった。日本統治時代になって金鉱の町として栄え、金鉱が閉山されると再びさびれたのが、侯孝賢《こうこうけん》監督の映画「悲情城市」によって一躍脚光を浴びてまた活況を取り戻したという。

紅毛城《こうもうじょう》はその名のとおり、十七世紀に台湾に入ったスペイン人の要塞であったが、ほどなくオランダ人の手に渡り、さらに十九世紀になるとイギリスの領事館となり、今では旧跡として観光に供されている。

こうして台湾の名所を列挙してみると、台湾の複雑な歴史がそれぞれのなかにつまっている。先住民族にとってかけがえのない風景ものこっている。蘭嶼《らんしょ》の島で見かけたタオ族の涼み台、彼らは今でもそこにつくねんと坐って毎日海を眺めている。タオ族の人々にとって、海を眺めることは生きることと密接に結びついた大切な意味をもっているに違いない。

重層する言葉——台湾に暮らす（三）

台北の地下鉄では四種のことばでアナウンスがある。国語《グオユィ》、台湾語、客家《はっか》語、英語である。国語とは北京官話をもとにした標準語で、中国の「普通話《プトンファ》」とほぼ同じ。台湾語とふつう呼ばれているのは閩南《びんなん》語、福建省から台湾に移住してきた人々のことば。客家語はやはり中国大陸から台湾に移った客家人のことば。このほかに、車内放送にはないが先住民族それぞれの言語もある。現在、認定されている先住民族は十四を数えるという。

一口に中国語といっても、互いに通じ合うことのない多くの方言を含む。大きく括ってみても、北京官話、呉（上海）、広東、客家、閩の方言がある。日本で学ぶ中国語は、ふつう北京官話に基づく「普通話」である。文字は簡体字、発音をあらわすにはアルファベットによるピンインが用いられる。台湾の「国語」では文字は旧来の繁体字、発音には注音字母という特別な記号が用いられる。そんな違いはあるけれども、中国の普通話を学んでおけば、多少の発音のずれはあっても、「国語」はほぼ理解できる。それ以外の閩南語、客家語となると、学習しないとまるでわからない。わからない者にとっては、方言というより別の言語のように聞こえる。

台湾の人々は生まれた時からこうした多重の言語環境のなかにいる。日本のなかでは多少の方言はあっても、日本語だけでどこでも通じるのとはずいぶん違う。日本人は外国語の習得が苦手といわれるのも、この単一に近い言語環境、母音も子音もその数が多くない日本語のなかだけで育ってきた条件を思えば、無理からぬ事か。

卓越した言語学者は言語が複雑に入り交じった地域で生まれた人が多いといわれる。唐王朝を傾かせた元凶とされる安禄山は「雑胡《ざっこ》」、すなわち複数の少数民族の混血児だと蔑視された。しかし彼はそのおかげでいくつかの言語を操ることができ、それによって諸民族から集められた兵卒を掌握するのに長けて重宝され、持ち前の才覚も相俟って次々と「出世」し、節度使にまで成り上がったのだった。

多言語が混在する台湾では、日本人には思いも寄らない場面に遭遇することがある。交流協会に勤めている長谷川理恵さんから聞いた話――彼女が以前、一人で台湾の田舎を旅行していた時、道に迷って日も暮れてしまった。やっと見つけたおばあさんに、バス停はどこにあるのか尋ねたが、ことばが通じない。閩南語で聞き直しても通じない。持ち札を使い果たしてしまって、最後の手段、やけになって日本語で言ってみたら、「あなたは日本語を勉強しているの？　えらいねえ」と、きれいな日本語が返ってきたという。おばあさんは先住民族で、母語のほかには日本統治時代に小学校で習った日本語しかできなかったのである。

この話に驚いたわたしは、台湾大学の柯慶明《かけいめい》教授にも聞かせようとした。すると柯さんはわたしが話し始めたとたん、「先住民族だったのだろう、日本語だけ通じたのだろう」と、いとも平然とわたしの話を先取りしてしまった。そんなケースは台湾では希ではないのだという。

わたしたちはことばが通じないと、おたおたしてしまう。しかし人によって話す言語が違うのが当たり前の世界では、そんなことに動じない。もう三十年余り前に天津で目にした光景が思い出される。何の用事だったか、天津駅前の中央郵便局で待っていた時、まだ就学前の男の子を連れた一人のおばあさんが、次々と通りかかる人に声を掛けている。尋ねられた人はちょっとことばを交わしては去っていく。何が起こっているのか、周囲の中国人に聞くと、おばあさんは南方から天津の甥を頼って出てきたが、連絡先を書いた紙をなくしてしまった。字が書けないうえに、話すことばも南方方言がきつくて、天津の人には甥の名前も居場所も聞き取れない。ことばもろくに通じない場所で行くあてもなく、途方に暮れていたのである。どんな事情があって孫を連れて天津まで移って来たのか、その後どのような人生が待ち受けていたのか、不安げに立ち続けていたおばあさんと孫の姿は、今でもありありと目に浮かぶ。

秦の始皇帝が中国を統一した時、車の幅と文字の書体を全国同一にしたことはよく知られているが、話しことばまで一つにまとめようとしたという話は聞かない。秦の強大な政治力をもってしても不可能なほど、中国は広大だったのである。書記言語が中国では早い時期から異常に発達したのも、それと関わりがある。書かれた文字に頼らなければ、全ヨーロッパに匹敵するほどの広さをもち、一山越えればことばが違うというほど方言も異なる全土を掌握することはできなかったのである。
　中央から各地に派遣された官人は、任地で話が通じない。その時、官と民との間を繋いだのが「吏」だ。日本語では公務員をひっくるめて官吏と称するけれども、本来は朝廷で全国の人士のなか選りすぐって任用されるのが「官」、地方で現地雇用されるのが「吏」、両者には厳然とした差異があった。官はお上であって、絶対的な権力をもつ。官に仕える吏は単なる職員に過ぎない。とはいっても実際に庶民から税を取り立てるのは吏であって、人は人の上に立つと権力を振るいたくなるものだ。南宋・范成大《はんせいだい》の「催租行《さいそこう》」（税金取り立ての歌）」という詩は、農民から小銭をせびり取る村の小役人の醜態を描いている。

輸租得鈔官更催　　租《そ》を輸《いた》して鈔《しょう》を得るも官は更に催《うなが》す
踉蹌里正敲門來　　踉蹌《ろうそう》として里正　門を敲きて来たる
手持文書雑嗔喜　　手に文書を持ちて嗔喜《しんき》を雑《まじ》う
我亦来営酔帰耳　　我も亦た来たり営みて酔いて帰らん耳《のみ》
牀頭慳嚢大如拳　　牀頭の慳嚢《けんのう》　大なること拳《こぶし》の如く
撲破正有三百銭　　撲破《ぼくは》すれば正に三百銭有り
不堪与君成一酔　　君の与《ため》に一酔を成すに堪えざるも
聊復償君草鞋費　　聊《いささ》か復た君の草鞋《そうかい》の費を償《つぐな》わん

年貢を納めて受け取りもあるのに、お上はさらに急き立てる。ほろ酔い加減の村の長《おさ》が門を叩く。

お触れをちらつかせて、叱りつけたりお愛想を言ったり。「わしもお役目で来たが、一杯ひっかけて帰るだけのことさ」。

寝台のわきにはこぶしほどの貯金箱。叩き割ればちょうど三百銭ある。

「あなたさまの酒代には足りませぬが、これでまあ、わらじ代のたしにでもしてくだされ」。

「吏」は官と庶民の間でこんな悪業を働くこともあった。この詩を書いた范成大もれっきとした「官」である。しかし官には士大夫としての理念があるから、こうした行為を批判する目を備えている。

とはいえ、吏はある程度の読み書きができ、かつ土地のことばにも通じているために、官と民を結ぶ重要な役割を担ったことも事実である。吏なくしては中国の中央集権国家は成立しえなかった、そう言ってもたぶん言い過ぎではない。

中央の官が地方の方言にとまどう経験は、詩のなかにも描かれる。中唐の韓愈《かんゆ》は南の果て陽山（広東省陽山県）に左遷された時のありさまをこのように綴る。

遠地触途異　　遠地　途に触れて異なり
吏民似猿猴　　吏民　猿猴《えんこう》に似たり

生獰多忿很　生獰《せいどう》にして忿很《ふんこん》多く
辞舌紛嘲啁　辞舌　紛として嘲《ちょう》啁《ちょう》たり

遠方の地は至る所、中原とは異なり、吏も民も猿のようだ。
獰猛で怒ってばかり、しゃべることばは乱雑で鳥のぺちゃくちゃ。

（「江陵に赴く途中、……三学士に寄す」詩の一部）

韓愈は「区冊《おうさく》を送る序」のなかでも陽山着任の時を、

小役人が十数人、いずれも鳥のぞめきのようなことば、蛮人の形相《ぎょうそう》。着いたばかりの時はことばが通じなくて、地面に字を書いた。

と記している。広東のなかでもさらに辺鄙な一地域の方言は、韓愈にとって鳥の騒ぎ立てる耳障りな音としか聞こえなかったのである。

早くは『孟子』（滕文公《とうぶんこう》篇上）のなかにも南方の人について「南蛮鴃舌《げきぜつ》（モズの鳴き声）の人」というが、南方の言語に対する違和感を自分の体験として語るのは、中唐まで待たねばならない。それ以前には書き留められることすらなかった。サルだのモズだのとくさすのは、吏民の存在が中央官人の意識にのぼるようになった新たな変化でもある。それ以後、地方の人々の風俗や暮らしぶりにも目が向けられ、詩に書き込まれるようになる。

韓愈が地面に字を書いてなんとか通じ合えたというように、漢字は全国に通用する道具であった。空間上のみならず、時間上でも安定して過去から将来まで伝達することができた。それには漢字が表音文字でなく、表語文字であったことが重要な要因だったと思う（従来、漢字は表意文字と言われたが、正確には表語文字と呼ぶべきだという。大西克也・宮本徹『アジアと漢字文化』、放送大学教育振興会、二〇〇九）。表音文字と違って、時代による音の変化を被ることがなかったからだ。文明が早くから発達した地域は世界に幾つもあるが、中国ほど一貫して持続した文化はほかにない。ほかに例を見ないほど、途方もなく長い期間、均一のまま続いたことは、漢字という、時間を超えて変わることのない手段がなければありえなかっただろう。

秦の始皇帝も手を付けなかったことばそのものの改変、それを台湾を統治した日本は行なった。台湾の人々に日本語の学習を強要したのである。他国の侵入によって外国語を押しつけられる事態は、アルザス地方のフランス語とドイツ語のように、あちこちに事例はあるだろうけれど、日本人には実感するのがむずかしい。外部の力によって自分のことばを奪われるというのは、どれほど痛切な体験であったことか。

日本語の痕跡はいまでものこっている。台湾南部の大都市高雄《カオシヨン》はもともと先住民族のことばでターカウという地名であった。その音に合わせて漢字では「打狗《ダーコウ》」と表記されたが、「犬を叩く」という漢字の意味を嫌ったのか、日本統治時代に音が近い日本の地名高雄《たかお》の漢字があてられ、それがいまでは「国語」の発音でカオションと呼ばれる。つまりターカウ↓打狗（ダーコウ）↓高雄（タカオ）↓高雄（カオション）と変遷してきたわけである。北海道の地名にアイヌのことばがのこっているように、あるいはまたアメリカの地名にインディアンのことばがのこっているように、台湾にも先住民族のことばに漢字をあてた地名が少なくない。

台北から地下鉄で四〇分あまりの河口の町淡水《たんすい》には、阿給《アゲイ》という名物がある。油揚げのなかにビーフンを詰めて揚げたものだ。阿給ということばは日本語の「あぶらあげ」から来ている。甜不辣《ティエンプーラー》というのもあって、それは音が示すように、ことばは「てんぷら」に由来するが、物はまったく別物、魚のすり身を揚げた、まずは薩摩揚げのようなもの――と思っていたら、西日本では「てんぷら」で薩摩揚げを指すこともあるそうだ。天婦羅《ティエンフールオ》と表記されることもあるが、甜不辣の場合は「甘くて辛くない」、つまりうまいという意訳を兼ねている。日本でふつうにいう「てんぷら」は日本料理店にしかなく、その音を使った甜不辣、ないし天婦羅といえばさつま揚げ、さらにはそれをいれたおでんをいう。おでんには黒輪《ヘイルン》という語もあるらしいが、「関東煮」という、日本の関西でおでんを指すことばの方がよく見かける。ちなみに関東・関西はもともとは中国の函谷関の東西に基づく。日本語の「てんぷら」はポルトガル語とかスペイン語とかの音訳だそうで、もとはどんな料理か知らないが、ことばはとにかく南蛮由来だ。物は土地によって変わりながら、ことばはそのまま伝えられていく。少数民族のことばや日本語が今の台湾のことばのなかに音を留めている例は、まだまだいくらでもあるだろう。

食べ物に関することばは庶民の間で自然に使われているものだろうけれど、言語政策には政治が関与する。政権は時代に応じて次々変化する。国民党の時代に入ると、日本語から「国語」（北京官話）に切り替えられた。本省人、すなわち七割以上を占める閩南人、一割を超える客家人は、母語である閩南語や客家語とは異なる「国語」を学校で教えられることになった。しかし二〇世紀も終わり近くになって民主化が進み、二一世紀に入って母語の尊重が唱えられるようになった。

台湾大学大学院の趙偵宇《ちょうていう》さんの場合、閩南語の家庭環境のなかで育って、小学校に入ってから「国語」を学び始めたのだが、その時期には教科は「国語」だけだった。中学生の妹さんの方は、小学校の時から「国語」のほかに「郷土課程」と称して閩南語か客家語の学習が必修となった。閩南語、客家語のどちらを学ぶかは選択にまかされ、「国語」を母語とする外省人の場合にも学ぶ義務があるために、「母語」とは呼ばずに「郷土」ということばが用意された。先住民族の場合は「郷土」の言語ではなく彼らの「母語」が学習される。その場合、文字はアルファベットを使うという。「郷土課程」は今の段階では小学校にとどまるが、中学にも拡げるべきだという意見もあるという。「郷土」の言語と「国語」との授業数の比率は一対五とのこと。以上は趙さんから教えていただいた。

京都大学大学院の陳俐君《ちんりくん》さんの場合は、本省人ではあるが、父親が閩南語、母親が客家語を母語とするために、家では「国語」を使っているという。外省人と本省人、また本省人のなかでも福建系の中国人と客家人、その間での結婚が増えるにつれて、家のなかで用いる言語は「国語」に絞られていくということだろうか。そういえば学生時代に英語を教えてもらったパキスタン女性は、兄弟姉妹、みな育った地が違うので母語がばらばら、家族の間では英語で話すほかないとのことだった。一般に「国語」は都会のことば、閩南語は田舎のことばといったイメージがあるらしい。確かに台北では「国語」がほとんどだが、南に行くほど閩南語が聞こえてくる。しかし趙さんはおじいさんの前で「国語」をしゃべって叱られたというから、「国語」に対する反感ものこっているようだ。

言語の重層性は台湾の文化の重層性を端的にあらわしている。文化はどこの地域でももともと重層的なものだろうけれど、言語が政治状況に左右されるという点では、台湾は最も厳しい歴史を経てきた一つであるに違いない。そうであることを知りながら、軽々しくあれこれ語ることにはためらいを覚える。そしてまた、台湾の言語に関しては菅野敦志氏に『台湾の言語と文字』という大著がある（勁草書房、二〇一二）。そこには膨大な資料を駆使した研究の成果が見られる。小文は一滞在者の狭い見聞を記したに過ぎないが、日本とはまるで異なる言語環境にあることは、日々の暮らしのなかでもわかった。

英語は日本よりずっと普及しているように見えるが、それも台湾が置かれている状況を顧みれば、生ぬるい外国語学習とはまるで異なる、切実なものと言わねばならない。

南の島の涼み台

台湾はまわりにいくつかの島をかかえている。西に位置するのが最大の島、澎湖《ほうこ》。次に大きいのが南東に浮かぶ蘭嶼《らんしょ》。澎湖と蘭嶼は方角が反対なだけでなく、さまざまな点で対比的だ。島の最高地点が五〇メートルそこそこという澎湖には高い樹木もなく、お盆を伏せたように平《ひら》たい。それに対して蘭嶼は海岸からいきなり断崖がそそりたつ。まるで巨大な岩山が海中から突き出したように。澎湖には台北から何便も飛行機が出ていて、島の様子も離島といった感じがしないが、蘭嶼の方は昔の暮らしがかなりのこっている。

蘭嶼に行くにはまず飛行機か汽車で台東に行かねばならない。台北を早朝六時半に発った特急列車「自強号」は六時間をかけて台東に着いた。駅から飛行場に移動して切符を買おうとすると、ウェイティング・リストに名前を書けという。ウェイティングは中国語で「候補《ホウプ》」というと知った。あてにならない希望《ホウプ》を抱いて空しく待つ。出発二〇分前になると、何枚か黄色いカードを手にした係員があらわれ、リストを読み上げる。往きは意外に早くイエローカードを獲得できた。

乗り込んだ飛行機は十九人乗りのプロペラ機。高度が低いので下がよく見える。碧い海のなかに漂うかのような緑の固まりが蘭嶼だった。

レンタルバイクで島をまわる。山が海になだれ込む、山と海の接点にかろうじて道路が削られている。一周四〇キロ。山も海も奇岩だらけだ。誰の目にも龍のシルエットとしか見えない「龍頭岩」。名を聞けば女の姿に見えてくる「玉女岩」。アメリカ軍が日本の軍艦と見間違えて砲撃したという「軍艦岩」。造物主が戯《たわむ》れにこしらえた精巧な細工が続く。

台湾には十四を数える先住民族がいるという。十六世紀にスペイン、オランダが一時侵入したあと、中国から漢民族、客家《はっか》が移住。十九世紀終わりから五十年は日本が統治。そのあと、国民党の支配に移る。今でこそ先住民族には保護政策が取られているが、複層的な民族構成のなかで最も辛酸を強いられたのは、基底にあった人々に違いない。そして蘭嶼はタオ族（＝ヤミ族）の島である。ヤミ族というのは初期に調査を行った鳥居龍蔵の命名で、雅美族というきれいな漢字が当てられている。

海沿いにはいくつかの集落が点在する。椰《や》油《ゆう》村、漁人《ぎょじん》部落、紅頭《こうとう》村……。島の東側、野銀《やぎん》村にはヤミ族の伝統的な半地下式の住居がのこっている。台風を避けるためだろう、地表と同じ高さに黒い屋根がある。別の地に見本として作られた家に入ってみたら、中は暗くて狭いけれど、大地にくるまれたような安心感があった。

野銀村に通りかかったのはちょうど夕方の時間で、街道には魚や貝を売る屋台が並び、村の男たち女たち、そして子どもたちが群がっていた。大小さまざま、色鮮やかな魚に水をかけながら、「今朝、俺が採ったんだ」と得意そうに語りかけてくる男もいる。人だけではない。あたりには黒い豚たちも村の一員として我が物顔に行き来している。親豚のあとに子豚の一群がなぜか大きい順に列を成して連なっている。物を採る、物を売る、物を食べる——猥雑なようでいて、妙に調和もしながら営まれていた。

村のあちこちに涼み台が見える。日本でも以前はよく見かけた物干し台、それに簡単な屋根を載せたようなものだ。涼み台には老人がぽつんと坐って海を眺めている。何をするでもない、ただ夕風に吹かれながら海を見ている。若い人どうしがおしゃべりしている涼み台もある。そこでご飯を食べている家族もいる。朝早く漁に出て、昼間は主食の芋を掘る、そんな仕事のほかはこうして涼み台で海に向かい合っているのだろうか。毎日同じように、それを何代も長い時間にわたって続けて来たことだろう。

『桃源郷——中国の楽園思想』を書き終えたばかりだったわたしには、涼み台で海を眺めて暮らす村はまるで地上の楽園であるかのように見えた。が、それは傍観者の勝手な思い込みに過ぎない。清王朝、日本、国民党と絶え間なく続いた外部の力、そのもとで言葉を変え、名前を変え、食べ物を変え、衣服を変え、住居を変え、そんななかでかろうじて守ってきたのがこの涼み台とそこで過ごす時間だったのではないか。

圧政から免れた今でも、新たな波浪が容赦なく押し寄せる。この島には核廃棄物の貯蔵施設が設けられているのである。完全に外部と隔絶した空間が地球上にない以上、時代と関わらない暮らしはむずかしい。しかし涼み台を守ってきた人々には、近代とか現代とかいった変化を超えた生き方がおのずと備わっているようにも見えた。

Ⅳ

柯慶明さんの思い出

初めて識ったのは、一九八八年の秋、わたしがハーヴァード燕京に visiting scholar として滞在していた時だった。彼も夫人の張淑香さん、子息の小馬とともに Boston に来ていた。実は柯さんよりも先に、当時小学生だった小馬のほうを識った。旧知のアメリカ人のお宅を訪れていた時、彼の子供の友達だった小馬が遊びに来ていたのである。台湾学者の子供さんだと紹介された。

そのあとで柯さんと会った時、いきなり、中国の古典文学を語り合う集まりを持とうと提案された。韓国の鄭在書さんも誘って三人、毎週月曜日のお昼に食事をともにしながら、各自の研究テーマについておしゃべりをすることになった。実際には柯さんが座の中心となって大いに語ったのだが、古代から現代に至るまでの中国文学のみならず、西欧の文学、文化にも及ぶ博識ぶりに圧倒された。一年の滞在のなかで、それはわたしが最も刺激を与えられた時間だった。

その後、わたしはたびたび台湾の学会に参加したが、訪台のたびに彼と会わないことはなかった。彼のほうも京都大学招聘教授として、京都に一年滞在したことがあった。

二〇一二年春に京都大学を退いたわたしは、その夏から台湾大学の客員教授として勤めることになった。招いてくださったのは、柯さんである。下手な中国語で一年間授業をするというのは、わたしにとっては大変な負担であったが、それを支えてくれたのは、一緒に講席に連なってくれた柯さんと日文科の朱秋而さんである。朱さんはわたしの中国語がつかえるたびに横からに助けてくれ、一回も休むことなく出席してくれた。柯さんは一回だけ欠席したが、それは彼が胃潰瘍で入院したためだ。なんとか一年の業をまっとうできたのは、お二人の助けがあったからこそであり、感謝の思いは深くわたしの心に刻まれている。

柯さんとわたしとは文学に対する基本的な態度が近いのだが、しかし授業のなかで、彼はしばしば故意にわたしに反対する意見を提起した。それに対してわたしが「我不同意」と応えると、受講していた学生たちは論争が始まるのではないかと喜ぶのがわかった。彼はそうして授業を盛り立ててくれたのである。そのおかげで授業は一方的な講義に陥ることなく、議論の湧き立つ生き生きとした場となった。

授業のあとでは毎回一緒に、台湾文学研究所の地下の食堂で昼食をとった。毎週交互に支払うことにしていたのだが、先週はどちらが払ったか忘れてしまうことがある。すると食堂のおばさんが「この前はあんたが払ったよ」と教えてくれたのも、愉快な思い出である。

＊

わたしは時々、こんなことを思った――もし世界中の人たちがのこらず自分に対立し、自分を否定した時、どんな事情があろうと最後まで自分の側に立ってくれる人は誰だろうか、と。そう考えると、真っ先に思い浮かぶのが柯さんだった。彼は周囲の状況がどうであろうと、わたしを支持してくれる、わたしの唯一の味方になってくれる、そう信じていた。そんな信頼関係で結ばれていた友人を失ったことは、わたしの人生の一部を奪われたような喪失感を覚える。

人と人との関係というものは、たとえ家族であれ師友であれ、時には気まずい関係になることがあるものだ。しかし三十年を越える彼との交遊を思い起こしてみても、そういう不愉快な思いをしたことは一度もない。これは稀有のことではなかろうか。それには彼が人を包み込む大きな度量をもっていたからこそだろう。

＊

今年の四月一日の夕方、東京の電車のなかで趙偵宇さんから電話を受けた。趙さんという非凡な人物を識ったのも、台湾滞在がもたらしてくれた恩恵の一つである。ひとたび電話を切ったあと、ホームに降りて掛け直した電話から伝えられたのは、思いがけない悲報だった。あまりにも突然のことで、周囲の現実感が消え、駅の雑踏のなかに茫然と立ちつくすほかなかった。

柯さんからたびたび聞いた話がある――ご母堂が若い日に東京に留学していた時、寄宿先の日本人夫妻から実のむすめのようにかわいがられたと。柯さんは誰に対しても温容をもって接したのだろうけれど、わたしが受けた恩顧はもしかしたら、ご母堂が日本人から受けた恩に報いようとする思いもあったかもしれない。そうであるとしたら、人に対する温かな思いは国を超え時代を超えて続いてきたことになる。柯さんから受けた温情を、わたしも次の世代の人たちに伝えていかねばならない。

古と今、そして東と西――柯慶明を語る

柯慶明（一九四六～二〇一九）がこの世にいた七十余年を、歴史のスパンのなかに置いてみよう。いつの時代であれ変化のない時代はないものであるし、どの時代であれ自分の時代ほど変化の激しい時はないと思うものであるから、二十世紀の後半分と二十一世紀の五分の一ほどのこの時期が、過去に例のない激動の時代であった、などとは言わないことにしても、この時代ならではの変化の特質はあったはずで、それは何だろうか。

少なくともその一つとして挙げられるのは、東洋と西洋の接近、あるいは融合、あるいは東西差異の無化だろう。もちろん東西の交流は歴史をいくらでも遡ることはできるし、ことに十九世紀半ばからは広範囲の通行が始まったことは確かだが、第二次大戦以後のこの時代は、それが飛躍的に進展して、従来にない新たなステージに入ったことは否定できない。政治・経済の方面は言うまでもない。文化においても、音楽・美術などは世界中で同時に受容される。ことにサブカルチャーと称される商業化された大衆文化の領域では、もはや東とか西とかいう区別自体が無意味になっている。

社会・文化の諸相におけるのみならず、学術の方面においても理系の分野では、デジタル技術の普及によって、研究は瞬時に世界中で共有されるものとなった。同じテーマがあちこちで同時に追求されている。彼らは分野ごとに共通の言語をもっている。それによって時間・空間の隔たりは煙のように消えた。もちろん東だの西だのと今更言う人はいない。

地球の均質化がこのように進んでいる状況のなかにあって、人文学だけはそうでない。同じ対象に向かっていても、人文学はそれを語る共通の言葉をもっていない。互いの成果を参照はしても、同じ問題意識を抱え同じ方法で対しているわけではない。グローバル化と称される時代にあって、人文学だけが時代から取り残されているかのように思われがちだ。

しかし人文学が現代と同調していないかに見えるのは、人文学の本質のしからしむるところではないだろうか。普遍化しえないのは当然のことではないか。人文学はそれぞれの言語と文化に基づいた、固有の歴史的文化を基幹としているのだから、共通の言葉、共通の思考にあっさり転換できるはずがないし、もしそうなったら、人文学の最も大切な部分を放棄することになってしまう。理系の研究者たちのように、言葉や文化の違いを超えて、均質な環境のなかで論じ合うということは、人文学の領域では今後もありえないことだろう。たとえばもしAI化が共通の言語を作り出し、それですべてが解決されることになったら、人文学は本来の豊饒さを失い、痩せ細ってしまいはしないかと危惧するのは、時代に取り残された者の杞憂だろうか。

安易なグローバル化はできないし、すべきでないにしても、世の中全体に東と西の区別が希薄になった今、そのことは人文学にも従来にない新たな視座をもたらすということも考えられる。柯慶明の好きな言葉を使えば、人文学は本来「境界」を持っている。境界に区切られた世界を大切に保持しながら、しかも境界を越えた視座をもつ、そこに人文学の将来が開けてくるのかも知れない、と書いてくると、柯慶明の果たした功績はその課題に対する先駆的な挑戦だったのではないかと思われてくる。

恐ろしく長い「学の伝統」を有し、それゆえに外部からの侵入を許さないかに見える中国古典文学、柯慶明はその牢固たる殻を叩き割って、初めて広い場にさらけ出したのだ。冒頭に記した「東と西の接近」、それは接近であって、融合ではないが、中国古典文学の領域で実行に移し得たのが、柯慶明の業績の一つに数えられる。西欧の文化や文化理論をつまみ食いして中国に当てはめてみるといった、軽薄な「東西融合」ではない。まず彼は何よりも中国学の伝統を確実に身に着けた「士大夫」なのだ。もしかしたら正統的な伝統に属する最後の世代であるかも知れない。士大夫でありつつ、士大夫から自由であったことは、彼の多くの著述からうかがうことができる。たとえば本書の書名、『中国文学の美感』——中国の文学を「美感」という観点から切り込むことは、強いて言えば王國維に連なるものであろうか。しかし当今の「学」はいよいよ美感という、文学にとって最も大切な要素の一つについて語ることから遠ざかっている、ないしは厳密な学ではないとして敢えて排除する。柯慶明が京都大学の招聘教授として日本に滞在していた時、一緒に日本中国学会の大会発表を聞いたことがあった。発表者が語彙の膨大な「用例」を示した時、彼は「これほど用例を列挙して、いったい何になるのか」とわたしを見て笑った。用例に頼るのは、母語でない語によって書かれた作品を扱う異域の者の不幸な宿命ではあるが、本来は語の的確な意味や意味の深さとか拡がりを求めるためであるはずが、本末転倒して用例を並べることが「研究」であるかのように思い込んでしまう弊を、柯慶明は指摘したのだ。

用例探しに限らない。日本の学術界は「厳格」でなければならないことに縛られて、いよいよ袋小路に入り込んでいるように見える。「美感」への探求はいよいよ視野から遠ざかってしまう。「最後《Last》の士大夫」たる柯慶明は、士大夫でありつつ、文学の本質の追究を自分の課題とする。そのような姿勢そのものが、伝統的学からの解放を示している。

柯慶明という強力な牽引者の登場によって、学術界は大きな変容を被ったはずだ。固陋な学術書の砂漠に辟易した若い人たちは、柯慶明の著作の、緑豊かな森のなかで新鮮なシャワーを浴びて、文学の歓び、学の営みの魅力を知り、生気を取り戻したのではないだろうか。

*

「東と西」という二項は、「古と今」と言い換えることもできる。我々にとって、「東」とは中国を中心とする漢字文化圏の伝統文化にほかならず、それは近代以前の伝統文化、すなわち「古」であるのだから。悠々と飛翔しながら「東と西」を俯観する柯慶明は、「古と今」の差異も超越するかのようだ。彼の著作は、中国古典文学から近現代の台湾文学まで論じているのである。

しかし「古」と「今」を対立的に捉えたわたしは、間違っているかも知れない。柯慶明にとって、古と今は対立ではなく、連続するものだったのではないか。だとしたら、古典から現代に及ぶ彼の範囲を広いと讃えることも間違っている。わたしには今、十分に理解できないけれども、古から今に至るのは彼にとっては必然であり、当然のことだったのかも知れない。

＊

この小文にわたしが記すべきは、柯慶明が学術の領域、さらに広くは文化の領域において成し遂げた功績とその意義であろう。その一端を記したけれども、実はそれよりもぜひ書いておきたいのは、柯慶明の人間性である。

わたしもこれまで少なからぬ人物と出会ったが、人を包み込む大きな包容力、人に対する深い愛情、人としての篤い信義、いずれにおいても彼に匹敵する人を知らない。徳を備えた完全な人格、などと言うのはよそよそしくて、わたしの実感から遠ざかってしまう。要するに、わけもなく魅せられる人物なのだ。人間としての根源的な魅力を備えているのだ。追悼文集（『永遠的輝光　柯慶明教授追思紀年集』）にすでに書いたことではあるけれど、重複を厭わずに記すと、彼が生きていた時、わたしはたびたびこんなことを考えた——世界中の人がわたしに敵対したとしても、最後までわたしを支持し、護ってくれるのは誰だろう。そのたびに真っ先に頭に浮かぶのは、いつも柯慶明だった。今でもその思いは変わらない。

こういう人物と巡り会ったことは、わたしの人生にとって何物にも代えられない、大きな幸せだった。たとえもはや再会する願いはかなえられないにしても、わたしの心のなかに彼という人は生き続けているし、彼について後生の人たちに語ることがわたしの任務だろうと思う。

*

しかしもしもう一度会う機会があったら、柯慶明に尋ねてみたい——この先、文学は可能だろうか。文学の将来はどうなるだろうか。

彼の答えは実は聞かなくともわかっている。——当たり前じゃないか。文学がこの世から消滅するなんてありえない。

その答えを聞いて、わたしはやはり彼は堂々たる中国の士大夫であると確認するだろう。多少の違和感を覚えつつも。

最初の先生

一九六七年、京大文学部の一回生として受講した中国語の先生は、当時教養部の助教授だった尾崎雄二郎先生と、神戸大学から非常勤講師として出講されていた一海先生のお二人だった。事務室から渡された『学生便覧』に中国語担当者の名前を見た時、いささか胸がときめいた。尾崎先生は吉川幸次郎先生の『論語』の口述筆記者として、一海先生は岩波中国詩人選集『陶淵明』の著者として、お名前はすでに知っていたからだ。田舎から出てきたばかりの新入生にとって、本のなかの人に直接接することができるというのは、晴れがましい経験だったのである。

ちょうど中国では文化大革命が始まった翌年にあたり、当時の中国は歴史のなかに消えていった国と同じくらい遠い、まるで実在感のないほどの隔たりがあった。中国語のクラスも全学を通して十数人程度だったと思う。今とはまさしく隔世の感がある。自分の生きている間に中国へ行く機会があるなど思いもよらなかったし、行きたいとも思わなかった。今では至る所に中国人があふれているが、わたしが大陸から来た中国人を初めて見たのは、博士課程に入った後、魯迅代表団が京大を訪問した時だったのである。

専門とは異なる内容の授業をする際には、なにかにつけて自分の知識や興味をまぶしたくなるものだ。しかし一海先生の中国語の授業では、脇道にそれることはまったくなく、最小限の言葉だけで淡々と続けられた。後年、懇親会の席などで一海先生のスピーチを聞く機会があったが、そこで知った見事な話術とユーモアも、中国語の授業では披露されることはなかった。あのどっしりとした体躯から、重く深い声で中国語が発音された。「大公報」がダーゴンバオと、無気音をしっかり濁音で読まれたのも、中国の大人のようで、重々しく風格があった。計算してみると、その頃、先生はまだ三十八歳前後だった！

一度、授業の最中に尾崎先生が教室へ来られて、一海先生になにやらささやいたことがあった。教科書のなかの不明の語を尾崎先生に尋ねられ、調べた結果を授業中にもってこられたようだった。その頃の教科書は粗雑なものばかりで、なかには教科書編者が作った辞書にしか載ってない語を使っている場合もあったのだ。

二年間、中国語を習ったあとは、一海先生と接触する機会はなかった。先生の本や論文は読んでも、自分が書いたものをお送りすることはしなかった。生来の人見知りのためもあるが、先生の学識と老成ぶりには近寄りがたいものがあった。先生がおおらかに人を受け入れてくださる、人としての魅力に富んだ方だとわかっていたのに、遠くから羨ましく眺めていただけだったのが悔やまれる。

そのまま何十年かが過ぎたのち、或る日突然、岩波書店から小川環樹先生の『唐詩概説』を文庫に入れるにあたって、「解説」を書くようにという依頼が来た。あとから知ったところでは、『宋詩概説』の筧文生先生、『元明詩概説』の松村昂先生、「解説」執筆者はいずれも一海先生の御指名であったという。年賀状すら呈することもなかったのに、名前を挙げてくださったことを、とても嬉しく思った。その懐の大きさが多くの若い人たちが先生のもとに集まったゆえんなのだろう。

『著作集』に見られるように、一海先生の書かれたものは実に広範にわたる。わたしはそのごく一部から学恩を受けたに過ぎないが、自分も目指したいと願うことの一つは、作品を文学として読み解くこと。些末な考證に明け暮れるのでなく、作品の本質をずばりとつかむ読み方、それを学びたい。もう一つは詩の翻訳である。訓読によって古典詩を読んできた日本では翻訳が発達せず、従来は単なる「説明」の域を出るものではなかった。それを詩として自立できる日本語に置き換えたのも、先生の大きな功績に数えられる。生身の先生に親炙する機会はなかったが、書かれたものを通して、これからも学んでゆきたい。

芳賀紀雄さんを悼む

芳賀さんとはたまたま下宿が同じだった。当時の北白川界隈はまだ古風なしもた屋が多く、落ち着いたたたずまいがのこっていた。階下には工学部の院生二人、二階には芳賀さんとわたし、四人の学生で一軒の家を借りていた。

学生時代の芳賀さんの生活スタイルは、その後も生涯を通して変わらなかったようだ。昼夜を問わず机に向かう異常なほどの集中力。勉強以外のことには一切興味を示さない求道者。話といえば『万葉集』、そうでなければ万葉歌人に関わる中国の古典文学……。そう記すと、まるで面白みがないかのようだが、しかし実際は一緒にいてとても気持ちのいい人だった。その一途さ、ひたむきさは、気移りしがちな自分にとって尊いものに感じられたし、中国古典文学に対する尊崇の念から、それを学ぶわたしまで大切に遇してくれたからだ。

二歳年長の芳賀さんは兄貴分としてなにかと面倒を見てくれた。国文学研究室が本居宣長記念館の参観に出かける際も、芳賀さんの誘いで研究室の違うわたしまで同行させていただいた。おかげで佐竹昭広先生が振る舞ってくださった松阪牛のお相伴にもあずかった。ご馳走になったことを人は忘れないものである。

吉川幸次郎先生の「小読杜会」に芳賀さんを誘い、芳賀さんを介して小島憲之先生も加わられ、お二人は以後欠かすことなく出席された。芳賀さんのために何かしてあげたことと言えば、これしかない。いや、もう一つあった。

壁を隔ててかすかに自分を呼ぶ声が聞こえてきたことがある。気のせいかと耳を澄ますと、確かに呼んでいる。ふすまを開けたらそこに芳賀さんが倒れていた。もう動けない、修士論文を代わりに提出してきてほしいと、息も絶え絶えに頼まれた。すぐさま自転車を走らせて文学部事務室に駆け付け、なんとか締め切りに間に合った。何日も徹夜を重ね、体力の限界に至っていたのだった。

その後、互いに下宿を離れてからも、時折ごく気まぐれに電話が掛かってきた。例の柔らかな、やさしい口調で電話は延々と続く。やはり勉強の話ばかりだった。

数えてみればもう三十年も前のこと、わたしが筑波大学の集中講義に出かけた際、自分の家に泊まるようにと「厳命」された。おかげで一週間というもの、朝晩の食事を供せられ、車の送迎付きでお世話になった。令夫人にはさぞご迷惑だったに違いない。

兄貴分としての気遣いはほかにもある。大著『万葉集における中国文学の受容』が刊行された時には、書評のご下命を賜ったし、ご自身が監修される『萬葉集研究』に門外漢のわたしにまで発表の機会を与えてくださったこともある。

さんざん恩顧を受けながら、わたしはいつの頃からか自分の本を送ることすらしなくなった。非礼が今となっては痛切に悔やまれる。芳賀さんの精緻極まる研究の前で、自分の雑駁さが恥ずかしかったのだろうか。しかしそれは先刻お見通しだったわけだから、やはりお送りすべきだった。悔やんでも悔やみきれない。

台湾に滞在していた五月三十日の朝、ふだんそんな事はしないのに日本のサイトをあれこれ見ているうちに、ふと産経新聞の訃報に出会った。告別式の日だった。にわかに信じられず、帰国するやお宅に電話してみた。小島先生の本の校正に例によって昼夜を徹し、三校まで終えた翌日、眠ったまま亡くなっていたという。夫人は「看病すらさせてもらえませんでした」と悔やんでおられたが、わたしには修士論文提出の一件が思い出され、いかにも芳賀さんらしさを貫いた、見事な最期だと思った。そうであるにしても、悔いはいくらでも押し寄せる。お礼とお詫びの気持ちを、なんとか芳賀さんのもとに届けられないものか。

V

〔インタビュー〕道　標

インタビュアー　赤井益久（國學院大学学長）

一　普遍性と独自性―人文学の危機的状況に面して―

赤井　川合先生は今年（二〇一九年）ご定年で退職されるということで、これまで東北大学、京都大学、國學院大學、それ以外にもたくさんの大学、研究機関で講義をされて来られました。昔の学生と今の学生を比べてもあまり意味はないと思いますが、何か定年を迎えるにあたって感慨等ございますか。

川合　難しい質問をいきなりされましたけれども、学生に関していえば、ここの大学は中国文学科にたくさんの学生が毎年入ってくるという。これは大変有難いし、珍しいことだと思いますが、一般的にはどんどん減っているわけですね。特に院生が減っている。これは危機的な状況だと思います。

赤井　少なくとも私どもが学生の頃から比べても全体に思想、哲学、文学に関しては相対的に数は減っているのではないかなと思います。したがって、学会へのインパクトも少なくなっていると思いますね。川合先生は日本中国学会の理事長を務めていらっしゃいました。私も理事を務めておりますが、全体の会員数もご指摘のように減っているわけで、留学生、外国人研究者の数は相対的に以前に比べたら増えていると思います。

川合　國學院はそういう減少がないように思うのですが、国立大学の場合は日本人の院生が少ないので中国人の院生で埋め合わせをしているという面があって、必ずしもこれは望ましいことではないと思います。ただこれは、中国文学、中国学に限ったことではなくて、全体に文学部が地盤沈下といいますか、相対的に昔ほど栄えていないところがありますね。

赤井　そうですね。國學院は人文社会系しかない大学ですので、一方では大学全体としてもそれに対して危機感をもっています。ですから人文社会科学系の復興といいましょうか、そういうものを大学全体としても法人としても掲げているわけです。特に國學院は国学を標榜する大学です。國學院の国学を標榜するというのはただ単に自分のところだけを研究すればいいというのではなくて、漢学を批判原理、あるいはヨーロッパの学問を批判原理として国学というものを比較研究上に明らかにしていこうというスタンスが昔からあります。そういう意味では國學院の中国文学研究あるいは漢学研究というのは普遍的なものと、独自性といいましょうか、國學院ならではスタンスがあっていいと思うのですが、中国文学や中国思想、文化を学ぶうえでの普遍性と個別性といいましょうか、そういうものについて特にお考え等があればお聞かせください。

川合　國學院大學の個別性というか特色については赤井先生がとても詳しいはずで、私は三年半しかここにおりませんけれども、確かにひとつの学風が確固としてあると。それは大切にしていただきたいなあと思います。赤井先生は学長（インタビュー当時）の立場から人文学の危機的状況は國學院にも押し寄せているとおっしゃいましたが、私から見るとここは天国というか楽園みたいな所で、国立大学では教師の定員削減が厳しくて定年で辞めた先生のあとを補充できないわけです。どんどん教師が減っていく。したがって学生も減っていく。学生が減ると教師を採れないという悪循環に陥っています。それが國學院の場合は本当に恵まれた環境にあると私などは思いました。

赤井　若い先生方にそれを自覚してほしいですね（笑）。今普遍性と独自性ということでお伺いして、國學院の独自性というのは十分にあるというご指摘でしたけれども、中国文学なり中国思想を勉強する場合には、フランス人がそれを勉強してもドイツ人やイギリス人が勉強しても日本人がそれを勉強しても同じスタンスで研究するという立場と、日本には国学がなぜ意識されたかというと長い漢学の伝統があったわけですね。その漢学の伝統の中から国学が析出されてきたといったらいいでしょうか、そういう面で見ますと、独自性、國學院の学風の独自性ではなくて、日本文化における漢学の独自性といいましょうか、それがひとつ育まれてきたのが独自の手法といいましょうか、流儀といいましょうか、それは訓読という学問の一つの流儀作法というものがあります。

『東方学』の最新号だと思いますが、京都大学の名誉教授の木田章義先生が『日本の学問と訓読』という非常に面白い論文を発表されています。この木田先生は国語学で、訓読というとどちらかというと国語学の訓点研究だとか国語研究でずっと追われてきたんですが、一方で私どもは、自分たちが研究対象とするものにアプローチするときに、もちろん今の中国文学科でもそうですが、中国語はもちろん必修で課しますけれども、同時に訓読というのは中高生から徐々に親しみだしてきます。ですから、そういう意味での訓読のスタイルは、日本人が漢学や中国文学を研究するときのひとつの入口といいましょうか、とっかかりといってもいいと思うので、この辺について先生のお考えはいかがでしょうか。

川合　訓読というのは日本人の知恵で長い時間をかけて中国の古典、中国の詩文ですね、文語の読み方を文法的にも正確に、かつ日本語にしてそのまま日本語としても理解できるという、こういう大変すばらしい発明だとは思います。その訓読を通しての中国の詩文というものが、ひとつ大事なことは日本語の中に生きているというか、日本語の一部になっている。これは外国文学、外国語ということではなくて、日本語としても大事なものである、これは押さえておかないといけないと思います。有難いことは訓読があるので原文の手触り、これがそのまま意味を日本語で理解しつつ原文の手触りも味わえるという、これはほかにないと思うのです。

例えば我々がフランスの詩を読むときは日本語で読む、これは全くの日本文学であって手触りが全くわからないわけです。漢文学だけは原文に直接触ることができる、これは大変有難いことで、日本人はその有利な今までの蓄積を活かさないのはもったいないと思います。ただ半面、デメリットというかマイナスの面もありまして、ひとつは漢文学の場合は翻訳というものが非常に未熟であるということ。つまり翻訳する必要がなかったわけです。訓読文にそのまま触ってわかってしまうから翻訳が発達しなかったという、これは一つのデメリットといえると思うのですが、これからはそれでいけるかどうかという問題があります。つまり訓読の日本語がそれこそ古臭くなってしまって、今の若い人にはそのまま日本語としては理解しにくくなっている。そういう伝統を伝えたいですけれども、それが若い人たちにとっても文学として直接味わえるためには生きた日本語として新しい翻訳が必要になるのではないかと思います。

赤井　おっしゃるとおりだと思います。もちろん中国文学科の学生は訓読をしますので卒業までには十分な技術と作法をわきまえて卒業していくわけですけれども、若い人全体からみるとそれは一部です。特別な訓練を経ないと訓読は誰でもわかるというのはなかなか通用しなくなった時代だと思います。

川合　今、國學院の学生が専門的な訓練として学んでいるようなことは昔はもっと普遍的にみんなが学んでいたわけですね。今は特殊な一つの専門になってしまった。だから全体のレベルが落ちているといいましょうか、読めなくなっていると思うのです。

赤井　今、川合先生がおっしゃった現在の日本語の骨格の一部に訓読がなっているということはこの木田先生もおっしゃっているのですが、私も全く同感で、それがちょっと今の日本人、意識しなさすぎる気がしますね。

川合　ただこういった訓読的ないわゆる漢文的な文体が、例えば戦争中のような、一つのある特殊な雰囲気というか、それを伴うという面もあったわけですよね。

赤井　マイナスの側面を負っているわけですね。

川合　はい、そういうものをどう捉えるか。今、古典を復興しようと唱える人の一部はそれをまた求めているわけですけれども、それに対してはやはり距離を置かないといけないのではないかと思います。

赤井　訓読はある流儀作法さえわきまえれば誰でも共有できたからこそ、翻訳がなかなか発展、発達しなかったという指摘は重要なことだと思います。

川合　翻訳の場合は明治以降、西洋の言葉で書かれたものを日本語に翻訳したことによって日本語を豊かにしてきているという功績があったわけです。それが漢文学の場合は、むしろあまりめぼしい功績がなくて、訓読に頼ってしまったところがある。

二　訳注と翻訳

赤井　最近、日本の学術の世界では論文を書いたり、著作を書いたりするのが上位で、翻訳や訳注は研究の業績からいっても二番手になってしまって、それはおそらくどの大学もそういう傾向にあると思いますが、それが翻訳の十分な発展を見なかったという一つの要因の副次的産物だと思います。

　同時に、先生は一方では最近、訳注といいましょうか、翻訳といいましょうか、たくさん続々とお出しになっていて、私は手元にあるのだけをざっと整理しただけでありますけれども、これは翻訳といっていいかどうかわからないですが、私が一番出た当初から気に留めておりましたのは『隋書経籍志詳攷』（汲古書院）という興膳宏先生との共著でありまして、これは一九九五年七月に発行されておりまして、これは皆さんご存知のとおり、『随書経籍志』というのは四部分類の出発点で、目録学、書誌学といって良いと思うのですが、これを訳す、あるいは注釈書として詳細な訳注ですけれども、お出しになろうとした契機はなんだったのですか。

川合　これはですね、興膳先生が名古屋大学から京都大学に移ってこられたときに、大学院の最初の授業で取り上げられたわけです。そのとき私はドクター二年にいましたが、ドクター三年以上はいなくて、私が学年としては一番上だったので、演習の授業の中でみんなが訳文をつくったのですが、それを雑誌に載せるときには私が訳をつくれということでつくったわけです。

この本は、実は訳と言うのは「おまけ」というか、なくてもよかったようなものでして、大事なのは注のほうです。注は興膳先生がつくられたのです。大学院の授業でこうした中国学の基礎になるようなものを取り上げられたということは大変有難い、いい授業だったと思います。注をつくるのは大変なことで、私なんか今やれと言われても無理だと思います。これは大変高度な力を備えていないとこの注はできない。だからこれは訳よりもむしろ注が大事であって、注に価値がある本であると思っています。これに類するものは中国でも出ていませんし、大変価値のある本だといっても良いと思います。

赤井　私も、これは大変刺激的な書物だなあと思いました。今先生は謙遜されて翻訳より注だとおっしゃいましたけれども、私なんかへそ曲がりで注から論文を読んだりすることがあるので、注というのは中国の学問を考える場合に非常に重要なポイントだと思いますので、あとでもう一回その点については触れたいと思いますが、この『隋書経籍志詳攷』をお出しになって、ちょうど今から十年ぐらい前でしょうか、『李商隠詩選』が岩波文庫から出ましたのが二〇〇八年、そのあと続々と『中国名詩選』『韓愈詩訳注』、それから今続刊されています『文選詩篇』というふうに、非常に精力的にお出しになって、今『隋書経籍志詳攷』については注が大事だとおっしゃっています。これらいわば詩あるいは文章といって良いと思うのですが、特に詩歌についての訳注、翻訳や注についてお考えがあると思いますが、お聞かせいただければと思います。

川合　赤井先生がおっしゃったように中国では注というのは学術的な価値が高いものであって、むしろ研究論文よりも注のほうが上ですね。注というのは一流の学者がすべき仕事というふうに考えられていると思うのです。そういうものと私の訳詩は意味が、性格が違うと思いますが、私は日本で出ている今までのこうした訳注に不満を持っていまして、何が不満かというと、まず注は用例を拾うものだという、それが注であるという誤解があると思うのです。

これは李善が先行例を挙げることによってその語の意味を示すという、そういう形の注をつくった。そのために先行例を挙げれば注になるんだという安易な考えになってしまった。それはおかしいのではないかと。最近は電子索引が充実してきて用例はいくらでも出てきてしまうわけですよね。それを並べることは研究でも読むことでもない。それを通してその言葉の意味、その文脈の中での意味を探ることが大事なのではないかと基本的に思っています。ただ原文を訓読してそれを日本語に置き換えればそれが訳注になるわけではなくて、もっと詩の本質的なものに迫りたいというか、読み解きたいというか、そういう思いがずっとありました。

赤井　『文選』の李善注、あるいは五臣注のお話だったと思いますが、我々が注と考えると今の日本人はおそらくある言葉に対して説明したものが注だと考えます。それに対して古典の中ですと注釈というのは出典を、原拠を示す、あるいは初出の例を示すのが注釈だと考えられた時代があって、それはかなり高度で、しかもよく理解されていない人々にとってはその注の意味合いがわかりにくいと思います。今の若い人たちはもちろん授業では『文選』の六臣注の李善注と五臣注の違いは勉強するわけですけれども、それが何か面白さの前に困難がたくさんありますよね、中国文学の場合は。

そういう注というものに対して、新たに提起されたと思うのですが、私も全部を詳細に比較検討したわけではないのですが、先生の著作の中をぱっと見ますと、訳注を拝見してみて、特に『韓愈詩訳注』はボリュームが違いますし、専門的な著作ですのでほかの文庫本とはちょっと意味が違うかもしれませんが、非常に刺激的だったというのは文学史における語彙の位相といいますか、アスペクトを照らし出したり、多分これが初出だろうと、そのあとはこれから出発するだろうという指摘が随所にあって、これはおそらく研究会の中で業績の下地ができていると思うのですが、そういう意味では先生がおっしゃった六臣注などの古典的注と比較して現在の注はこうあるべきだという何かお考えはありますでしょうか。

川合　今、赤井先生が指摘してくださったこの注の特色といいましょうか、性格、これはそういうところを見てくださったのは大変有り難いと思います。私がした『李商隠』から『名詩選』『文選』、いずれもほかの訳注と違う一つの特色はコメントを書いているところです。補釈という名前で付けたのですが、つまり訳と注だけでは言い切れないところ、また作品の内奥みたいなところを補釈によって示したいと。これが今までのざっとした訓読訳だけではカバーできない部分を、補釈というひとつの余分なものを付け足すことによって補いたいと思いました。

赤井先生にもお願いしている今度の明治書院の『漢文大系（詩人篇）』、ここでもよい名前が思いつかなかったのですが、〝詩解〟という名前になって、これを必ず付けるということが一つの目玉といいましょうか、従来のものとは違うということで。そういうふうにただ単に言葉の意味をその場でちょっとわかるように説明するというのは五臣注ですよね。李善注は非常に高度すぎて何を言いたいのかすぐにはわからないわけですけれども、それをとにかく日本語で読み解くと。そういうものを補って付けたいと思っています。

赤井　それは今の若い読者にとっては役に立つと思います。

川合　若い人というよりも、専門家もそうであって、専門家もただいわば表面を読んでいるというと失礼ですけども、なぜこれが詩になっているのか文学なのかということまであまり関心を持たないと思いますね。こういうふうに見ると面白いと言いたい。それが私の意図ですけれどね。

三　古典を読むということ

赤井　わかったつもりになってしまうのですね、専門家は。それがおそらく翻訳にもたぶん影響が出ていると思いますが、先ほどの古典的注と翻訳との関りでいいますと、私はすぐに思い浮かべるのは『杜甫詩注』、吉川幸次郎先生が注釈をなさり、今、興膳先生が引き続きされている、あれは膨大な注がありますね。翻訳は訓読をはるかに離れた、私は超訳と思っています。そういうふうにつまり、翻訳するためにはこれだけの注を理解したんだぞというふうな証拠を積み重ねていって翻訳をされているように私は思ったのですが、先ほど先生がおっしゃった翻訳にご苦心された点でいうとどういう点がありますか。

川合　私としては翻訳というのはお酒の宣伝で以前にありましたが、〝何も足さない、何も引かない〟、これが理想だと思うのです。その反対が高橋和巳さんの李商隠の翻訳でして、私の訳は完全にそれと対極にある。高橋さんはなんでもかんでも書いて散文になっている、説明しているわけですけども、私は原文からなるべく外れないようにということを心がけました。それで十分にわかるのか、詩として通用するのかが課題ではありますけれども、全体の方向としては足さない、引かないというふうなことを目指してはいます。翻訳の在り方は人によって違うわけですが。一海知義先生は私が考えている方向かなと思うのです。

赤井　足さない、引かないというのは、言うのは簡単ですけれども、なかなか難しいですよね。

川合　そうなんです。李商隠みたいに、典故を存分に使って、その上で言葉をつくりあげていると、足さないのは非常に難しい。

赤井　含意が非常に多い。一つの言葉でもたくさんの意味を持たせたりすると、それを平易な日本語に訳しかえるというのは大変な作業だと思います。翻訳がやはり詩歌の場合には重要だと思います。その翻訳に対してずっとご苦心されてきて、今対象となる詩歌や文章をどう読むかという、先生はこれまでたくさん古典を読むということに対して発信、発言をされていらっしゃいます。私はもちろん全てではないですけれども、目にするものは目にしているはずですが、古典を読む行為というのは最近私が刺激的だなと思ったのは「日本中国学会便り」の1号、これは学会員に向けての便りですが、そこで先生は「読むということ」に対して、若い頃から昔の人の感性やカスを舐めるといった行為であるというふうに自己嫌悪に陥ったこともあると述べられています。それを克服されてさらに刺激的だったのは読むことを通して作品に新たな息吹を吹き込む、再創造、再び作品を創造するということを提案されて、2号で三浦國雄先生がそれに対して自分はこう思うということをそれに賛同されていて、私は最後の入矢義高先生の『龐居士語録』をあげていらっしゃるのを大変感動的に読みましたが、翻訳するにはそれを読むという行為が必要で、読むということについて何かお考えがあれば。

川合　今紹介してくださった、読むということを再創造の行為とするというのは私の理想といいましょうか、かくありたいということであって、私がそうやってきているということでは全然ありません。

今の読むということの意味づけは別に中国学とか中国古典に関わらない、すべてに通用することだと思いますね。再創造のほうはかくありたいということですけれども、それよりもっと前の段階で、特に中国の古典詩文を読む場合はあまりにも中国の学術的伝統が長すぎる、少なくとも二千年以上の伝統があって、最後は清朝考証学という完全なものになって、そういう伝統が有難い伝統であると同時に一つの枷になっていると思うのです。それに縛られていると作品の読み方がそれに偏ってしまうのではないかという気がします。

つい最近、九州大学でのシンポジウムで話したのですが、一つの例を挙げますと、韓愈に「東方朔の雑事を読む」という詩がありまして、従来の中国の読み方は東方朔というのは当時の朝廷の悪い奴だと。誰を批判したものか、誰を想定するか、いろいろ説が違うのですが、こぞって皆朝廷のよくない人間を批判しているというように捉えるわけです。今の銭仲聯の注に至るまでそうなのです。ところが詩そのものを素直に読めば、決して東方朔を悪い人とは言っていないわけですよ。要するに彼の規格から外れた人間性みたいなものがどこにも居場所がないという悲しさみたいなものを詠っていると思うのです。それを政治批判だというように捉えるのは、詩というものは美刺（褒めたり謗ったりすること）するものだという固定した枠組みに縛られて、そこから出られないためではないか、というように思ったわけです。

これもまた最近書いたもので、例をとりますと、『國學院雑誌』の論文（第120巻3号掲載）ですが、杜甫の「慈恩寺の塔に登る」という競作というか、四人ぐらいが一緒に書いた詩がありますが、それについて今の中国の人の批評は、杜甫だけが国家のこと社会のことを考えている。ほかの人は自分のことしか考えていない。だから杜甫の詩は偉いという捉え方ですね。これは人民詩人杜甫という評価からあまり出ていないわけです。そういう読み方をしているから面白くないのではないかと。僕にとって面白いのは、ほかの人はみんな塔の上に登って地上の様子がありありと見えたというのですが、杜甫は見えないと言うんですよ。杜甫だけが見えないと言うのです。つまり見えるはずのもの、可視のものを不可視だと言って、逆に天界の見えないものを見えると言っているのです。北斗七星はすぐに隣にあるし、天の川の音が聞こえてくると言うのです。そういうふうに可視を不可視にして、不可視を可視にする、これが杜甫の独特のところであって、それを見ずに国家のことを憂いているから偉いというような読み方をしているから中国の古典の人気がないのではないかと思うのです。まず再創造をいう前に、作品を素直に受け取るということ、それが中国の伝統が一つの障害になってできないのではないかなという気がします。

赤井　今先生がおっしゃったように中国文学は長い歴史がありますので、『詩経』から数えても三千年という、学術の進展からいっても二千年という、それが厳然としてあって、それは牢固としてといってもいいと思うのですが、そういう伝統性が研究者の発想や研究のスタンスに影響を与えているというふうに思って、先生が読むという行為はそれでは駄目なんだと、そこに新たな意味合い、もしくは本来のといったらよいのでしょうか、真実の存在意義というものをベールをはがして研究していく作業が我々にとって必要ではないかと。そのお言葉をいただいて、これは中国古典だけに限らないなと思うのですね。古典学を標榜します國學院大學が日本の古典においても然りだと思うのです。伝統というのは重くて大事なものですけども、それにあまり寄りかかりすぎると我々は自身の批判精神や解明する努力を怠ってしまうと思います。

川合　伝統があるということはそれに頼ってしまうというか、それに頼っていれば自分も学術的に高いレベルにあるかのような錯覚を生んでしまうわけですよね。今おっしゃった國學院の学風についていうならば、折口信夫などはそういうものに全くとらわれない、すごい発想をしているわけですよね。そういうものが出てきたというのはほんとに不思議な、近代で天才という言葉が使えるのは唯一折口信夫ではないかと思います。

赤井　折口学あるいは民俗学もそこにはあるのですよね。全然伝統を知らないというわけではなくて、伝統をわきまえながら独自なものを出している。

四　求められる翻訳の質

川合　非常に自由な目ですよね。赤井先生、今いろんな分野に通じるとおっしゃったのですが、中国古典学の場合、あまりにも伝統の力が強くて、それにとらわれているものだから、中国古典文学がほかの一般の文学の仲間に入れてもらえない、仲間外れなんですよ。今文学を語るとき、やはりヨーロッパ文学が中心であって、中国文学は別のものだというように排除されてしまっている。中国の古典の意義というもの、伝統とかを受け継ぐと同時に普遍的な文学の中に交えてもらいたいと僕は切実に思いますね。それは十分可能な内容をもっていて、要するに読み方が悪いというか、受け取り方が問題であって、作品自体は十分に文学としての普遍性、面白さをもっていると信じています。それを解き明かしていくのが我々の仕事ではないかなと思っています。

赤井　学会でも古典と近現代は分かれていますよね。それがもう少し包括的な研究集団でないといけないと思いますね。先生が今おっしゃった世界の文学のシーンから見て中国文学は仲間に入れてもらえないというのは残念なことで。我々研究者は、古典と現代、または作者と読者のインタープリターといったら良いのでしょうか、解釈者、仲介者であるべきだと思うのです。そういった意味で仲介者、媒介者、解釈者が十分に仕事をしていないのではないか、逆に言うとですね。

川合　そのとおりですね。

赤井　そういった意味で先生がずっとなさってきている訳注、翻訳が非常に重要だなと思います。先ほどの読むという行為を含めてですね、大事になるんだなあと思います。

川合　赤井先生、今インタープリターという、つまり古典と今の読者をつなぐ、その中間に役割があるということをおっしゃいましたが、僕が思っていることの一つはそれなのです。つまり、同時代における平面的な関係をもつということがそれですが、もうひとつは縦の時間軸の中に我々はいるわけで、さっき私がこういうふうに読めるというふうに挙げた例も、今この時代にいる私が読んだ読み方であって、それを次の時代に伝えていって否定されたり、そんなのは面白くないといわれたり、もっと別の読み方があるとか、そういった縦の流れも考えておきたい。つまり我々は時代の限定を受けているることがあると思います。

赤井　それはとても大事なことで、先ほど訓読や翻訳、訳注のお話が出ましたけれども、その時その時の翻訳や訳注があってもいいと思います。『源氏物語』にいろんな訳があるように、例えば杜甫の注でもいろんな注釈や翻訳があって然るべきだと思うし、これから若い読者にとって、魅力のある文学にしていくにはそれが不可欠だと思います。

先生のこれまでの訳注のお仕事を先ほど挙げましたが、先生個人でなさった仕事も多いですけれども、多くの場合は研究会を通してなさっていますし、先生は非常に人の輪が大きくて、しかもいくつもおもちだということは存じ上げています。研究会で、つまりみんなで詩を読むという意味ですね、それについてお聞かせいただければと思います。

五　読書会の効能

川合　要は読書会ですけれどもね、これは、僕、日本独自の伝統ではないかと思うのです。例えば五山の坊さんたちがみんなで読んでいるわけですよね。ひとつは外国の古典であるということで、自分一人では読めないという実際の問題があったのかもしれませんが、これが江戸時代もずっと続いていて、しかも幕末になると西洋の本を同じように読書会で読破していくわけですよね。

これは大変得難い伝統であって、ここの文学部ももちろんそうですけども、演習という授業がある。つまり学生と一緒にみんなで読むということですが、それが中国にも台湾にもないのです。これは非常に奇妙なことで、日本独自の伝統かなと思うのです。私も授業でもしてきましたし、授業以外でもこうした読書会をいくつかもってきました。読書会の意義というのは外国の人も気がついて、何年か前に台湾に三カ月呼んでもらったことがありました。そのときはなんの仕事もなくて、時々ご飯を一緒に食べて読書会のやり方を教えてくれたらそれでいいというとてもいい条件だったのですが、それは日本の読書会を吸収しようとしている。ただ読書会というのは平等でないといけない。偉い先生が一人いて、鶴の一声みたいになったら読書会になりません。誰の意見であろうと批判する。

先ほどはふれませんでしたが、『唐代の文論』（二〇〇九年、研文出版）という本を私は出したことがあって、大学院の授業で取り上げたものです。そのとき、私も参加者の一人で、私も平等に担当したわけです。一応、私は教師です。しかし、私に対してみんなポンポン言うわけですよ、滅茶苦茶に言うわけです。別の読書会でもやはりその連中は同じようにワーッと言うわけです。そしたら別の学校の人がビックリして「先生に対してもあんなに言うんですか」と言われましたけれど、やはり読書会の必要条件はそれです。なんでも忌憚なく言える。平等の立場で言える、それが大事だと思います。私はそれがとても楽しいですし、そういう場にいると一人で読んでいたときには気がつかないことが思いつくという不思議な現象があって、何か刺激されるんでしょうね。それが読書会の一番いいところではないか。自分一人では自分の中でグルグル回っているだけですけれども、ほかの人が何かを言うと、それが契機になってまた別のことを考えつく。それがまたキャッチボールみたいに行き交うという、読書会というのはこれからも日本が大事にしていくべきものではないかと思います。

赤井　國學院の文学部、特に日本文学科や中国文学科、史学科などはだいたい教員がひとつ研究会をもって週に1回は学生たちと一緒にいろいろなものを読む機会があります。ただ学生と教師という遠慮があって、今先生がおっしゃったような関係が構築できているところは必ずしも多くはないと思うのですが、それが非常に大事だということは、川合先生と私が深く関わってまいりました中唐文学研究会などは特にそういう傾向があって、関東と関西で研究会をそれぞれ開いて、それは同僚というか仲間ですので本当に忌憚のない批判を受けて新たな読みというものをできないかということを検討してまいりました。

川合　中唐文学会、あれは赤井さんと一緒に始めたわけですけれども、あのとき最初に決めたのは会長は設けないということと、五十歳定年制という、つまり同じ世代だから同じように言えるだろうと考えました。老先生が来て、ひと声で決まってしまうようにはしたくないというので老人を排除したわけですよね。あれはよかったと思います。

赤井　それが先ほど言った伝統があるということは有難いことではあるけれど、それが手かせ足かせになってしまう恐れがあるということに通じる発想だったのですね。おそらく老先生から見たら、生意気な奴らだと思われたに違いないと思いますが、それが逆に刺激的でしたね。

川合　今でこそ、赤井先生が理事をされている日本中国学会が若手をなんとか入れる発表を促していますけれども、当時若手は全く出る幕がなかったですよね。だから我々はそれを欲したわけです。

赤井　その後、日本中国学会を母体に六朝学術学会ですとか、中唐文学会ですとか、日本宋代文学学会とかができました。そういう意味では細分化した研究が進んでいるように思います。我々はとりわけ古典文学を教授し、自分でも研究する立場にありますが、その立場からすると、従前と比べて今の若い人が読書離れといいましょうか古典離れ、これは中国文学に限りませんけれども、いわれていて、実際年間に読む本の数等がデータで出ていまして、これではいかんというので、國學院大學では本を読む企画を全学的にも「みちのきち」（学内にある読書空間）をつくったり、ラーニングコモンズを設けたりしています。だからといってすぐに学生たちの読書離れが直るとは思わないですが、先ほどおっしゃった翻訳ですとか訳注というのは私は専門家も含めて、一般の読者に受け入れられると思うので、すぐに呼び戻せるかどうかはわかりませんが、その辺、実際に教壇に立たれて今の学生たちどうでしょうか。

川合　今これは広く世界中だと思いますけれども、古典というものが遠のいていって、サブカルチャーが非常に大きなシェアをもつようになった。例えばヨーロッパでは昔は必修であったラテン語がもう必修ではなくなったような古典離れが全世界的に起こっているわけですよね。その中でこうしためんどくさい漢字が並んでいる中国の古典を「読め読め」といっても無理であって、全体読書の質というか、読書人というものが、別に日本だけということではなくて世界中どこでもそうでしょうけれども、そういう読書の文化のようなものが昔より衰退していると思うのです。私たちの学生時代を考えても時代の違いははっきりわかるわけで、つまり僕らのときは本しかなかったけれど、今は音楽とかネットとかたくさん媒体があるわけで、読書がその分減ったということはあると思うのです。

ただ私は本とか文学とか、これが人間の世界からなくなることはないと信じています。人間が言葉を使って感情をもつ動物である限り、文学は滅びないだろうと。しかし、地盤沈下していってしまうのは寂しく悲しくなるのですが、これは赤井先生のご意見ですけれども、いいものを出せばそれによって読者たちを開拓できるといいましょうか、常にいる読者をひきつけるだけではなくて新しい読者をつくっていく、本にはそういう働きもあるのではないか、しなければいけないのではないかと思っています。

六　古典に親しむ

赤井　先ほど紹介した先生の訳注類を拝見すると、特に文庫本などは流布性も高いですし、値段もそんなに高くないということで、おそらく今先生がおっしゃった新しい読者の開拓には十分に効果があるのではないかなあと思っています。

川合先生と私は二歳違いで二人とも年寄りですけれども、私どもが学生の頃は中国に行くということは考えもつかなかったですね。しかし関心が高かったから、例えば『人民日報』とか『光明日報』とかを週に一回借り出して見て目を皿のようにして情報を追っていましたね。そのうち四人組の事件が起きて、そういう大事件が起きたんだということを肌身でわかる。

今のように情報が洪水のようにありませんので、それから見ると今ははるかに中国は近くなっていますよね。近くなっているけれど、今の学生たちの距離感からいったら昔より遠いような感覚を私は受けるのですが、その魅力ある中国文学や中国文化に対して、どうしたらその魅力を伝えられるかというと、ひとつには良質な翻訳、わかりやすい解釈があると思いますが、先ほどの訓読の話もそうですけれども、面白さの前に困難さがどうしてもあるものですから基礎的な訓練だけは知っておかないと面白さには行かないよと学生たちには言っています。最初に面白さをわからせてあげるといいと思うのですけれども、その点については先生はどのようにお考えでしょうか。

川合　全体として軽いもの、安易なものに流れていますよね。赤井先生がおっしゃったと思いますが、漱石や鷗外ですらいまや注釈がないと読めないというようになってしまって、日本語のレベルが低くなっているといいましょうか、それは日本語教育というか、国語教育が非常に軽んじられている。

聞くところによると、国語の教科書はどんどん古典離れ、文学離れしていて、実用的な日本語だけで良いというような方向になりつつあるらしいです。これは大変由々しき問題であって、国語というのは、例えば今メールでやり取りするような簡単な日本語ではなくて、もっと格調の高いものを読まなければいけない。それを国語教育でやらないといけないと思うのです。そういう考えが皆さんに共有されればすぐにできることであって、国語教育の充実ということ、まずこれをやっていただきたいですよね。そうすれば訓読でももっと入りやすくなる、もっと馴染みが出てくる、近いものになってくると思うのですけれども。

赤井　私も昔、高等学校の教科書の編集委員を十数年やった経験がありまして、それで申し上げますと、先生がおっしゃるとおり、今の義務教育から高等学校にかけての国語の時間がどんどん減ってきました。いま少し戻すように全体で働きかけているのですが、多少戻っても全体としてはやはり少ないですね。我々が高校のときに勉強した時間数に比べたら半減していると思います。ですから勢い、取り上げる対象も少なくなりますし、準備性といいましょうか、大学に入ってきたレディネスが極めて薄弱ですね。ですから昔ですと入ってきたときにある程度漢文も古文もやってきたから古典文法はおさらいぐらいで済む。ところが今は大学に入って最初から勉強するような学生を受け入れるように先生方にはお願いしているところです。

川合　赤井先生が、教科書をつくってこられたというのは知らなくて、それで言うのは失礼ですけれども、私は以前、事情があって国語の教科書を調べたことがあります。そのときに気が付いたのは、教科書が生徒に迎合していると思いました。つまり、タレントの文章などを載せているわけですよね。サッカー選手が引退してそのことを書いたときに教科書会社はどこも奪い合いだったというのです。しかし僕から見るとあの文章は自分が書いたものではない、あるいは書いたとしてもありきたりのことを言っているだけで、とても教科書に載せるべきものではない。そういうように教科書自体がちょっと低下しているのではないかなと。

赤井　それはですね、ひとつは編集と営業の力関係ですね。営業のほうはこれだけは入れてくれと。

漢文でいうと「長恨歌」はぜひ入れてくれと、授業ではやりきれないからいらないのではないかと言ったのですが、これがないと売れないというわけですね。そういう営業の戦略があります。

川合　有名なタレントとか有名選手の文を入れたら売れると。採用されると思うわけですか。

赤井　古典のほうにあまりそういう力関係は働かないですけれども、それでも今言ったようにありますね。ですから、國學院大學は特に国語を大事にしているということで基礎日本語という科目に力を入れています。

川合　それなんですよ。僕、京都大学にいたときに何度も提言したのは教養部に日本語の授業を日本人向けにつくるべきだと。外国人用の日本語の授業しかなかったのです。外国の英語圏の大学の場合は、英語の授業が必ずあって、つまりきちんとした英語が書けることが大学を出た人の資格なんですよね。日本でそれがないのはおかしいと言ったわけです。國學院でそれをやっておられたというのは驚きです。

赤井　私が学長に就任してすぐ、それに力を入れました。

川合　それはぜひ続けてほしいですね。

赤井　それで古典を勉強する、漢文を勉強するという学生が少しでも増えてきて欲しいと思っています。

川合　基礎ですからね。

赤井　きちんとした日本語をマスターした学生たちを世に送り出していく、それが國學院のミッションだと思っています。

川合　全く同感です。

赤井　これまでいろいろお話を伺ってきましたけれども、國學院大學は読書をしようという動きですとか、今言ったような日本語を大事にしていこうという動きをしてまいりました。学生たちはそれを支持してくれたと思っていますので、今古典離れ、読書離れが多くなっているとは思いますが、そういう学生が増えていって状況を変えてくれることを切に祈っています。

川合　そういう点ね、赤井先生の方針というか、理念というべきか、それが國學院大學ではわりかし可能というか、開けていくと思います。国立大学だとそういうことは通らないと思いますね。だから國學院ならではの利点をぜひ生かしていっていただきたい。

赤井　そうですね。先生方の理解も深いですし、駄目だとか言うことはないので、体制をきちっと整備すれば協力はいただけると思います。

川合　簡単に言ってしまうと、国立大学は今、理系主導なんですね。そういう人たちは文学部は必要ないと言っている。

赤井　ぜひ「人文科社会科学系の標」となる大学、大学の個性と特性を旗幟鮮明にしていきたいと思います。

川合　そういう意味では非常に存在意義があると思います。

赤井　川合先生に伺いたいことは、大体尽きたようです。本日は、ありがとうございました。

初出一覧

I

中国古典文学の存亡　同志社大学『言語文化』13—1　二〇一〇年八月

中国における古典　逸身喜一郎・田邊玲子・身崎壽編『古典について、冷静に考えてみました』、岩波書店、二〇一六年九月

読むということ　日本中国学会『学会便り』33　二〇一八年四月

「もの」と「こと」を越えて　『中唐文学会報』24、二〇一七年一〇月

東と西　京都大学文学部『以文』二〇一一年

十代の読書——併せて齋藤謙三先生のこと　神戸大学『未名』29、二〇一一年三月

中国の詩　『現代詩手帖』9、思潮社、二〇一六年九月

こんな研究、あったらいいな　『六朝学術学会報』第10集　二〇〇九年三月

「長恨歌」遍歴　明治書院『新釈漢文大系季報』119　二〇一七年五月

Ⅱ

杜甫のまわりの小さな生き物たち　『生誕千三百年記念　杜甫研究論集』松原朗編、研文出版、二〇一三年一〇月

詩と世界―表現者＝杜甫を中心に―　（第15屆唐代文化会議原稿、二〇二二年一一月）

日本の文学と中国の文学　『二〇一九年臺大日本語文創新国際学術研討会論文集』二〇一九年一二月

山上憶良と中国の詩　『万葉集の詩性《ポエジー》』中西進編、角川新書、二〇一九年七月

詩人の旧居　『図書』岩波書店　二〇一一年八月

鈴木虎雄『中国戦乱詩』学術文庫版まえがき　鈴木虎雄『中国戦乱詩』講談社学術文庫、二〇二二年八月

小川環樹『唐詩概説』解説　小川環樹『唐詩概説』岩波文庫、二〇〇五年九月

Ⅲ

中秋節の文旦――台湾に暮らす（一）　『図書』岩波書店　二〇一四年三月

重層する風景――台湾に暮らす（二）　『図書』岩波書店　二〇一四年四月

重層する言葉――台湾に暮らす（三）　『図書』岩波書店　二〇一四年七月（原題　阿給《あげ》と甜不辣《てんぷら》）

南の島の涼み台　　『本』講談社　二〇一三年

Ⅳ

柯慶明さんの思い出　『永遠的輝光　柯慶明教授追思紀念集』国立台灣大学文学院・国立台灣大学中国文学系・国立台灣大学台灣文学研究所主編、二〇一九年五月
古と今、そして東と西――柯慶明を語る　柯慶明『中国文学的美感』聯經出版、二〇二二年三月
最初の先生　『一海知義先生追悼文集』読游会編、二〇一六年一一月
芳賀紀雄さんを悼む　『京都大学国文学会　会報』67号、二〇一九年九月

Ⅴ

インタビュー　道標（インタビュアー　赤井益久）　『國學院雜誌』第一二〇巻六号、二〇一九年六月

あとがき――いくらか長めの

――そろそろ本にまとめませんか。

研文出版、山本實さんから声をかけていただいたのを機に捜してみると、なんとか一冊になるほどの雑文が貯まっていました。以前、これも山本さんの誘《いざな》いで、『中国古典文学彷徨』（研文出版、二〇〇八年）を出してからもう十四年、この間《かん》、無為のまま時は過ぎ、老いの淵へと沈みゆく一方です。折角のお申し出を受けて、一区切りをつけることにしました。

書名は中に収める文の一つ、「中国古典文学の存亡」から取りました。虚仮威《こけおど》しに聞こえるかも知れませんが、わたしとしては大仰なつもりはなく、危機感を切実に覚えています。十二年前に書いたそのなかに、大学の人文学系教員が減少していることを、富永一登さんから教えていただいた数字とともに記しました。その後、事態はさらに進んでいるであろうと恐れつつ、今回も富永さんにうかがったところ、二〇〇七年から二〇一九年に至る期間に人数は千人近く、教員全体のなかでの比率は14％

から12％へ減っている、正確なデータは以下のサイトで見られる、とのことです。

https://keizaibakutothesecond.hatenablog.com/entry/2021/08/14/225500

富永さんがさらに危惧するのは、人文系教員の高齢化です。若手の減少が目立つ——この問題は国立大学の定員削減という方針のためにいっそう深刻になるでしょう。定年で退いた教員のあとを補充できない、教師がいないから学生が減る、学生が減るから教師を採用できない、こんな悪循環が続くのです。或る集まりのなかで「研究力」を強化するために何をすべきか意見を求められ、わたしは国立大学が定員削減に直面していることこそ、迂遠なようで実は差し迫った問題であるとメールに記しました。が、その集まりに属する人文系研究者の間でまったく無視されました。当事者の間に危機意識がないことがまず問題なのかも知れません。

人文学のなかでも中国古典学が存亡の危機にさらされていることは、「四重苦」として先の一文に記しました。それは決して我が田に水を引き込もうとする意図から発したものではありません。中国古典が忘れられていくのは、漢字や漢語を大切な構成要素とする日本語、その国語力の低下を招く一因と思うからです。国語力の低下は昨今叫ばれている国力の低下とも連動しているのではないでしょうか。

今、さまざまな領域で「多様性」の大切さが唱えられています。たしかに多様性が認められる社会はきっと今より暮らしやすくなることでしょう。しかし大学の入学試験に「多様性」を重視するあまり、従来型の入学試験が減ってしまうことは、基本的な国語力をおろそかにすることに繋がります。

学校教育というものは、そもそも少数の才を育てる場ではなく（才ある人を潰さないようにしさえすればそれで十分なのです）、大勢の人々が平均的、基礎的な学力を身につける場であると考えています。読み書きを学ばずに「多様性」を追求するのは本末転倒ではありませんか。

人文学は人間の過去の文化を対象とすることが多いので、新しい動きに鈍感になりがちです。しかし逆に、時流から敢えて距離を置くという態度も、わたしたちが社会のなかで担うべき役割の一つなのかも知れません。多様性の意義は理解しつつも、それればかりを錦の御旗のように振りかざしたりせず、いつの時代にも欠かせない基礎学力の大切さを訴えたいと思います。

中国古典を勉強してきたために、古典について記す機会が時たまあり、本書に収めた「中国の古典」もその一つです。その文のなかでは触れていませんが、古典の意義を声高に唱える方々のなかには、意外なことに古典の専門家が少ない。また往々にして保守的な主張と併せて語られる。古典と保守性とが結びつくのは必然性があるように思います。古典というのは過去の人々の考え方、物事の捉え方の「定型」を示すものです。人は或る型がないと世界を捉えられない、というより、伝統や文化の型がない状態では生きて行けない。わたしたちは生まれた時から知らず知らずのうちにそうした「型」を学んでいるわけですが、それを権威ある規範として明示するのが古典なのだと思います。過去に規範として伝えられてきた「型」に、時代を無視して無理矢理押し込もうとするから、いつの時代にも、ことに若い世代にとって古典は忌まわしいものとして避けられるのでしょう。とりわけ現代のように新しいものが次々出現する時代にあっては、過去に回帰することを強要するのは無理というものです。

にもかかわらず古典は意義あるものだと、どのように主張するのか。それに答えることは、古典研究者に重く課せられています。わたし自身のとりあえずの回答を記せば、国語力が基礎学力として必要であるのと同じように、世界を認識するためのいわば基礎学力とでもいうべきものが古典なのだろうかと思っています。

「中国古典文学の存亡」のなかに李斯《りし》の逸話を記しました。秦の始皇帝の右腕として権力の絶頂にのぼった彼が、闘争に敗れて刑場へ向かう途上に思い起こしたのは、平凡な庶民であった時に子供や犬と楽しんだ兎狩りでした。もはや取り戻せない思い出にたまらない切なさを覚えた李斯の心情は、その後も人々に深い共感を呼び起こし、詩の典故としてよく使われてきました。ところが李斯のその気持ちを理解できないという学生が出現したのに驚いたこともそこに記しました。二千年以上も人々に感銘を与えて来た話柄が今や人の心を動かさない、誰もがともに抱いたであろう「心のかたち」がもはや共有されなくなった、その変化にわたしは大げさにいえば文学の危機を覚えたのです。

しかしかつては普遍であったからと共感を強制し、それに違和感を覚える人を拒絶するのは、古典主義者の悪しき頑迷というものです。当時、李斯の話に異議を唱えた学生は、今や最先端の批評家として広い場で大いに活躍しています。新しい感性、斬新な思考が称賛を浴びているのです。文化共同体が変貌する兆しをいち早く察知した存在に敬意を覚えながらも、長らく古典にばかり浸ってきたわたしとしては、やはり李斯の悲しみに魂を揺すぶられることも捨てがたいのですが。

もう一つ、「中国古典文学の存亡」にまつわる私事を記しますと、これは同志社大学での講演を文章化したものですが、講演の席には折口学・万葉集の上野誠先生が奈良から田辺まで聞きに来てくださいました。その後親しく行き来する契機となった出逢いが楽しく思い出されます。

「詩と世界―表現者＝杜甫を中心に―」は、実はこの「あとがき」を書いている段階では次の週に開かれる学会の原稿なのですが、内容は『中国の詩学』（研文出版、二〇二二）と重なる箇所がありま す。とはいえ、書いていると更に書き足したくなることもでてきましたので、本書に入れていただくことにしました。

最後に付したインタビューは当時勤務していた國學院大学の企画で行われたものですが、赤井益久さんという絶妙の聞き手のおかげで存分に語らせていただきました。話を引き出してくださった赤井さん、全体を本にしてくださった山本實さん、そのほかにも多くの方々が書く機会を与えてくださいました。みなさまに篤く感謝申し上げます。

二〇二二年十一月八日

川合康三

〈追記〉

校了間際になっても表紙カバーが決まらず、例によって宇佐美文理さんにメールでお尋ねしたら、間髪を容れず「唐の韓滉の文苑図」という絵が送られてきました。宇佐美さん、いつものことながら、ありがとうございます。

二〇二三年八月二七日

川合　康三（かわい　こうぞう）

1948年　浜松市生まれ
1976年　京都大学大学院博士課程中退。
博士（文学）
東北大学文学部、京都大学文学部を経て
現在―京都大学名誉教授
著書　『中国の詩学』、『終南山の変容――中唐文学論集』、『中国古典文学彷徨』（研文出版）、『中国の自伝文学』（創文社）、『中国のアルバ――系譜の詩学』（汲古書院）、『李商隠詩選』（選訳、岩波文庫）、『白楽天――官と隠のはざまで』、『杜甫』（岩波新書）、『白楽天詩選』（訳注、岩波文庫）、『韓愈詩訳注　第一～三冊』（共訳注、研文出版）ほか

研文選書133

中国古典文学の存亡

2023年９月13日　初版第１刷印刷
2023年９月25日　初版第１刷発行
定価［本体2700円＋税］

著　者　川　合　康　三

発行者　山　本　　實

発行所　研文出版（山本書店出版部）
東京都千代田区神田神保町２－７
〒101-0051　TEL　03－3261－9337
FAX　03－3261－6276

印　刷　富士リプロ
カバー　ライトラボ
製　本　大口製本

ISBN 978-4-87636-480-0

中国の詩学　川合康三著　12500円

終南山の変容　中唐文学論集　川合康三著　10000円

中国古典文学彷徨　川合康三著　2800円

乱世を生きる詩人たち　六朝詩人論　興膳宏著　10000円

文選李善注の研究　富永一登著　10000円

唐代伝奇小説の研究　赤井益久著　8000円

詩人と造物　蘇軾論考　山本和義著　7000円

中国宋代文学の圏域　草稿と言論統制　浅見洋二著　6000円

唐代の文論　京都大学中国文学研究室編　8000円

韓愈詩訳注　第一冊　第二冊　第三冊　〈全五冊〉　川合康三　緑川英樹　好川聡編　各10000円

研文出版

＊定価はすべて本体価格です